OBRAS DE ROLAND BARTHES

1. *Fragmentos de um Discurso Amoroso*
2. *O Grau Zero da Escrita*
3. *Mitologias*
4. *A Câmara Clara*
5. *Lição*
6. *Elementos de Semiologia*
7. *Crítica e Verdade*
8. *O Óbvio e o Obtuso*
9. *O Prazer do texto precedido de Variações sobre a Escrita*
10. *Ensaios Críticos*
11. *Roland Barthes por Roland Barthes*

O Óbvio
e o Obtuso

Título original:
L'obvie et l'obtus. Essais critiques III

© Éditions du Seuil, 1982

Tradução: Isabel Pascoal

Capa de FBA
Depósito Legal nº 293368/09

Biblioteca Nacional de Portugal - Catalogação na Publicação

BARTHES, Roland, 1915-1980

O óbvio e o obtuso. - (Obras de Roland Barthes ; 8)
ISBN 978-972-44-1575-8

CDU 75.01
77.01
78.01

Paginação, impressão e acabamento:
Europress - Indústria Gráfica
para
EDIÇÕES 70, LDA.
em
Novembro de 2022

ISBN: 978-972-44-1575-8
ISBN da 1ª edição: 972-44-0519-2

Direitos reservados para todos os países de língua portuguesa por Edições 70

EDIÇÕES 70, uma chancela de Edições Almedina, S.A.
Avenida Emídio Navarro, 81, 3D
3000-151 Coimbra
Telefs.: 213190240 – Fax: 213190249
e-mail: editoras@grupoalmedina.net

www.edicoes70.pt

Esta obra está protegida pela lei. Não pode ser reproduzida,
no todo ou em parte, qualquer que seja o modo utilizado,
incluindo fotocópia e xerocópia, sem prévia autorização do Editor.
Qualquer transgressão à lei dos Direitos de Autor será passível
de procedimento judicial.

BARTHES

O Óbvio
e o Obtuso

70

Nota do editor francês

Roland Barthes referira-se várias vezes, no decurso dos últimos anos, à publicação de novos volumes de ensaios críticos para os quais existia amplo material. Delineara até vários agrupamentos. No momento em que foi preciso retomar este trabalho – não no seu lugar, e diremos porquê –, um princípio era claro: deviam ser deixados de parte, como nos dois volumes anteriores (Ensaios Críticos, 1964; Novos Ensaios Críticos coligidos após O Grau Zero da Escrita, 1972), os textos mais ocasionais, escritos tendo em vista uma intervenção pontual. Assim, eram os prefácios, artigos de revista e estudos que deviam ser seleccionados: em suma, o que constitui propriamente um ensaio. Marcos – assim se dizia no primeiro volume – de uma experiência intelectual característica da época; e agora acrescentaremos: com a condição de sublinhar tanto a experiência como a inteligência investida; e de acentuar que, através da exploração do «império dos signos», foi sempre enunciado de preferência o insubstituível desenho – seria melhor escrever: a volumetria – de uma subjectividade: a de quem se designava a si mesmo, num projecto, como «o amador de signos». Depois de feita a selecção, a quantidade de escritos que ficavam de fora era impressionante – para muitos, insuspeitável. O que veio evidenciar a importância, e fazer avançar a investigação, daquilo a que, à falta de melhor termo, chamaremos a escrita do visível (fotografia, cinema, pintura) assim como sobre a música, e tornar oportuna a organização desta recolha,

Roland Barthes

deixando os ensaios sobre o texto literário para um outro volume. Ninguém pode ter a certeza de que R. B. teria adoptado esta separação: temos, pois, que assumir a responsabilidade, tal como a do título – extraído do artigo sobre Eisenstein –, que nos pareceu abarcar todo o volume, devido ao movimento que vai da organização simbólica ao complemento enigmático, «sem significado», ao «vinco» subversivo da significância.

Temos de assumir também a responsabilidade da ordem adoptada: quanto à disposição e quanto a algumas das grandes secções que aqui foram propostas, podemos até afirmar com segurança que não deveriam ser as de R. B. – com segurança, apenas porque o trabalho de ordenação foi sempre um trabalho em que se evidenciou a criação barthesiana, para quem a seguia ao longo dos dias no que ela tinha de mais imprevisível; porque ordenar pertencia ao que havia de mais irredutível na originalidade desta obra – a coesão de uma escrita completa onde não é possível distinguir a invenção do conceito, da escolha da imagem-chave, do fraseado e da respiração do discurso. Pelo menos, pareceu-nos que deste modo respeitaríamos na generalidade a ordem cronológica ao mesmo tempo que poderíamos dar o percurso do pensamento e os reajustamentos do estilo.

E por último, não esqueçamos: R. B., que dedicava a máxima atenção ao mais ínfimo pormenor que se ligasse à actividade do escritor, foi sempre quem redigiu o essencial do «é favor inserir» dos seus livros, assim como quis ser o autor do Roland Barthes dos Écrivains de toujours: isto basta para dizer até que ponto o editor, ao intervir agora, se sente inoportuno ao assumir a inteira responsabilidade do discurso ([1]).

François Wahl

([1]) Num caso, a regra barthesiana de não confundir o escrito com o oral foi transgredida: na conferência sobre Charles Panzéra proferida em Roma em 1977; e isso porque dispúnhamos de um texto inteiramente redigido que nos pareceu ser importante, não só porque completa os escritos precedentes sobre a música mas também pelo seu alcance biográfico.

No campo da pintura, todos os ensaios escritos por R. B. – e todos escritos relativamente tarde – poderiam ter sido reunidos agora devido ao acordo muito facilmente obtido entre os diferentes editores, se não tivéssemos de considerar à parte, embora o lamentemos, o caso de um escrito consagrado a Steinberg, encomendado há vários anos e redigido na última fase de Barthes – a dos fragmentos. A publicação original deste livro, apesar do texto de R. B. estar pronto desde 1977, só agora se tornou viável.

1

A ESCRITA DO VISÍVEL

A imagem

A MENSAGEM FOTOGRÁFICA

A fotografia de imprensa é uma mensagem. O conjunto desta mensagem é formado por uma fonte emissora, um canal de transmissão e um meio receptor. A fonte emissora é a redacção do jornal, o grupo dos técnicos, dentro do qual uns tiram a fotografia, outros escolhem-na, compõem-na, tratam-na, e outros, por fim, intitulam-na, legendam-na e comentam-na. O meio receptor é o público que lê o jornal. E o canal de transmissão é o próprio jornal, ou mais exactamente, um complexo de mensagens concorrentes, sendo a fotografia o centro, mas cujos arredores são constituídos pelo texto, o título, a legenda, a paginação, e de um modo mais abstracto mas não menos «informante», o próprio nome do jornal (porque esse nome constitui um saber que pode inflectir fortemente a leitura da mensagem propriamente dita: uma fotografia pode mudar de sentido ao passar de *l'Aurore* a *l'Humanité*). O que acabamos de verificar não é indiferente, pois torna-se evidente que as três partes tradicionais da mensagem não requerem o mesmo método de exploração; a emissão e a recepção da mensagem dependem ambas de uma sociologia: trata-se de estudar grupos humanos, de definir motivos, atitudes, e de tentar ligar o comportamento destes grupos à sociedade total de que fazem parte. Mas quanto à própria mensagem, o método só pode ser diferente: sejam quais forem a origem e o

Roland Barthes

destino da mensagem, a fotografia não é apenas um produto ou uma via, é também um objecto, dotado de uma autonomia estrutural; sem se pretender de modo nenhum separar este objecto do seu uso, temos mesmo de prever um método específico, anterior à própria análise sociológica, o qual só pode ser a análise imanente dessa estrutura original, e que uma fotografia é.

Naturalmente, mesmo sob o ângulo de uma análise puramente imanente, a estrutura da fotografia não é uma estrutura isolada; comunica, pelo menos, com uma outra estrutura, que é o texto (título, legenda ou artigo) que acompanha toda a fotografia de imprensa. A totalidade da informação é pois suportada por duas estruturas diferentes (sendo uma linguística); estas duas estruturas são concorrentes, mas como as suas unidades são heterogéneas não podem ser misturadas; aqui (no texto), a substância da mensagem é constituída por palavras; lá (na fotografia), por linhas, superfícies, tintas. Além disso, as duas estruturas da mensagem ocupam espaços reservados, contíguos, mas não «homogeneizados», como por exemplo numa charada que reúne numa única linha de leitura palavras e imagens. Por isso, embora nunca haja fotografia de imprensa sem comentário escrito, a análise deve incidir, em primeiro lugar, em cada uma das estruturas separadamente; e só quando se tiver esgotado o estudo de cada uma das estruturas se poderá compreender a maneira como elas se completam entre si. Quanto a estas duas estruturas, uma é já conhecida, a da língua (mas não, é certo, a da «literatura» que forma a palavra do jornal: neste domínio, falta fazer ainda um imenso trabalho), a outra, a da fotografia propriamente dita, quase desconhecida. Limitar-nos-emos, aqui, a definir as primeiras dificuldades de uma análise estrutural da mensagem fotográfica.

O paradoxo fotográfico

Qual é o conteúdo da mensagem fotográfica? O que é que a fotografia transmite? Por definição, a própria cena, o real literal. Do objecto à imagem deste há evidentemente uma redução de proporção, de perspectiva e de cor. Mas esta redução não é em

A mensagem fotográfica

momento algum uma *transformação* (no sentido matemático do termo); para passar do real à fotografia, não é de modo nenhum necessário dividir este real em unidades e constituir estas unidades em signos substancialmente diferentes do objecto que eles dão a ler; entre esse objecto e a sua imagem, não é de modo nenhum necessário arranjar um intermediário, isto é, um código; evidentemente que a imagem não é real; mas ela é pelo menos o seu *analogon* perfeito, e é precisamente esta perfeição analógica que, perante o senso comum, define a fotografia. Temos então o estatuto particular da imagem fotográfica: *é uma mensagem sem código*; proposição da qual temos imediatamente de extrair um corolário importante: a mensagem fotográfica é uma mensagem contínua.

Existem outras mensagens sem código? À primeira vista, sim: são precisamente todas as reproduções analógicas da realidade: desenhos, pinturas, cinema, teatro. Mas, efectivamente, cada uma destas mensagens desenvolve de uma maneira imediata e evidente, além do próprio conteúdo analógico (cena, objecto, paisagem), uma mensagem complementar, que é aquilo a que se chama vulgarmente o estilo da reprodução; trata-se, então, de um sentido segundo, cujo significante é um certo «tratamento» da imagem sob a acção do criador, e cujo significado, quer estético, quer ideológico, remete para uma certa «cultura» da sociedade que recebe a mensagem. Em suma, todas estas «artes» imitativas comportam duas mensagens: uma mensagem *denotada*, que é o próprio *analogon*, e uma mensagem *conotada* que é o modo como a sociedade dá a ler, em certa medida, o que pensa dela. Esta dualidade das mensagens é evidente em todas as reproduções que não são fotográficas: não há desenho, por muito «exacto» que seja, cuja própria exactidão não se transforme em estilo («verista»); nem cena filmada cuja objectividade não seja finalmente lida como o próprio signo da objectividade. Também aqui o estudo destas mensagens conotadas está por fazer (nomeadamente, seria preciso decidir se aquilo a que se chama obra de arte se pode reduzir a um sistema de significações); podemos apenas prever que, para todas estas artes imitativas, quando são comuns, o código do sistema conotado é provavelmente consti-

Roland Barthes

tuído quer por uma simbólica universal, quer por uma retórica da época, em suma, por uma reserva de esteriótipos (esquemas, cores, grafismos, gestos, expressões, grupos de elementos).

Ora, em princípio, quanto à fotografia, nada disso se passa, pelo menos quanto à fotografia de imprensa, que nunca é uma fotografia «artística». Quanto à fotografia que se apresenta como um análogo mecânico do real, a sua primeira mensagem preenche de certo modo plenamente a sua substância e não permite qualquer desenvolvimento de uma mensagem segunda. Em suma, de todas as estruturas de informação[2], a fotografia seria a única a ser exclusivamente constituída e ocupada por uma mensagem «denotada», que absorveria completamente o seu ser; perante uma fotografia, o sentimento de «denotação», ou, se preferirmos, de plenitude analógica, é tão intenso que a descrição de uma fotografia é literalmente impossível; porque *descrever* consiste precisamente em acrescentar à mensagem denotada um suporte ou uma mensagem segunda, extraída de um código que é a língua, e que constitui fatalmente, faça-se o que se fizer para se ser exacto, uma conotação em relação ao análogo fotográfico: descrever não é, pois, somente ser exacto ou incompleto, é mudar de estrutura, é significar outra coisa, diferente do que se mostrou[3].

Ora, este estatuto puramente «denotante» da fotografia, a perfeição e a plenitude da sua anologia, em suma, a sua «objectividade», tudo isto corre o risco de ser mítico (são estas as características que o senso comum atribui à fotografia): porque,

---

[2] Trata-se, evidentemente, de estruturas «culturais», ou «culturalizadas», e não de estruturas operacionais: por exemplo, as matemáticas constituem uma estrutura denotada, sem nenhuma conotação; mas se a sociedade de massas se apoderar dela e utilizar, por exemplo, uma fórmula algébrica num artigo consagrado a Einstein, essa mensagem, na origem puramente matemática, adquire uma conotação muito forte, visto que *significa* a ciência.

[3] Descrever um desenho é mais fácil, visto que se trata, em suma, de descrever uma estrutura já conotada, trabalhada na óptica de uma significação *codificada*. Talvez seja por isso que os testes psicológicos utilizam desenhos e pouquíssimas fotografias.

A mensagem fotográfica

de facto, há uma grande probabilidade (e esta será uma hipótese de trabalho) de a mensagem fotográfica (pelo menos a mensagem da imprensa) ser também ela conotada. A conotação não se deixa, forçosamente, captar à primeira, ao nível da própria mensagem (ela é, se quisermos, simultaneamente invisível e activa, clara e implícita), mas podemos já induzi-la de certos fenómenos que se passam ao nível da produção e da recepção da mensagem: por um lado, uma fotografia de imprensa é um objecto trabalhado, escolhido, composto, construído, tratado segundo normas profissionais, estéticas ou ideológicas, que são outros tantos factores de conotação; e por outro, esta mesma fotografia não só é captada, recebida, mas também *lida*, incorporada mais ou menos conscientemente pelo público que a consome, numa reserva tradicional de signos; ora, todo o signo supõe um código, e é este código (de conotação) que seria preciso estabelecer. O paradoxo fotográfico seria, então, a coexistência de duas mensagens, uma sem código (seria o análogo fotográfico), e a outra com código (seria a «arte», ou o tratamento ou a «escrita», ou a retórica da fotografia); estruturalmente, o paradoxo não é evidentemente o conluio de uma mensagem denotada e de uma mensagem conotada: é este o estatuto provavelmente fatal de todas as comunicações de massa; pois a mensagem conotada (ou codificada) desenvolve-se aqui a partir de uma mensagem *sem código*. Este paradoxo estrutural coincide com um paradoxo ético: sempre que se quer ser «neutro, objectivo», tenta-se copiar minuciosamente o real, como se o analógico fosse um factor de resistência ao investimento dos valores (é, pelo menos, a definição do «realismo» estético): assim, como pode a fotografia ser simultaneamente «objectiva» e «investida», natural e cultural? Só apreendendo o modo de imbricação da mensagem denotada e da mensagem conotada se poderá talvez um dia responder a esta questão. Mas para empreender este trabalho, é preciso não esquecer que, na fotografia, sendo a mensagem denotada absolutamente analógica, isto é, privada de qualquer recurso a um código, isto é, ainda *contínua,* não há hipótese de procurar as unidades significantes da primeira mensagem; pelo contrário, a mensagem conotada comporta até um plano de expressão e um plano de conteúdo, significantes e significados: obriga, pois, a uma autêntica decifração. Tal decifração seria actualmente prematura, pois para isolar as unidades significantes e os temas (ou valores) significados, seria preciso proceder (talvez por testes) a leituras dirigidas, fazendo variar artificialmente certos elementos da fotografia para observar se estas variações de formas implicam variações de sentido. Pelo menos, a partir de agora podemos prever os principais planos de análise da conotação fotográfica.

Os processos de conotação

A conotação, isto é, a imposição de um segundo sentido à mensagem fotográfica propriamente dita, elabora-se nos diferentes níveis de produção da fotografia (escolha, tratamento técnico, enquadramento, paginação): ela é, em suma, uma codificação do análogo fotográfico; é, pois, possível extrair processos de conotação; mas estes processos, há que lembrá-lo, nada têm a ver com unidades de significação, que uma análise ulterior de tipo semântico permitirá talvez um dia definir: na verdade, não fazem parte da estrutura fotográfica. Estes processos são conhecidos; limitar-nos-emos a traduzi-los em termos estruturais. Para sermos rigorosos, seria mesmo preciso separar os três primeiros (trucagem, pose, objectos) dos três últimos (fotografia, estetismo, sintaxe), visto que nos três primeiros processos a conotação é produzida por uma modificação do próprio real, isto é, da mensagem denotada (esta operação prévia não é evidentemente própria da fotografia); se os incluímos, contudo, nos processos de conotação fotográfica é porque eles próprios também beneficiam do prestígio da denotação: a fotografia permite ao fotógrafo *esquivar* a preparação a que ele submete a cena que vai captar; mas não é por isso que, do ponto de vista de uma análise estrutural posterior, não possamos estar certos de que nos poderemos servir do material que eles fornecem.

A mensagem fotográfica

1. Trucagem

Em 1951, uma fotografia amplamente difundida na imprensa americana custava o lugar, diz-se, do senador Millard Tydings; esta fotografia representava o senador a conversar com o dirigente comunista Earl Browder. Com efeito, tratava-se de uma fotografia «trucada», constituída pela aproximação artificial dos dois rostos. O interesse metódico da trucagem reside no facto de intervir mesmo no seio do plano de denotação, sem prevenir; utiliza a credibilidade específica da fotografia, que não é senão, como vimos, o seu poder excepcional de denotação, para fazer passar como simplesmente denotada uma mensagem que é, com efeito, fortemente conotada; em mais nenhum outro tratamento a conotação adquire tão completamente a máscara «objectiva» da denotação. Naturalmente, a significação só é possível na medida em que há reserva de signos, esboço de código; aqui, o significante é a atitude de conversa das duas personagens; veremos que esta atitude só se torna signo para uma certa sociedade, isto é, apenas segundo certos valores: é o anticomunismo sobranceiro do eleitorado americano que faz do gesto dos interlocutores o signo de uma familiaridade reprovável; o mesmo é dizer que o código de conotação não é nem artificial (como numa língua autêntica), nem natural: é histórico.

2. Pose

Existe uma fotografia de imprensa amplamente difundida por altura das últimas eleições americanas: é o busto do presidente Kennedy, visto de perfil, com os olhos erguidos para o céu, de mãos postas. Aqui, é a própria pose do sujeito que prepara a leitura dos significados de conotação: juvenilidade, espiritualidade, pureza; a fotografia só é evidentemente significante porque existe uma reserva de atitudes esteriotipadas que constituem elementos já feitos de significação (olhar erguido para o céu, mãos postas): uma «gramática histórica» da conotação iconográfica deveria, pois, procurar os seus materiais na pintura, no teatro, nas associações de ideias, nas metáforas correntes, etc.,

Roland Barthes

isto é, precisamente na «cultura». Como dissemos, a pose não é um processo especificamente fotográfico, mas é difícil não nos referirmos a ela, na medida em que tira o seu efeito do princípio analógico que está na base da fotografia: a mensagem não é aqui «a pose», mas «Kennedy a orar»: o leitor recebe como uma simples denotação aquilo que, efectivamente, é estrutura dupla, denotada-conotada.

3. *Objectos*

É preciso reconhecer a importância daquilo a que se poderia chamar a pose dos objectos, visto que o sentido conotado surge então dos objectos fotografados (quer se tenha disposto artificialmente estes objectos em frente da objectiva, se o fotógrafo esteve para isso, quer o paginador tenha escolhido, entre várias fotografias, uma certa deste ou daquele objecto). O interesse reside no facto de estes objectos serem indutores correntes de associações de ideias (biblioteca = intelectual), ou, de um modo mais obscuro, de autênticos símbolos (a porta da câmara de gás de Chessmann remete para a porta fúnebre das antigas mitologias). Estes objectos constituem excelentes elementos de significação: por um lado, são descontínuos e completos em si mesmos, o que é para um signo uma qualidade física; por outro, remetem para significados claros, conhecidos; são, pois, elementos de um verdadeiro léxico, de tal modo estáveis que facilmente os podemos constituir em sintaxe. Vejamos, por exemplo, uma «composição» de objectos: uma janela aberta para telhados de telha, uma paisagem de vinhedos; em frente da janela, um álbum de fotografias, uma lupa, um vaso de flores; estamos, pois, no campo, no Sul do Loire (vinhas e telhas), numa moradia burguesa (flores em cima da mesa), cujo hóspede de certa idade (lupa) revive as suas recordações (álbum de fotografias): é François Mauriac em Malagar (no *Paris-Match*); a conotação «sai» mais ou menos de todas estas unidades significantes, mas «captadas» como se se tratasse de uma cena imediata e espontânea, isto é, insignificante; encontramo-la explicitada no texto, que desenvolve o tema das raízes telúricas

A mensagem fotográfica

de Mauriac. O objecto talvez já não possua uma *força*, mas possui, seguramente, um sentido.

4. *Fotogenia*

Já foi feita a teoria da fotogenia (Edgar Morin em *O Cinema ou o Homem Imaginário*) e não é esta a ocasião de nos debruçarmos sobre a significação geral deste processo. Bastará definir a fotogenia em termos de estrutura informativa: na fotogenia, a mensagem conotada existe na própria imagem, «embelezada» (isto é, em geral sublimada) por técnicas de iluminação, de impressão e de tiragem. Dever-se-ia inventariar estas técnicas, mesmo que fosse apenas pelo facto de a cada uma corresponder um significado de conotação suficientemente constante para ser incorporado num léxico cultural dos «efeitos» técnicos (por exemplo, o «fiou» de movimento ou «filé», lançado pela equipa do Dr. Steinert para significar o espaço – tempo). Aliás, este inventário seria um meio excelente para distinguir os efeitos estéticos dos efeitos significantes – salvo para reconhecer talvez que em fotografia, contrariamente às intenções dos fotógrafos de exposição, nunca há *arte*, mas sempre *sentido* – o que precisamente oporia finalmente segundo um critério preciso a boa pintura, mesmo que fortemente figurativa, à fotografia.

5. *Estetismo*

Porque se podemos falar de estetismo em fotografia, é, parece, de uma maneira ambígua: sempre que a fotografia se faz pintura, isto é, composição ou substância visual deliberadamente tratada «na paleta», é ou para se significar a si mesma como «arte» (é o caso do «picturalismo» do princípio do século), ou para se impor um significado geralmente mais subtil e mais complexo do que o permitiriam outros processos de conotação; assim, Cartier-Bresson construiu a recepção do cardeal Pacelli pelos fiéis de Lisieux como o quadro de um velho mestre; mas esta fotografia não é de modo algum um quadro; por um lado, o estetismo ostentado remete (maliciosamente) para a própria ideia

Roland Barthes

de quadro (o que é contrário a toda a pintura autêntica), e, por outro, a composição significa aqui, de um modo declarado, uma certa espiritualidade extática, traduzida precisamente em termos de espectáculo objectivo. Aliás vemos aqui a diferença entre a fotografia e a pintura: no quadro de um primitivo, a «espiritualidade» não é de modo nenhum um significado, mas, se assim se pode dizer, o próprio ser da imagem; com efeito, pode existir em certas pinturas, elementos de código, figuras de retórica, símbolos de época; mas nenhuma unidade significante remete para a espiritualidade, que é uma maneira de ser, não o objecto de uma mensagem estruturada.

6. Sintaxe

Já falámos aqui de uma leitura discursiva de objectos-signos no interior de uma mesma fotografia; naturalmente, várias fotografias podem constituir-se em sequência (é o caso corrente nas revistas ilustradas); o significante de conotação já não se encontra então ao nível de nenhum dos fragmentos da sequência, mas no nível (supra-segmental, diriam os linguistas) do encadeamento. Vejamos quatro instantâneos de uma caçada presidencial em Rambouillet; em cada tiro o ilustre caçador (Vicent Auriol) aponta a espingarda numa direcção imprevista, com grande perigo para os guardas, que fogem ou se atiram para o chão: a sequência (e só a sequência) dá a ler um cómico, que surge, segundo um processo bem conhecido, da repetição e da variação das atitudes. A propósito disto, há que notar que a fotografia solitária muito raramente (isto é, muito dificilmente) é cómica, contrariamente ao desenho; o cómico tem necessidade de movimento, isto é, de repetição (o que é fácil no cinema), ou de tipificação (o que é possível no desenho), estando estas duas «conotações» interditas à fotografia.

A mensagem fotográfica

O texto e a imagem

São estes os principais processos de conotação da imagem fotográfica (uma vez mais, trata-se de técnicas, não de unidades). Podemos acrescentar-lhes, de um modo constante, o próprio texto que acompanha a fotografia de imprensa. Aqui, é preciso fazer três observações.

Em primeiro lugar, esta: o texto constitui uma mensagem parasita, destinada a conotar a imagem, isto é, a «insuflar-lhe» um ou vários segundos significados. Por outras palavras, e é uma inversão histórica importante, a imagem já não *ilustra* a palavra; é a palavra que, estruturalmente, é parasita da imagem; esta inversão tem o seu preço: nos modos tradicionais de «ilustração», a imagem funcionava como um regresso episódico à denotação, a partir de uma mensagem principal (o texto) que era sentido como conotado, visto que, precisamente, ele tinha necessidade de uma ilustração; na relação actual, a imagem não vem esclarecer ou «realizar» a palavra; é a palavra que vem sublimar, patetizar ou racionalizar a imagem; mas como esta operação se faz a título acessório, o novo conjunto afirmativo parece principalmente fundado numa mensagem objectiva (denotada), cuja palavra não é senão uma espécie de segunda vibração, quase inconsequente; antigamente, a imagem ilustrava o texto (tornava-o mais claro); hoje, o texto sobrecarrega a imagem, confere-lhe uma cultura, uma moral, uma imaginação; antigamente, havia redução do texto à imagem, hoje há amplificação da imagem ao texto: a conotação já não é vivida senão como a ressonância natural da denotação fundamental constituída pela analogia fotográfica; estamos, pois, perante um processo caracterizado de naturalização do cultural.

Outra observação: o efeito de conotação é provavelmente diferente conforme o modo de apresentação da palavra; quanto mais a palavra está próxima da imagem, menos parece conotá-la; captada, por assim dizer, pela mensagem iconográfica, a mensagem verbal parece participar na sua objectividade, a conotação da linguagem «torna-se inocente» através de denotação da fotografia; é verdade que não há nunca incorporação verdadeira,

Roland Barthes

visto que as substâncias das duas estruturas (aqui gráfica, ali icónica) são irredutíveis; mas há provavelmente graus na amálgama; a legenda tem provavelmente um efeito de conotação menos evidente do que o título ou o artigo; título e artigo separam-se sensivelmente da imagem, o título pela grafia, o artigo pela distância, um porque rompe, o outro porque afasta o conteúdo da imagem; pelo contrário, a legenda, pela sua própria disposição, pela sua medida média de leitura, parece duplicar a imagem, isto é, participar na sua denotação.

Contudo, é impossível (e esta será a última observação a propósito do texto) que a palavra «duplique» a imagem; porque na passagem de uma estrutura a outra elaboram-se fatalmente segundos significados. Qual é a relação destes significados de conotação com a imagem? Trata-se, aparentemente, de uma explicitação, isto é, em certa medida, de uma ênfase; com efeito, na maioria das vezes, o texto não faz senão amplificar um conjunto de conotações já incluídas na fotografia; mas, por vezes, também o texto produz (inventa) um significado inteiramente novo e que é de certo modo projectado retroactivamente na imagem, a ponto de parecer denotado: «Viram a morte, prova-o a expressão do rosto», diz o título de uma fotografia onde se vê Elisabeth e Philip descer do avião; contudo, no momento da fotografia, estas duas personagens ignoravam ainda tudo do acidente aéreo a que acabavam de escapar. Por vezes também a palavra pode até contradizer a imagem de maneira a produzir uma conotação compensatória; uma análise de Gerbner (*The social anatomy of the romance confession cover-girl*) provou que em algumas revistas sentimentais a mensagem verbal dos títulos de capa (de conteúdo sombrio e angustiante) acompanhava sempre a imagem de uma *cover-girl* radiante; as duas mensagens entram aqui em compromisso; a conotação tem uma função regularizadora, preserva o jogo irracional da projecção--identificação.

A mensagem fotográfica

A insignificância fotográfica

Vimos que o código de conotação não era provavelmente nem «natural» nem «artificial», mas histórico, ou se preferirmos: «cultural»; os signos são aí gestos, atitudes, expressões, cores ou efeitos, dotados de certos sentidos em virtude do uso de determinada sociedade: a ligação entre o significante e o significado, isto é, na verdade, a própria significação, permanece, senão imotivada, pelo menos inteiramente histórica. Não podemos, pois, dizer que o homem moderno projecta na leitura da fotografia sentimentos e valores que dizem respeito ao carácter ou «eternos», isto é, infra ou trans-históricos, a não ser que se especifique bem que a significação, essa, é sempre elaborada por uma sociedade e uma história definidas; a significação é, em suma, o movimento dialéctico que resolve a contradição entre o homem cultural e o homem natural. Graças ao seu código de conotação, a leitura da fotografia é, pois, sempre histórica; ela depende do «saber» do leitor, como se se tratasse de uma língua verdadeira, inteligível apenas se se soubessem os signos. No fim de contas, a «linguagem» fotográfica acaba por lembrar certas línguas ideográficas, em que unidades analógicas e unidades sinaléticas estão misturadas, com a única diferença que o ideograma é vivido como um signo, enquanto a «cópia» fotográfica passa pela denotação pura e simples da realidade. Encontrar este código de conotação seria pois isolar, inventariar e estruturar todos os elementos «históricos» da fotografia, todas as partes da superfície fotográfica que obtêm o seu descontínuo até de um certo saber do leitor, ou, se preferirmos, da sua situação cultural.

Ora, nesta tarefa, será preciso talvez ir muito longe. Nada diz que haja na fotografia partes «neutras», ou pelo menos a insignificância completa da fotografia talvez seja completamente excepcional; para resolver este problema, seria preciso, em primeiro lugar, esclarecer completamente os mecanismos de leitura (no sentido físico, e já não semântico, do termo), ou, se quisermos, de percepção da fotografia; ora, quanto a este ponto, não sabemos grande coisa: como lemos nós uma fotografia? Que captamos? Em que ordem, segundo que itinerário? O que é captar?

Roland Barthes

Se, segundo certas hipóteses de Bruner e Piaget, não há percepção sem categorização imediata, a fotografia é verbalizada no próprio momento em que é captada; ou ainda melhor: ela só é captada verbalizada (ou, se a verbalização tardar, há desordem da percepção, interrogação, angústia do sujeito, traumatismo, segundo a hipótese de G. Cohen-Séat a propósito da percepção fílmica). Nesta perspectiva, a imagem aprisionada imediatamente por uma metalinguagem interior, que é a língua, não conheceria, em suma, realmente nenhum estado denotado; só existiria socialmente imersa pelo menos numa primeira conotação, aquela das categorias da língua; e sabemos que toda a língua toma partido sobre as coisas, que ela conota o real, mesmo que não seja senão ao distingui-lo; as conotações da fotografia coincidiriam pois, *grosso modo*, com os grandes planos de conotação da linguagem.

Assim, além da conotação «perceptiva», hipotética mas possível, encontrar-se-iam então modos de conotação mais particulares. Em primeiro lugar, uma conotação «cognitiva», cujos significantes seriam escolhidos, localizados em certas partes do *analogon*: perante uma certa visão de cidadão, sei que estou num país norte-africano, porque à esquerda uma tabuleta em caracteres árabes, ao centro um homem de albornoz, etc.; a leitura depende aqui estreitamente da minha cultura, do meu conhecimento do mundo; e é provável que uma boa fotografia de imprensa (e elas são-no todas, visto que são seleccionadas) se sirva facilmente do saber suposto dos seus leitores, ao escolher as provas que comportam a maior quantidade possível de informações deste género, de maneira a euforizar a leitura; se fotografarmos Agadir destruída, vale mais dispor de alguns signos de «arabidade», embora a «arabidade» nada tenha a ver com o próprio desastre; porque a conotação proveniente do saber é sempre uma força tranquilizadora: o homem adora os signos e adora-os de preferência claros.

Conotação perceptiva, conotação cognitiva: fica o problema da conotação ideológica (no sentido mais amplo do termo) ou ética, a que introduz na leitura da imagem razões ou valores. E uma conotação forte exige um significante muito elaborado,

A *mensagem fotográfica*

de preferência de ordem sintáctica: encontro de personagens (vimo-lo a propósito da trucagem), desenvolvimento de atitudes, constelação de objectos; o filho do xá do Irão acaba de nascer; na fotografia está: a realeza (berço adorado por uma multidão de criados que o rodeiam), a riqueza (várias amas), a higiene (batas brancas, tecto do berço em *plexiglass*), a condição, contudo, humana dos reis (o bébé chora), isto é, todos os elementos contraditórios do mito principesco, tal como o consumimos hoje: trata-se aqui de valores apolíticos e o léxico é rico e claro nisto; é possível (mas é apenas uma hipótese) que, pelo contrário, a conotação política seja na maior parte das vezes confiada ao texto, na medida em que as escolhas políticas são sempre, se assim o podemos dizer, de má-fé: de uma fotografia, posso dar uma leitura de direita ou uma leitura de esquerda (ver a propósito disto um inquérito do IFOP, publicada por *Les Temps modernes*, 1955); a denotação, ou a sua aparência, é uma força impotente para modificar as opções políticas: nunca nenhuma fotografia convenceu ou desmentiu ninguém (mas ela pode «confirmar»), na medida em que a consciência política é talvez inexistente fora do *logos*: a política é o que permite *todas* as linguagens.

Estas breves observações esboçam uma espécie de quadro diferencial das conotações fotográficas; vemos, de qualquer modo, que a conotação vai muito longe. O mesmo é dizer que uma pura denotação, um *aquém da linguagem* seja impossível? Se ela existe talvez não seja ao nível daquilo a que a linguagem corrente chama o insignificante, o neutro, o objectivo, mas, muito pelo contrário, ao nível das imagens propriamente traumáticas: o trauma é, precisamente, o que suspende a linguagem e bloqueia a significação. Sem dúvida, situações normalmente traumáticas podem ser captadas num processo de significação fotográfica; mas é precisamente então que elas são assinaladas através de um código retórico que as distancia, as sublima, as apazigua. As fotografias propriamente traumáticas são raras, pois, em fotografia, o trauma é inteiramente tributário da certeza de que a cena realmente se passou: *era preciso que o fotógrafo estivesse lá* (é a definição mítica da denotação); mas dito isto (que, a falar

Roland Barthes

verdade, é já uma conotação), a fotografia traumática (incêndios, naufrágios, catástrofes, mortes violentas, captadas «ao vivo») é aquela de que não há nada a dizer: a foto-choque é por estrutura insignificante: nenhum valor, nenhum saber, em último caso nenhuma categorização verbal pode ter domínio sobre o processo institucional da significação. Poderíamos imaginar uma espécie de lei: quanto mais o trauma é directo, mais a conotação é difícil; ou ainda: o efeito «mitológico» de uma fotografia é inversamente proporcional ao seu efeito traumático.

Porquê? É que sem dúvida, como toda a significação bem estruturada, a conotação fotográfica é uma actividade institucional; à escala da sociedade total, a sua função é integrar o homem, isto é, tranquilizá-lo; todo o código é simultaneamente arbitrário e racional; todo o recurso a um código é pois uma maneira para o homem de se afirmar, de se pôr à prova através de uma razão e de uma liberdade. Neste sentido, a análise dos códigos talvez permita definir historicamente uma sociedade com mais facilidade e segurança do que a análise dos seus significados, porque estes podem aparecer muitas vezes como trans-históricos, pertencendo a um fundo antropológico, mais do que a uma autêntica história: Hegel definiu melhor os antigos Gregos ao delinear a maneira como eles faziam significar a natureza, do que ao descrever o conjunto dos seus «sentimentos e crenças» sobre este assunto. Assim, talvez devamos fazer mais do que inventariar directamente os conteúdos ideológicos do nosso tempo; porque ao tentarmos reconstituir na sua estrutura específica o código de conotação de uma comunicação tão ampla como a fotografia de imprensa, podemos esperar encontrar, na sua própria delicadeza, as formas de que a nossa sociedade se serve para se tranquilizar, e através disso agarrar a medida, os desvios e a função profunda deste esforço: perspectiva tanto mais fascinante, como dissemos no princípio, quanto, no que diz respeito à fotografia, ela se desenvolve na forma de um paradoxo: aquele que faz de um objecto inerte uma linguagem e que transforma a incultura de uma arte «mecânica» na mais social das instituições.

1961, *Communications.*

RETÓRICA DA IMAGEM

Segundo uma etimologia antiga, a palavra *imagem* deveria ser ligada à raiz de *imitari*. Eis-nos imediatamente no cerne do problema mais importante que se coloca à semiologia das imagens: poderá a representação analógica (a «cópia») produzir verdadeiros sistemas de signos e já não somente simples aglutinações de símbolos? Um «código» analógico – e não já digital – será concebível? Sabemos que os linguistas remetem para fora da linguagem toda a comunicação por analogia, da «linguagem» das abelhas à «linguagem» por gestos, desde que estas comunicações não sejam duplamente articuladas, isto é, baseadas em definitivo numa combinatória de unidades digitais, como são os fonemas. Os linguistas não são os únicos a suspeitar da natureza linguística da imagem; a opinião comum também considera a imagem um lugar de resistência ao sentido, em nome de uma certa ideia mítica da Vida: a imagem é representação, isto é, em definitivo, ressurreição, e sabemos que o inteligível é tido como antipático em relação ao vivido. Assim, dos dois lados, a analogia é sentida como um sentido pobre: uns pensam que a imagem é um sistema muito rudimentar em relação à língua, e outros que a significação não pode esgotar a riqueza inefável da imagem. Ora, mesmo e sobretudo se a imagem é de uma certa maneira *limite* do sentido, é a

Roland Barthes

uma verdadeira ontologia da significação que ela permite chegar. Como é que o sentido vem à imagem? Onde acaba o sentido? E se ele acaba, que há *para além* dele? É a pergunta que queríamos colocar aqui, ao submeter a imagem a uma análise espectral das mensagens que ela pode conter. À partida, teremos uma facilidade – considerável: estudaremos apenas a imagem publicitária. Porquê? Porque em publicidade a significação da imagem é seguramente intencional: são certos atributos do produto que formam *a priori* os significados da mensagem publicitária e estes significados devem ser transmitidos tão claramente quanto possível; se a imagem contém signos, é pois certo que em publicidade estes signos são plenos, formados em vista da melhor leitura: a imagem publicitária é *franca*, ou pelo menos enfática.

As três mensagens

Vejamos uma publicidade *Panzani*: pacotes de massa, uma caixa, um pequeno saco, tomates, cebolas, pimentões, um cogumelo, saindo tudo isto de um saco de rede meio aberto, em cores amarelas e verdes num fundo vermelho[4]. Tentemos «espremer» as diferentes mensagens que ela pode conter.

A imagem faculta imediatamente uma primeira mensagem, cuja substância é linguística; os suportes são a legenda, marginal, e os rótulos, esses, estão inseridos no natural da cena, como *en abyme*[5]; o código com que se retém esta mensagem não é outro

---

[4] A *descrição* da fotografia é feita aqui com prudência, pais constitui já uma metalinguagem.

[5] Transcrevemos parte da definição que consta do *Dicionário de Termos Literários*, de Carlos Ceia: «A mise en abyme consiste num processo de reflexividade literária, de duplicação especular. Tal auto-representação pode ser total ou parcial, mas também pode ser clara ou simbólica, indirecta. Na sua modalidade mais simples, mantém-se a nível do enunciado: *uma narrativa vê-se sinteticamente representada num determinado ponto do seu curso*. Numa modalidade mais complexa, o nível de enunciação seria projectado no interior dessa representação: a instância enunciadora configura-se, então, no texto em pleno acto enunciatório» [ver < http://www2.fcsh.unl.pt/edtl/verbetes/M/mise_en_abime. htm >, itálicos nossos] (*N. R.*)

Retórica da imagem

senão o da língua francesa; para ser decifrada, esta mensagem não exige mais saber do que o conhecimento da escrita e do francês. Na verdade, esta mensagem pode ainda decompor-se, pois o signo *Panzani* não fornece apenas o nome da firma, mas também, pela sua assonância, um significado complementar que é, se quisermos, a «italianidade»; a mensagem linguística é, pois, dupla (pelo menos nesta imagem): de denotação e de conotação; contudo, como não há aqui senão um único signo típico[6], a saber, o da linguagem articulada (escrita), contar-se-á apenas uma única mensagem.

Posta de lado a mensagem linguística, fica a imagem pura (mesmo se os rótulos aí estiverem a título episódico). Esta imagem fornece imediatamente uma série de signos descontínuos. Vejamos, em primeiro lugar, (esta ordem é indiferente, pois estes signos não são lineares), a ideia de que se trata, na cena representada, de um regresso do mercado; este significado implica por si mesmo dois valores eufóricos: o da frescura dos produtos e o da preparação puramente caseira a que são destinados; o seu significante é o saco de rede entreaberto que deixa as provisões espalharem-se em cima da mesa, como «ao desbarato». Para lermos este primeiro signo, basta um saber de certo modo implantado nos usos de uma civilização muito ampla, onde «fazer as suas próprias compras» se opõe ao abastecimento rápido (conservas, congelados) de uma civilização mais «mecânica». Um segundo signo é mais ou menos também evidente; o seu significante é a reunião do tomate, do pimentão e da cor tricolor (amarelo, verde, encarnado) do cartaz; o seu significado é a Itália, ou antes, a *italianidade*; este signo está numa relação de redundância com o signo conotado da mensagem linguística (a assonância italiana do nome *Panzani*); o saber mobilizado por este signo é já mais particular: é um saber propriamente «francês» (os Italianos dificilmente poderiam captar a conotação do nome próprio assim como provavelmente a italianidade do tomate e

---

[6] Chamaremos *signo típico* ao signo de um sistema, na medida em que é definido suficientemente pela sua substância: o signo verbal, o signo icónico, o signo gestual são outros tantos signos típicos.

Roland Barthes

do pimentão), baseado num conhecimento de determinados esteriótipos turísticos. Continuando a explorar a imagem (o que não quer dizer que ela não seja imediatamente evidente à primeira vista), descobrimos sem dificuldade pelo menos dois outros signos; num, o amontoado compacto de objectos diferentes transmite a ideia de um serviço culinário total, como se, por um lado, *Panzani* fornecesse tudo o que é necessário a um prato composto, e como se, por outro lado, o concentrado da caixa igualasse os produtos naturais que a rodeiam, fazendo esta cena a ligação, de certo modo, entre a origem dos produtos e o seu último estado; no outro signo, a composição, evocando a recordação de tantas pinturas alimentares, remete para um significado estético; é a «natureza morta», ou como se diz noutras línguas, com mais precisão, o still living([7]); o saber necessário é aqui fortemente cultural. Poder-se-ia sugerir que a estes quatro signos se acrescente uma última informação: aquela que nos diz que se trata aqui de uma publicidade, e que provém ao mesmo tempo do lugar da imagem na revista e da insistência dos rótulos *Panzani* (sem falar da legenda); mas esta última informação é extensiva à cena; escapa, de certo modo, à significação, na medida em que a natureza publicitária da imagem é essencialmente funcional: proferir alguma coisa não quer dizer forçosamente: *eu falo*, exceptuando sistemas deliberadamente reflexivos como a literatura.

Temos assim para esta imagem quatro signos, que formam um conjunto coerente, pois são todos descontínuos, obrigam a um saber geralmente cultural e remetem para significados em que cada um é global (por exemplo, a *italianidade*), penetrado de valores eufóricos; ver-se-á, pois, sucedendo à mensagem linguística, uma segunda mensagem, de natureza icónica. Será tudo? Se retirarmos todos estes signos da imagem, fica ainda uma certa matéria informativa; privado de todo o saber, continuo a «ler» a imagem, a «compreender» que ela reúne num mesmo espaço uma certa quantidade de objectos identificáveis (nomeáveis), e não só formas e cores. Os significados desta terceira mensagem

---

([7]) Em francês, a expressão «natureza morta» refere-se à presença original de objectos fúnebres, como um crânio, em certos quadros.

Retórica da imagem

são formados pelos objectos reais da cena, os significantes por estes mesmos objectos fotografados, pois é evidente que na representação analógica, já não sendo «arbitrária» a relação da coisa significada e da imagem significante (como o é na língua), já não é necessário tratar do suporte de um terceiro termo sob as espécies da imagem psíquica do objecto. O que especifica esta terceira imagem é, com efeito, a relação do significado e do significante que é quase tautológica; sem dúvida, a fotografia implica um certo tratamento da cena (enquadramento, redução, achatamento), mas esta passagem não é uma *transformação* (como o pode ser uma codificação); há aqui perda da equivalência (própria dos verdadeiros sistemas de signos) e posição de uma quase-identidade. Por outras palavras, o signo desta mensagem já não é bebido numa reserva institucional, não é codificado, e ficamos perante este paradoxo (ao qual voltaremos) de uma *mensagem sem código*[8]. Esta particularidade encontra-se ao nível do saber investido na leitura da mensagem: para «ler» este último (ou este primeiro) nível da imagem, não temos necessidade de outro saber senão daquele que está ligado à nossa percepção: não é nulo, pois temos de saber o que é uma imagem (as crianças só o sabem por volta dos quatro anos) e o que são um tomate, um saco de rede, um pacote de massa: contudo, trata-se de um saber quase antropológico. Esta mensagem corresponde de certo modo literalmente à imagem, e será conveniente chamar-lhe mensagem literal, por oposição à mensagem precedente, que é uma mensagem «simbólica».

Se a nossa leitura for satisfatória, a fotografia analisada propõe-nos, pois, três mensagens: uma mensagem linguística, uma mensagem icónica codificada e uma mensagem icónica não-codificada. A mensagem linguística deixa-se facilmente separar das duas outras mensagens; mas tendo essas mensagens a mesma substância (icónica), em que medida temos o direito de as distinguir? É certo que a distinção das duas mensagens icónicas não se faz espontaneamente ao nível da leitura corrente: o espectador

---

[8] Ver atrás «A mensagem fotográfica».

da imagem recebe *ao mesmo tempo* a mensagem perceptiva e a mensagem cultural, e veremos a seguir que esta confusão de leitura corresponde à função da imagem de massa (de que nos ocupamos aqui). A distinção tem contudo uma validade operatória, análoga àquela que permite distinguir no signo linguístico um significante e um significado, embora, de facto, nunca ninguém possa separar a «palavra» do seu sentido, a não ser que se recorra à metalinguagem de uma definição: se a distinção permite descrever a estrutura da imagem de uma maneira coerente e simples e se a descrição assim feita prepara uma explicação do papel da imagem na sociedade, julgamo-la justificada. É preciso, pois, voltar a cada um dos tipos de mensagem de modo a explorá--los na sua generalidade, sem perder de vista que tentamos compreender a estrutura da imagem no seu conjunto, isto é, a relação final das três mensagens entre si. Contudo, visto que já não se trata de uma análise «ingénua» mas de uma descrição estrutural[9] modificar-se-á um pouco a ordem das mensagens, intervertendo-se a mensagem cultural e a mensagem literal; das duas mensagens icónicas, a primeira está de certo modo impressa na segunda: a mensagem literal aparece como o suporte da mensagem «simbólica». Ora, sabemos que um sistema que se encarrega dos signos de um outro sistema para formar os seus significantes é um sistema de conotação[10]; diremos, assim, imediatamente que a imagem literal é denotada e a imagem simbólica *conotada*. Estudaremos, pois, sucessivamente a mensagem linguística, a imagem denotada e a imagem conotada.

A mensagem linguística

Será a mensagem linguística constante? Haverá sempre texto na, sob ou à volta da imagem? Para encontrar imagens apresen-

---

[9] A análise «ingénua» é uma enumeração de elementos, a descrição estrutural quer apreender a relação destes elementos em virtude do princípio de solidariedade dos termos de uma estrutura: se um termo muda, os outros mudam também.

[10] Cf. *Éléments de sémiologie*, in *Communications*, 4, 1969, p. 130. *Elementos de Semiologia*, Edições 70, Lisboa.

Retórica da imagem

tadas sem palavras, é preciso sem dúvida recuar até sociedades parcialmente analfabetas, isto é, a uma espécie de estado pictográfico da imagem; de facto, desde a aparição do livro, é frequente a ligação entre o texto e a imagem; esta ligação parece ter sido pouco estudada de um ponto de vista estrutural; qual será a estrutura significante da «ilustração»? A imagem duplicará certas informações do texto, por um fenómeno de redundância, ou o texto acrescentará uma informação inédita à imagem? O problema poderia ser colocado historicamente a propósito da época clássica, que teve uma paixão pelos livros de figuras (não se concebia, no século XVIII, que as *Fábulas* de La Fontaine não fossem ilustradas), e em que alguns autores como P. Ménestrier se interrogaram sobre as relações entre a figura e o discursivo[11]. Hoje, ao nível das comunicações de massa, é evidente que a mensagem linguística está presente em todas as imagens: como título, como legenda, como artigo de imprensa, como diálogo de filme, como *fumetto*; por aí se vê que não é muito justo falar de uma civilização da imagem: somos ainda e mais do que nunca uma civilização da escrita[12], porque a escrita e a fala são sempre termos plenos da estrutura informativa. Com efeito, só conta a presença da mensagem linguística, porque nem o seu lugar nem a sua extensão parecem pertinentes (um texto longo pode não comportar senão um significado global, devido à conotação, e é este significado que entra em relação com a imagem). Quais são as funções da mensagem linguística em relação à mensagem icónica (dupla)? Parece haver duas: de fixação e de etapa.

Como se verá melhor a seguir, toda a imagem é polissémica, implicando como subjacente aos seus significantes uma «cadeia flutuante» de significados, dos quais o leitor pode escolher uns e ignorar outros. A polissemia produz uma interrogação sobre o sentido; ora, esta interrogação aparece sempre como uma disfun-

---

[11] *L'Art des emblèmes*, 1684.

[12] Encontra-se, sem dúvida, a imagem sem fala, mas a título paradoxal, em certos desenhos humorísticos; a ausência de fala esconde sempre uma intenção enigmática.

ção, mesmo que esta disfunção seja recuperada pela sociedade sob a forma de jogo trágico (Deus, mudo, não permite escolher entre os signos) ou poético (é o «frémito do sentido» – pânico – dos antigos Gregos); no próprio cinema, as imagens traumáticas estão ligadas a uma incerteza (a uma inquietação) sobre o sentido dos objectos ou das atitudes. Por isso, desenvolvem-se, em qualquer sociedade, diversas técnicas destinadas a *fixar* a cadeia flutuante dos significados, de modo a combater o terror dos signos incertos: a mensagem linguística é uma dessas técnicas. Ao nível da mensagem literal, a palavra responde, de um modo mais ou menos directo, mais ou menos parcial, à questão: *o que é isto?* Ela ajuda a identificar pura e simplesmente os elementos da cena e a própria cena: trata-se de uma descrição denotada da imagem (descrição muitas vezes parcial), ou, na terminologia de Hjelmslev, de uma *operação* (por oposição à conotação) ([13]). A função denominativa corresponde bem a uma fixação de todos os sentidos possíveis (denotados) do objecto, pelo recurso a uma nomenclatura; perante um prato (publicidade *Amieux*), posso hesitar em identificar as formas e os volumes; a legenda («arroz e atum com cogumelos») ajuda-me a escolher *o bom nível de percepção*; ela permite-me acomodar não só o meu olhar, mas ainda a minha intelecção. Ao nível da mensagem «simbólica», a mensagem linguística orienta já não a identificação, mas a interpretação, ela constitui uma espécie de grampo que impede os sentidos conotados de proliferarem, quer para regiões demasiado individuais (isto é, ela limita o poder projectivo da imagem), quer para valores disfóricos; uma publicidade (conservas de *Arcy*) apresenta alguns frutos miúdos espalhados à volta de uma escada; a legenda («como se você tivesse dado a volta ao seu jardim») afasta um significado possível (parcimónia, pobreza da colheita), porque seria desagradável, e orienta a leitura para um significado lisonjeador (carácter natural e pessoal dos frutos do jardim privado); a legenda, aqui como um contra-tabu, combate o mito ingrato do artificial, vulgarmente associado às conservas. Evidentemente, noutro âmbito que não o da publicidade, a fixa-

---

([13]) Cf. *Éléments..., op. cit.*, p. 131-132.

Retórica da imagem

ção pode ser ideológica, e é mesmo, sem dúvida, a sua função principal; o texto *dirige* o leitor entre os significados da imagem, faz-lhe evitar uns e receber outros; através de um *dispatching* muitas vezes subtil, ele teleguia-o para um sentido escolhido de antemão. Em todos estes casos de fixação a linguagem tem, evidentemente, uma função de elucidação, mas esta elucidação é selectiva; trata-se de uma metalinguagem aplicada não à totalidade da mensagem icónica, mas somente a alguns dos seus signos; o texto é verdadeiramente o controlo do criador (logo, da sociedade) sobre a imagem: a fixação é um controlo, ela detém uma responsabilidade, face ao poder projectivo das figuras, sobre o uso da mensagem; em relação à liberdade dos significados da imagem, o texto tem um valor *repressivo*[14] e compreende-se que seja ao seu nível que se investem sobretudo a moral e a ideologia de uma sociedade.

A fixação é a função mais frequente da mensagem linguística; encontramo-la vulgarmente na fotografia de imprensa e na publicidade. A função de etapa é mais rara (pelo menos no que diz respeito à imagem fixa); encontramo-la sobretudo nos *cartoons* e nas bandas desenhadas. Aqui, a palavra (a maior parte das vezes um fragmento de diálogo) e a imagem estão numa relação complementar; as palavras são então fragmentos de um sintagma mais geral, tal como as imagens, e a unidade da mensagem faz--se num nível superior: o da história, da anedota, da diegese (o que confirma bem que a diegese deve ser tratada como um sistema autónomo [15]). Rara na imagem fixa, esta palavra-etapa

---

[14] Isto vê-se bem no caso paradoxal em que a imagem é construída segundo o texto, e em que, por conseguinte, o controlo pareceria inútil. Uma publicidade que quer dar a entender que em tal café o aroma é «prisioneiro» do produto em pó, e que, por isso, o encontraremos inteiramente no uso, representa por cima da frase uma caixa de café envolvida por uma corrente e um cadeado; aqui a metáfora linguística («prisioneiro») é tomada à letra (processo poético bem conhecido); mas, com efeito, é a imagem que é lida em primeiro lugar e o texto que a formou torna-se para acabar a simples escolha de um significado entre outros: a repressão encontra-se no circuito sob a forma de uma banalização da mensagem.

[15] Cf. Claude Bremond, «le message narratif», in Communications, 4, 1964.

torna-se muito importante no cinema, onde o diálogo não tem uma função simples de elucidação, mas onde ela faz verdadeiramente avançar a acção ao colocar na sequência das mensagens, sentidos que não se encontram na imagem. As duas funções da mensagem linguística podem evidentemente coexistir num mesmo conjunto icónico, mas o domínio de uma ou de outra não é certamente indiferente à economia geral da obra; sempre que a palavra tem um valor diegético de etapa, a informação é mais dispendiosa, visto que necessita da aprendizagem de um código digital (a língua); sempre que ela tem um valor substitutivo (de fixação, de controlo), é a imagem que detém a carga informativa, e, como a imagem é analógica, a informação é de certo modo mais «preguiçosa»: em algumas bandas desenhadas, destinadas a uma leitura «apressada», a diegese é sobretudo confiada à palavra, recolhendo a imagem as informações atributivas, de ordem paradigmática (estatuto estereotipado das personagens): faz-se coincidir a mensagem dispendiosa e a mensagem discursiva, de modo a evitar ao leitor apressado o aborrecimento das «descrições» verbais, confiadas aqui à imagem, isto é, a um sistema menos «laborioso».

A imagem denotada

Vimos que na imagem propriamente dita, a distinção entre a mensagem literal e a mensagem simbólica era operatória; nunca se encontra (pelo menos em publicidade) uma imagem literal no estado puro; mesmo que se conseguisse uma imagem inteiramente «ingénua», ela ganharia imediatamente o signo da ingenuidade e completar-se-ia com uma terceira mensagem, simbólica. Os caracteres da mensagem literal não podem pois ser substanciais, mas apenas relacionais; é, em primeiro lugar, se quisermos, uma mensagem privativa, constituída por aquilo que fica na imagem sempre que se apaga (mentalmente) os signos de conotação (tirá-los verdadeiramente não seria possível, pois eles podem impregnar toda a imagem, como no caso da «composição em natureza morta») este estado privativo corresponde naturalmente a uma plenitude de virtualidades: trata-se de uma ausência de

Retórica da imagem

sentido cheia de todos os sentidos; é, depois (e isto não contradiz aquilo), uma mensagem suficiente, pois ela tem pelo menos um sentido ao nível da identificação da cena representada; a letra da imagem corresponde, em suma, ao primeiro grau do inteligível (aquém deste grau, o leitor só perceberia linhas, formas e cores), mas este inteligível permanece virtual em razão da sua própria pobreza, pois seja quem for, saído de uma sociedade real, dispõe sempre de um saber superior ao saber antropológico e capta mais do que a letra; simultaneamente privativo e suficiente, compreende--se que numa perspectiva estética a mensagem denotada possa surgir como uma espécie de estado adâmico da imagem; desembaraçada utopicamente das suas conotações, a imagem tornar--se-ia radicalmente objectiva, isto é, ao fim e ao cabo, inocente.

Este carácter utópico da denotação é consideravelmente reforçado pelo paradoxo que já se enunciou e que faz com que a fotografia (no seu estado literal), devido à sua natureza absolutamente analógica, pareça mesmo constituir uma mensagem sem código. Contudo, a análise estrutural da imagem deve aqui especificar-se, pois de todas as imagens só a fotografia possui o poder de transmitir a informação (literal) sem a formar com a ajuda de signos descontínuos e de regras de transformação. É preciso, pois, opor a fotografia, mensagem sem código, ao desenho, que, mesmo denotado, é uma mensagem codificada. A natureza codificada do desenho obriga a um conjunto de transposições *regulamentadas*; não existe uma natureza da cópia pictura, e os códigos de transposição são históricos (nomeadamente o que diz respeito à perspectiva); em seguida, a operação do desenho (a codificação) obriga imediatamente a uma certa partilha ente o significante e o insignificante: o desenho não reproduz *tudo*, e muitas vezes até bem poucas coisas, sem deixar contudo de ser uma mensagem forte, enquanto a fotografia, embora podendo escolher o assunto, o enquadramento e o ângulo, não pode intervir *no interior* do objecto (excepto trucagem); por outras palavras, a denotação do desenho é menos pura do que a denotação fotográfica, pois nunca há desenho sem estilo; por fim, como todos os códigos, o desenho exige uma aprendi-

Roland Barthes

zagem (Saussure atribuía uma grande importância a este facto semiológico). Terá a codificação da mensagem denotada consequências sobre a mensagem conotada? É certo que a codificação da letra prepara e facilita a conotação, visto que ela coloca já um certo descontínuo na imagem: a «feitura» de um desenho constitui já uma conotação; mas, ao mesmo tempo, na medida em que o desenho ostenta a sua codificação, a relação das duas mensagens está profundamente modificada; já não é a relação entre uma natureza e uma cultura (como no caso da fotografia), é a relação entre as duas culturas: a «moral» do desenho não é a da fotografia.

Com efeito, na fotografia – pelo menos ao nível da mensagem literal –, a relação entre os significados e os significantes não é de «transformação» mas de «registo», e a ausência de código reforça evidentemente o mito do «natural» fotográfico: a cena *está lá*, captada mecanicamente, mas não humanamente (o mecânico é aqui garantia de objectividade); as intervenções do homem sobre a fotografia (enquadramento, distância, luz, «flou», «filé», etc.) pertencem todas com efeito ao plano da conotação; tudo se passa como se houvesse à partida (mesmo utópica) uma fotografia bruta (frontal e nítida), sobre a qual o homem disporia, graças a certas técnicas, os signos oriundos do código cultural. Só a oposição do código cultural e do não-código natural pode, parece, dar conta do carácter específico da fotografia e permitir medir a revolução antropológica que ela representa na história do homem, pois o tipo de consciência que ela implica é verdadeiramente sem precedentes; com efeito, a fotografia instala, não uma consciência do *estar lá* da coisa (que toda a cópia poderia provocar), mas uma consciência do *ter-estado-lá*. Trata-se, pois, de uma nova categoria do espaço-tempo: local imediato e temporal anterior: na fotografia produz-se uma conjunção ilógica entre o aqui e o *outrora*. É, pois, ao nível desta mensagem denotada ou mensagem sem código que se pode compreender plenamente a *irrealidade real* da fotografia; a sua irrealidade é a do *aqui*, a fotografia nunca é vivida como uma ilusão, ela não é de modo algum uma *presença*, e é preciso diminuir o carácter mágico da imagem fotográfica; e a sua realidade é a do *ter-estado-*

Retórica da imagem

-*lá*, pois há em toda a fotografia a evidência sempre assombrosa do *aquilo passou-se assim*: nós possuímos então, precioso milagre, uma realidade da qual estamos ao abrigo. Esta espécie de ponderação temporal (ter-estado-lá) diminui provavelmente o poder projectivo da imagem (muitos poucos testes psicológicos recorrem à fotografia, muitos recorrem ao desenho): o *aquilo foi* rebate os argumentos do *sou eu*. Se estas observações têm alguma pertinência, seria, pois, preciso ligar a fotografia a uma pura consciência espectatorial, e não à consciência ficcional, mais projectiva, mais «mágica», de que dependeria de maneira geral o cinema; seríamos assim autorizados a ver entre o cinema e a fotografia já não uma simples diferença de grau mas uma oposição radical: o cinema não seria fotografia animada; nele o ter-estado-lá desapareceria em proveito de um *estar-lá* da coisa; isto explicaria que possa haver uma história do cinema sem ruptura verdadeira com as artes anteriores da ficção, enquanto a fotografia escaparia de certa maneira à história (apesar da evolução das técnicas e das ambições da arte fotográfica) e representaria um facto antropológico «mate», ao mesmo tempo absolutamente novo e definitivamente inultrapassável; pela primeira vez na sua história, a humanidade conheceria *mensagens sem código*; a fotografia não seria pois o último termo (melhorado) da grande família das imagens, mas corresponderia a uma mutação capital das economias de informação.

Em todo o caso, a imagem denotada, na medida em que não implica nenhum código (é o caso da fotografia publicitária) desempenha na estrutura geral da mensagem icónica um papel particular que podemos começar a especificar (voltaremos a esta questão quando se falar da terceira mensagem): a imagem denotada naturaliza a mensagem simbólica, ela torna inocente o orifício semântico, muito denso (sobretudo em publicidade), da conotação; embora o cartaz *Panzani* esteja pleno de «símbolos», fica contudo na fotografia uma espécie de *estar-lá* natural dos objectos, na medida em que a mensagem literal é suficiente: a natureza parece produzir espontaneamente a cena representada; à simples validade dos sistemas abertamente semânticos, substitui--se subrepticiamente uma pseudo verdade; a ausência de código

Roland Barthes

desintelectualiza a mensagem porque parece fundamentar naturalmente os signos da cultura. Este é sem dúvida um paradoxo histórico importante: quanto mais a técnica desenvolve a difusão das informações (e nomeadamente das imagens), mais ela fornece os meios de mascarar o sentido construído sob a aparência do sentido dado.

Retórica da imagem

Vimos que os signos da terceira mensagem (mensagem «simbólica», cultural ou conotada) eram contínuos; mesmo quando o significante parece extensivo a toda a imagem, nem por isso deixa de ser um signo separado dos outros: a «conotação» arrasta um significado estético, mais ou menos como a entoação, embora supra-segmental, é um significante isolado da linguagem; estamos, pois, perante um sistema normal, cujos signos provêm de um código cultural (mesmo se a ligação dos elementos do signo aparece mais ou menos analógica). O que faz a originalidade deste sistema é que o número de leituras de uma mesma lexia (de uma mesma imagem) é variável segundo os indivíduos: na publicidade *Panzani* que foi analisada, salientámos quatro signos de conotação; há provavelmente outros (o saco de rede pode, por exemplo, significar a pesca miraculosa, a abundância, etc.). Contudo, a variação das leituras não é anárquica, ela depende dos diferentes saberes investidos na imagem (saberes prático, nacional, cultural, estético) e estes saberes podem classificar-se, constituir uma tipologia; tudo se passa como se a imagem se desse a ler a vários homens e esses homens podem muito bem coexistir num único indivíduo: *uma mesma lexia mobiliza léxicos diferentes.* O que é um léxico? É uma porção do plano simbólico (da linguagem) que corresponde a um corpo de práticas e de técnicas[16]; é este o caso para as diferentes leituras da imagem: cada signo corresponde a um corpo de «atitudes»: o turismo, o trabalho doméstico, o conhecimento da arte,

---

[16] Cf. A. J. Greimas; «Les problèmes dela description mécanographique», in *Cahiers de lexicologie,* Besançon, 1, 1959, p. 63.

Retórica da imagem

podendo algumas, evidentemente, faltar a um indivíduo. Há uma pluralidade e uma coexistência dos léxicos num mesmo homem; a quantidade e a identidade destes léxicos formam de certo modo o idiolecto de cada um[17]. A imagem, na sua conotação, seria assim constituída por uma arquitectura de signos tirados de uma profundidade variável (de idiolectos), ficando cada léxico, por muito «profundo» que seja, codificado, se, tal como se pensa actualmente, a própria *psique* for articulada como uma linguagem; melhor ainda: quanto mais se «descer» na profundidade psíquica de um indivíduo, mais os signos se rarefazem e se tornam classificáveis: o que haverá de mais sistemático do que as leituras do Rorschach? A variabilidade das leituras não pode, pois, ameaçar a «língua» da imagem, se admitirmos que esta língua é composta por idiolectos, léxicos ou subcódigos: a imagem é inteiramente atravessada pelo sistema do sentido, exactamente como o homem se articula até ao fundo de si próprio em linguagem distinta. A língua da imagem não é apenas o conjunto das palavras emitidas (por exemplo, ao nível do combinador dos signos ou criador da mensagem), é também o conjunto das palavras recebidas[18]: a língua deve incluir as «surpresas» do sentido.

Uma outra dificuldade ligada à análise da conotação é que à particularidade dos seus significados não corresponde uma linguagem analítica particular; como nomear os significados de conotação? Para um deles arriscámos o termo de *italianidade,* mas os outros não podem ser designados senão por vocábulos vindos da linguagem correspondente (preparação-culinária, natureza-morta, abundância): a metalinguagem que tem de se encarregar disso no momento da análise não é especial.

Isto constitui um embaraço, pois estes significados têm uma natureza semântica particular; como *sema* de conotação, «a abundância» não cobre exactamente «a abundância», no sentido

---

[17] Cf. *Éléments...* op. *cit.,* p. 96.

[18] Na perspectiva saussuriana, a fala é sobretudo o que é emitido, extraído da língua (e constituindo-a em compensação). É preciso hoje alargar a noção de língua, sobretudo do ponto de vista semântico: a língua é «a abstracção totalizante» das mensagens emitidas e recebidas.

Roland Barthes

denotado; o significante de conotação (aqui a profusão e a condensação dos produtos) é como a cifra essencial de todas as abundâncias possíveis, ou melhor ainda da ideia mais pura da abundância; a palavra denotada, essa, nunca remete para uma essência, pois ela é sempre tomada numa fala contingente; num sintagma contínuo (o do discurso verbal), orientado para uma certa transitividade prática da linguagem; o sema «abundância», pelo contrário, é um conceito no estado puro, separado de todo o sintagma, privado de todo o contexto; corresponde a uma espécie de estado teatral do sentido, ou, melhor ainda (visto que se trata de um signo sem sintagma), a um sentido *exposto*. Para dar estes semas de conotação seria preciso pois uma metalinguagem particular; arriscámos *italianidade;* são barbarismos deste género que melhor poderiam dar conta dos significados de conotação, pois o sufixo *-tas* (indo-europeu, *-tá*) servia para tirar do adjectivo um substantivo abstracto: a italianidade não é a Itália, é a essência condensada de tudo o que pode ser italiano, desde o spaghetti à pintura. Ao aceitar regulamentar artificialmente – e, neste caso, de uma maneira bárbara – a nominação dos semas de conotação, facilitar-se-ia a análise da sua forma[19]; estes semas organizam-se evidentemente em campos associativos, em articulações paradigmáticas, talvez mesmo em oposições, segundo certos percursores, ou como diz A. J. Greimas, segundo certos eixos sémicos: *italianidade* pertence a um certo eixo das nacionalidades, ao lado da francidade, da germanidade ou da hispanidade. A reconstituição destes eixos – que podem, de resto, na consequência, opor-se entre si – só será evidentemente possível quando se tiver procedido a um inventário maciço dos sistemas de conotação, não apenas o da imagem, mas ainda os de outras substâncias, pois se a conotação tem significantes típicos segundo as substâncias utilizadas (imagem, palavra, abjectos, comportamentos), ela põe todos os seus significados em comum: são os mesmos significados que encontraremos na imprensa escrita, na imagem ou no gesto do comediante (e é por isso que a

---

(19) *Forma*, no sentido preciso que lhe dá Hjelmslev (cf. *Éléments... op. cit.*, p. 105), *como organização funcional dos significados entre si.*

Retórica da imagem

semiologia só é concebível num quadro por assim dizer total); este domínio comum dos significados de conotação é o da *ideologia*, que não pode ser senão única para uma sociedade e uma história dadas, sejam quais forem os significantes de conotação aos quais ela recorre,

À ideologia geral correspondem, com efeito, significantes de conotação que se especificam segundo a substância escolhida. Chamaremos a estes significantes *conotadores* e ao conjunto dos conotadores uma *retórica*: a retórica aparece assim como a face significante da ideologia. As retóricas variam fatalmente pela sua substância (aqui o som articulado, ali a imagem, o gesto, etc.), mas não forçosamente pela sua forma; é mesmo provável que exista uma única *forma* retórica, comum por exemplo ao sonho, à literatura e à imagem[20]. Assim, a retórica da imagem (isto é, a classificação dos seus conotadores) é específica na medida em que está submetida às restrições físicas da visão (diferentes das restrições fonatórias, por exemplo), mas geral na medida em que as «figuras» nunca são serão relações formais de elementos. Esta retórica só poderá ser constituída a partir de um inventário bastante amplo, mas podemos prever que doravante encontraremos aí algumas das figuras observadas antigamente pelos Antigos e pelos Clássicos[21]; assim, o tomate significa a italianidade por metonímia; aliás, a sequência de três cenas (café em grão, café em pó, café cheirado) liberta por simples justaposição uma certa relação lógica do mesmo modo que um assíndeto. Com efeito, é provável que entre as metáboles (ou figuras de substituição de um significante por outro[22]), seja a metonímia que forneça à

---

[20] A. J. Greimas, *Cours de sémantique*, 1964, cadernos roneotipados pela escola Normal Superior de Saint-Cloud.

[21] A retórica clássica deveria ser repensada em termos estruturais (é o objecto de um trabalho em curso) e, talvez seja possível então estabelecer uam retórica geral ou linguística dos significantes de conotação, válida pelo som articulado, pela imagem, pelo gesto, etc. [cf. Desde *A Antiga Rétorica* (*Memorando*), in *Communications*, 16, 1970]

[22] Preferiremos iludir aqui a oposição de Jakobson entre a metáfora e a metonímia, pois, se ametonímia é uma figura da contiguidade pela sua origem, ela não funciona menos, finalmente, como um substituto do significante, isto é, como uma metáfora.

imagem o maior número dos seus contadores; e entre as parataxes (ou figuras de sintagma), seja o assíndeto que domine.

Contudo, o mais importante – pelo menos para o momento – não é inventariar os conotadores, mas compreender que eles constituem na imagem total *traços descontínuos* ou melhor ainda: *erráticos*. Os conotadores não preenchem toda a lexia, a sua leitura não a esgota. Por outras palavras ainda (e isto seria uma proposição válida para a semiologia em geral), nem todos os elementos de lexia podem ser transformados em conotadores, fica sempre no discurso uma certa denotação, sem a qual precisamente o discurso não seria possível. Isto leva-nos à mensagem 2, ou imagem denotada. Na publicidade *Panzani*, os legumes mediterrânicos, a cor, a composição, a própria profusão surgem como blocos erráticos, ao mesmo tempo isolados e engastados numa cena geral que tem o seu próprio espaço e, como se viu, o seu «sentido»: eles são «apanhados» num sintagma *que não é o deles e que é o da denotação*. Aqui está uma proposição importante, pois ela permite-nos fundamentar (retroactivamente) a distinção estrutural da mensagem 2 ou literal, e da mensagem 3 ou simbólica, e precisar a função naturalizante da denotação em relação à conotação; sabemos agora que *é muito exactamente o sintagma da mensagem denotada que «naturaliza» o sistema da mensagem conotada*. Ou ainda: a conotação não é senão sistema, ela não pode definir-se senão em termos de paradigma; a denotação icónica não é senão sintagma, ela associa elementos sem sistema: os conotadores descontínuos são ligados, actualizados, «falados» através do sistema da denotação: o mundo descontínuo dos símbolos mergulha na história da cena denotada como num banho lustral de inocência.

Vê-se por isso que no sistema total da imagem as funções estruturais são polarizadas; há, por um lado, uma espécie de condensação paradigmática ao nível dos conotadores (isto é, de um modo geral, «símbolos»), que são signos fortes, erráticos, poder-se-ia dizer «reificados»; e, por outro, «vazamento» sintagmático ao nível da denotação; não nos esqueçamos que o sintagma está sempre muito próximo da fala, e é o «discurso» icónico que naturaliza os seus símbolos. Sem querer inferir demasiado

Retórica da imagem

cedo quanto à imagem na semiologia geral, podemos contudo arriscar que o mundo do sentido total está dilacerado de uma maneira interna (estrutural) entre o sistema como cultura e o sintagma como natureza: as obras das comunicações de massa conjugam todas, através das dialécticas diversas e diversamente conseguidas, o fascínio de uma natureza, que é o da narrativa, da diegese, do sintagma, com a inteligibilidade de uma cultura refugiada em certos símbolos descontínuos, que os homens «declinam» ao abrigo da sua fala viva.

1964, *Comunications*

O TERCEIRO SENTIDO

Notas de pesquisa sobre
alguns fotogramas de
S. M Eisenstein

*A Nordine Sail, director de
Cinéma 3*

I

Vejamos uma imagem de *Ivan, o Terrível* (I)([23]): dois cortesãos, dois ajudantes, dois comparsas (pouco importa se não me lembro bem do pormenor da história) entornam uma chuva de oiro sobre a cabeça do jovem czar. Parece-me distinguir nesta cena três níveis de sentido:

1. Um nível informativo, onde se acumula todo o conhecimento que me fornecem o cenário, os trajos, as personagens, as suas relações, a sua inserção num episódio que eu conheço (ainda que vagamente). Este nível é o da *comunicação*. Se fosse preciso encontrar-lhe um modo de análise, seria para a primeira semiótica (a da «mensagem») que eu me voltaria (mas desse nível e dessa semiótica já não nos ocuparemos aqui).

2. Um nível simbólico; é o ouro entornado. Este nível está ele próprio estratificado. Há o simbolismo referencial: é o ritual imperial do baptismo pelo ouro. Há, em seguida, o simbolismo

---

([23]) Todos os fotogramas de S. M. Eisenstein a que nos referiremos aqui são extraídos dos números 217 e 218 dos *Cahiers du cinéma*. O fotograma de Romm *(O Fascismo vulgar)* é extraído do número 219.

Roland Barthes

diegético: é o tema do ouro, da riqueza (supondo que ele existe) em *Ivan, o Terrível,* que teria neste caso uma intervenção significante. Há ainda o simbolismo eisensteiniano – se, acidentalmente, um crítico se lembrasse de descobrir que o ouro, ou a chuva, ou o reposteiro, ou a desfiguração, podem ser inseridos numa rede de deslocamento e de substituições, própria de Eisenstein. Há, por fim, um simbolismo histórico, se, de um modo ainda mais vasto que os precedentes, pudermos mostrar que o ouro introduzido numa representação (teatral), numa cenografia que seria a da troca, é assinalável ao mesmo tempo psicanalítica e economicamente, isto é, semiologicamente. Este segundo nível, no seu conjunto, é o da *significação.* O seu modo de análise seria uma semiótica mais elaborada do que a primeira, uma segunda semiótica ou neo-semiótica, aberta, já não à ciência da mensagem, mas às ciências do símbolo (psicanálise, economia, dramaturgia).

3. Será tudo? Não, pois ainda não posso separar-me da imagem. Leio, recebo (provavelmente, em primeiro lugar), evidente, errático e teimoso, um terceiro sentido[24]. Eu não sei qual é o seu significado, pelo menos não consigo nomeá-lo, mas vejo bem os traços, os acidentes significantes de que este signo, desde então incompleto, é composto: é uma certa capacidade da máscara dos cortesãos, ora espessa, marcada, ora, lisa, bem delineada; é o nariz «estúpido» de um, é o fino desenho das sobrancelhas de outro, o louro deslavado, a tez branca e murcha, a chateza afectada do penteado que cheira a postiço, e a harmonia de tudo isto com a base argilosa, com o pó de arroz. Não sei se a leitura deste terceiro sentido tem fundamento – se a podemos gene-

---

[24] No paradigma clássico dos cinco sentidos, o terceiro sentido é a audição (o primeiro em importância na Idade Média); é uma coincidência feliz, pois trata-se mesmo de uma *escuta;* em primeiro lugar, porque as notas de Eisenstein de que nos serviremos aqui provêm duma reflexão sobre a aparição do auditivo no filme; depois, porque a escuta (sem referência *à foné* única) detém em potência a metáfora que melhor convém ao «textual»: a orquestração (palavra de S. M. E.), o contraponto, a estereofonia.

O terceiro sentido

ralizar – mas parece-me já que o seu significante (os traços que acabo de tentar dizer, se não descrever) possui uma individualidade teórica; por um lado, não o podemos confundir com o simples *estar-lá* da cena, pois excede a cópia de motivo referencial, obriga a uma leitura interrogativa (a interrogação incide precisamente sobre o significante, não sobre o significado, sobre a leitura, não sobre a intelecção: é uma captação «poética»); por outro, já não se confunde com o sentido dramático do episódio: dizer que estes traços remetem para um «ar» significativo dos cortesãos, ora distante, aborrecido, ora interessado («Eles fazem simplesmente o seu ofício de cortesãos»), não me satisfaz plenamente: algo nestes dois rostos excede a psicologia, o episódio, a função e, para dizer tudo, o sentido, sem contudo se reduzir à teimosia que todo o corpo humano põe em estar lá. Por oposição, este terceiro nível – mesmo se a sua leitura ainda é arriscada – é o da *significância*; esta palavra tem a vantagem de remeter para o campo do significante (e não da significação) e de se ligar, através da via aberta por Julia Kristeva, que propôs o termo, a uma semiótica do texto.

Só a significação e a significância – e não a comunicação – me interessam, neste caso. Tenho, pois, de nomear, tão economicamente quanto possível, o segundo e o terceiro sentidos. O sentido simbólico (o ouro entornado, o poder, a riqueza, o rito imperial) impõe-se-me por uma dupla determinação: é intencional (foi o que o autor quis dizer) e é extraído de uma espécie de léxico geral, comum, dos símbolos; é um sentido que me procura, a mim, destinatário da mensagem, sujeito da leitura, um sentido que parte de S. M. E. e que vai à *minha frente*: evidente, sem dúvida (o outro também o é), mas de uma evidência *fechada,* inserida num sistema, completo de destinação. Proponho que se chame a este signo completo o sentido óbvio. *Obvius* quer dizer: *que vem à frente,* e é precisamente o caso deste sentido, que vem ao meu encontro; em teologia, dizem-nos, o sentido óbvio é aquele «que se apresenta muito naturalmente ao espírito», e é ainda o caso: a simbólica do ouro em chuva aparece-me desde sempre dotada de uma clareza «natural». Quanto ao outro sentido, o terceiro, aquele que vem «a mais», como um suplemento que a minha intelecção não consegue absorver bem, ao mesmo tempo teimoso e fugidio, liso e esquivo, proponho chamar--lhe o sentido obtuso. Esta palavra vem-me facilmente à cabeça e, maravilha, ao desdobrar a sua etimologia, comunica já uma teoria do sentido suplementar; *obtusus* quer dizer: *que é rombo, de forma arredondada*; ora, os traços que indiquei (a máscara, a brancura, o postiço, etc.) não serão como o embotamento de um sentido demasiado claro, demasiado violento? Não darão ao significado óbvio como que uma espécie de redondez pouco apreensível, não farão deslizar a minha leitura? Um ângulo obtuso é maior do que um ângulo recto: *ângulo obtuso de 100°*, diz o dicionário; o terceiro sentido, também ele, me parece *maior* do que a perpendicular pura, direita, cortante, legal, da narrativa: parece-me que abre o campo do sentido totalmente, isto é, infinitamente; aceito até, para este sentido obtuso, a conotação pejorativa: o sentido obtuso parece estender-se para lá da cultura, do saber, da informação; analiticamente, tem algo de irrisório; por causa de se abrir ao infinito da linguagem, pode parecer limitado ao olhar da razão analítica; é da raça dos jogos de palavras, das brincadeiras, dos gastos inúteis; indiferente às categorias morais ou estéticas (o trivial, o fútil, o postiço e o «pastiche»), está do lado do carnaval. Assim, *obtuso serve muito bem.*

O sentido óbvio

Algumas palavras sobre o sentido óbvio, embora não seja o objecto da presente pesquisa. Vejamos duas imagens que a apresentam no estado puro. As quatro figuras da imagem II «simbolizam» três idades da vida, a unanimidade do luto (Exéquias de Vakoulintchouck). O punho fechado da imagem III, erguido como intenso «pormenor», significa a indignação, a cólera contida, canalizada, a determinação do combate; unido metonimicamente a toda a história *Potemkine*, «simboliza» a classe operária, o seu poder e a sua vontade; pois, milagre da inteligência semântica, este punho *visto às avessas*, mantido pelo seu dono numa espécie de clandestinidade (é a mão que, *em primeiro lugar*, pende na-

O terceiro sentido

II

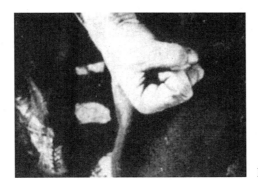

III

IV

turalmente ao longo das calças e que, em *seguida*, se fecha, endurece, *pensa* ao mesmo tempo no seu combate futuro, na sua paciência e na sua prudência) não pode ser lido como o punho de um desordeiro, diria mesmo, de um fascista: ele é *imediatamente* um punho de proletário. Através disto vê-se que a «arte» de S. M. Eisenstein não é polissémica: ela escolhe o sentido, impõe-o, assume-o (se a significação for ultrapassada pelo sentido obtuso, nem por causa disso será negada, confundida); o sentido eisensteiniano fulmina a ambiguidade. Como? Pelo acréscimo de um valor estético, a ênfase. O «cenarismo» de Eisenstein tem uma função económica: enuncia a verdade. Vejamos a imagem IV: muito classicamente, a dor vem das cabeças caídas, das expressões de sofrimento, da mão que sobre a boca contém o soluço; mas ainda que seja suficiente dizê-lo uma única vez, há um traço decorativo que volta a dizer: a sobreposição das duas mãos, colocadas esteticamente numa ascensão delicada, maternal, floral, em direcção ao rosto que se inclina; no pormenor geral (as duas mulheres), um outro pormenor se inscreve em abismo; vindo de uma ordem pictorial como uma citação dos gestos de ícones e de *pietà*, não distrai o sentido mas acentua-se; esta acentuação (própria de toda a arte realista) tem aqui um elo com a «verdade»: a de *Potemkine*. Baudelaire falava de «a verdade enfática do gesto nas grandes circunstâncias da vida»; aqui, é a verdade da «grande circunstância proletária» que pede a ênfase. A estética eisensteiniana não constitui um nível independente: ela faz parte do sentido óbvio, e o sentido óbvio é sempre, em Eisenstein, a revolução.

O sentido obtuso

Quanto à convicção do sentido obtuso, tive-a pela primeira vez perante a imagem V. Uma questão impunha-se-me: o que é que, nesta velha mulher a chorar, me põe a questão do significante? Bem cedo me persuadi de que não eram, embora perfeitos, nem a expressão nem o gestuário da dor (as pálpebras fechadas, a boca esticada, o punho no peito); isso pertence à significação plena, ao sentido óbvio da imagem, ao realismo e ao cenarismo

O terceiro sentido

V VI

eisensteinianos. Sentia que o traço penetrante, inquietante como um convidado que se obstina a ficar sem dizer nada lá onde não têm necessidade dele, devia situar-se na região da testa: a touca, o lenço-toucado estava lá para alguma coisa. Contudo, na imagem VI, o sentido obtuso desaparece, já não há senão uma mensagem de dor. Compreendi, então, que a espécie de escândalo, de suplemento ou de deriva imposta a esta representação clássica da dor provinha muito precisamente de uma relação ténue: o da touca baixa, dos olhos fechados e da boca convexa; ou antes, para retomar a distinção do próprio S. M. E. entre «as trevas da catedral» e «catedral entenebrecida», de uma relação entre a «baixeza» da linha toucante, anormalmente puxada até às sobrancelhas como nesses disfarces em que se quer dar um ar bobo e tolo, o declive circunflexo das sobrancelhas desbotadas, extintas, velhas, a curva excessiva das pálpebras baixas mas juntas como se fossem vesgas e a barra da boca entreaberta, respondendo à barra da touca e à das sobrancelhas, no estilo metafórico «como um peixe fora de água». Todos estes traços (a touca tola, a velha, as pálpebras estrábicas, o peixe) têm como vaga referência uma linguagem algo vulgar, a de um disfarce bastante miserável; ligados à nobre dor do sentido óbvio, formam um dialogismo tão ténue que não podemos garantir a sua intencionalidade. O que é próprio deste terceiro sentido é, com efeito – pelo menos em S. M. E. –, confundir o limite que separa a expressão do disfarce, mas também dar essa oscilação de uma maneira sucinta: uma ênfase elíptica, se assim se pode dizer: disposição complexa, muito retorcida (pois ela implica uma

Roland Barthes

temporalidade da significação), que é perfeitamente descrita pelo próprio Eisenstein quando ele cita com júbilo a regra de ouro do velho K. S. Gillette: uma ligeira meia-volta atrás do ponto--limite (n.° 219).

O sentido obtuso tem, pois, pouco a fazer com o disfarce. Vejamos a barbicha de Ivan, promovida, quanto a mim, ao sentido obtuso na imagem VII; ela assina-se como postiça, mas não renuncia por isso à «boa-fé» do seu referente (a figura histórica do czar): um actor que se disfarça duas vezes (uma vez como actor da anedota, outra como actor da dramaturgia), sem que um disfarce destrua o outro; um folheado de sentido que deixa sempre substituir o sentido precedente, como numa construção geológica; dizer o contrário sem renunciar à coisa contradita: Brecht teria gostado desta dialéctica dramática (de dois termos). O postiço eisensteiniano é ao mesmo tempo postiço de si próprio, isto é «pastiche», e «fetiche» irrisório, visto que ele deixa ver o corte e a sutura: o que se vê na imagem VII é a ligação, logo a separação prévia da barbicha perpendicular com o queixo. Que um cimo de cabeça (a parte mais «obtusa» da pessoa humana), que apenas um carrapito (na imagem VIII) possa ser a *expressão* da dor, eis o que é irrisório – quanto à expressão, não quanto à dor. Não há, pois, paródia: nenhum traço de burlesco; a dor não é macaqueada (o sentido óbvio deve permanecer revolucionário, o luto geral que acompanha a morte de Vakoulintchouk tem um sentido histórico), e contudo, «encarnada» neste carrapito, ela transmite um corte, uma recusa de contaminação; o populismo do lenço de lã (sentido óbvio) *pára* no carrapito: aqui começa o «fetiche», a cabeleira como que uma *irrisão não-negadora* da expressão. Todo o sentido obtuso (a sua força de desordem) se representa na massa excessiva dos cabelos; vejamos um outro carrapito (o da mulher IX): contradiz o pequeno punho erguido, atrofia-o, sem que esta redução tenha o menor valor simbólico (intelectual); prolongado em caracol, dando ao rosto um modelo ovino, ele confere à mulher algo de *comovente* (como o pode ser uma certa idiotice generosa), ou ainda de *sensível*; estas palavras desusadas, pouco políticas, pouco revolucionárias, mesmo que mistificadas, devem ser, contudo, assumidas; julgo que o

O terceiro sentido

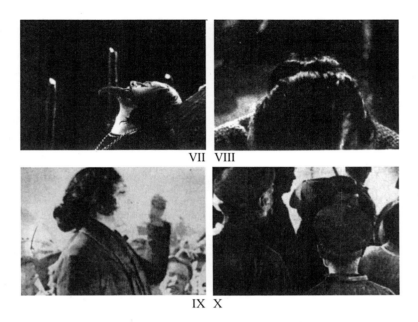

VII VIII

IX X

sentido obtuso tem uma certa *emoção*; inserida no disfarce, esta emoção nunca é pegajosa; é uma emoção que apenas *designa* aquilo que se ama, aquilo que se quer defender; é uma emoção--valor, uma avaliação. Toda a gente, julgo, pode convir que a etnografia proletária de S. M. E., fragmentada ao longo das exéquias de Vakoulintchouk, tem constantemente algo de enamorado (utilizando esta palavra aqui sem especificação de idade ou de sexo): maternal, cordial e viril, «simpático» sem nenhum recurso aos estereótipos, o povo eisensteiniano é essencialmente *amável*: saboreamos, adoramos os dois círculos de boné da imagem IX, entramos em cumplicidade, em inteligência com eles. A beleza pode, sem dúvida, jogar com um sentido obtuso: é o caso na imagem XI, em que o sentido óbvio, muito denso (mímica de Ivan, idiotice paralisada do jovem Vladimir) é amarrado e/ou derivado pela beleza de Basmanov; mas o erotismo incluído no sentido obtuso (ou antes: que este sentido toma obliquamente) não tem acepção de estético: Eufrosina é feia, «obtusa» (imagens XII e XIII), como o monge da imagem XIV, mas esta obtusidade

XI

XII

XIII

O terceiro sentido

XIV XV

supera a anedota, torna-se o embotamento do sentido, a sua deriva: há no sentido obtuso um erotismo que inclui o contrário do belo e o próprio avesso da contrariedade, isto é, o limite, a inversão, o mal-estar e, talvez, o sadismo: vejamos a inocência mole das *Crianças na Fornalha* (XV), o ridículo escolar do seu cachecol prudentemente levantado até ao queixo, esse leite azedo da pele (dos olhos, da boca na pele) que Fellini parece ter retomado no andrógino do *Satiricon:* isso mesmo de que Georges Bataille pôde falar singularmente nesse texto de *Documentos* que situa, para mim, uma das regiões possíveis do sentido obtuso: *O dedo grande do pé da rainha* (não me lembro do título exacto[25]).

Continuemos (se estes exemplos forem suficientes para induzirmos algumas observações mais teóricas). O sentido obtuso não está na língua (mesmo na dos símbolos). Se o tirarem, a comunicação e a significação permanecem, circulam, passam; sem ele, posso ainda dizer e ler; mas ele também não está na fala; pode ser que haja uma certa constância do sentido obtuso eisensteiniano, mas então é já uma fala temática, um idiolecto, e este idiolecto é provisório (apenas fixado por um crítico que fizesse um livro sobre S. M. E); pois há sentidos obtusos, não, de modo algum, em toda a parte (o significante é coisa rara, figura de futuro), mas *em algum sítio*: em outros *autores* de filmes (talvez), numa certa maneira de ler a «vida» e, logo, o próprio «real»

---

[25] Cf. «Les sorties du texte», in *Bataille*, «10/18», Paris, 1973 (*N do E*).

XVI

(entende-se aqui esta palavra pela simples oposição ao fictício deliberado): nesta imagem do *Fascismo vulgar* (XVI), imagem documentária, leio facilmente um sentido óbvio, o do fascismo (estético e simbólico da força, da caça teatral), mas leio também um suplemento obtuso: a idiotice loura, disfarçada (ainda) do jovem porta-flechas, a moleza das mãos e da boca (não descrevo, não consigo, designo apenas um lugar), as unhas compridas de Goering, o anel de pacotilha (aquele já no limite do sentido óbvio, como o servilismo dengoso do sorriso imbecil do homem de óculos, ao fundo: manifestamente um «bajulador»). Por outras palavras, o sentido obtuso não está situado estruturalmente, um semantólogo não reconhecerá a sua existência objectiva (mas o que é uma leitura objectiva?) e se ele me é evidente (a mim), é talvez *ainda* (neste momento) pela mesma «aberração» que *obrigava* o solitário e infeliz Saussure a ouvir uma voz enigmática, inoriginada e obsessiva, a do anagrama, no verso arcaico. A mesma incerteza quando se trata de descrever o sentido obtuso (de dar alguma ideia de lá para onde ele vai, de lá para onde ele se vai embora); o sentido obtuso é um significante sem significado; daí a dificuldade em nomear: a minha leitura fica suspensa entre a imagem e a sua descrição, entre a definição e a aproximação. Se não podemos descrever o sentido obtuso é porque, contrariamente ao sentido óbvio, ele nada copia: como descrever o que não representa nada? O «restituir» pictoral das palavras é aqui impossível. A consequência é que se, perante estas imagens, ficamos, vós e eu, ao nível da lingua-

O terceiro sentido

gem articulada – isto é, do meu próprio texto –, o sentido obtuso chegará a existir, a entrar na metalinguagem do crítico. Isto quer dizer que o sentido obtuso está fora da linguagem (articulada), mas contudo no interior da interlocução. Porque, se olharem estas imagens a que me refiro, verão este sentido: podemos entendermo-nos quanto ao seu assunto, «por cima do ombro» ou «às costas» da linguagem articulada: graças à imagem (é verdade que fixa: voltaremos a isto), melhor, graças ao que, na imagem, é puramente imagem (e que, a falar verdade, é muito pouca coisa), prescindimos da palavra, sem deixar de nos entendermos.

Em suma, o que o sentido obtuso perturba e esteriliza é a metalinguagem (a crítica). Podemos apresentar algumas razões. Em primeiro lugar, o sentido obtuso é descontínuo, *indiferente* à história e ao sentido óbvio (como significação da história); esta dissociação tem um efeito de contranatura ou pelo menos de distanciamento em relação ao referente (ao «real» como natureza, instância realista). Eisenstein teria provavelmente assumido esta incongruência, esta impertinência do significante, ele que nos diz, a propósito do som e cor (n.º 208): «A arte começa a partir do momento em que o estalido da bota (ao nível do som) cai num plano visual diferente e suscita assim associações correspondentes. O mesmo acontece com a cor: a cor começa onde ela deixa de corresponder à coloração natural...» Depois, o significante (o terceiro sentido) não se enche; ele está num estado permanente de depleção (palavra da linguística que designa os verbos vazios, que servem para tudo, como precisamente, em francês, o verbo *fazer*); podíamos dizer também, ao contrário e também estaria completamente certo – que esse mesmo significante não se esvazia (não consegue esvaziar-se); mantém-se em estado de erectismo perpétuo; nele, o desejo não chega a esse espasmo do significado, que, geralmente, faz recair voluptuosamente o sujeito na paz das nomeações. Por fim, o sentido obtuso pode ser visto como um *acento*, como a própria forma de uma emergência, de uma prega (até de uma ruga), com que é marcada a pesada toalha das informações e das significações. Se pudesse ser descrito (contradição nos termos), teria o próprio ser do *haiku* japonês: gesto

Roland Barthes

anafórico sem conteúdo significativo, espécie de cicatriz com que o sentido é marcado (o desejo de sentido); assim com a imagem V:

> Boca esticada, olhos fechados que entortam,
> Touca caída para a testa,
> Ela chora.

Este acento (do qual se disse a natureza simultaneamente enfática e elíptica) não vai no sentido (como faz a histeria), não teatraliza (o cenarismo eisenteiniano pertence a um outro nível), nem sequer marca um algures do sentido (um outro conteúdo, acrescentado ao sentido óbvio), mas frustra-o – subverte não o conteúdo mas toda a prática do sentido. Nova prática, rara, afirmada contra uma prática maioritária (a da significação), o sentido obtuso aparece fatalmente como um luxo, um gasto sem troca; este luxo não pertence *ainda* à política de hoje, mas contudo *já* à política de amanhã.

Resta dizer uma palavra da responsabilidade sintagmática deste terceiro sentido: que lugar terá ele na continuação da anedota, no sistema lógico-temporal, sem o qual, parece, não é possível fazer compreender uma narrativa à «massa» dos leitores e dos espectadores? É evidente que o sentido obtuso é a própria contranarrativa; disseminado, reversível, enganchado na sua própria duração, só pode fundamentar (se o seguirmos) uma outra segmentação diferente da dos planos, sequências e sintagmas (técnicos ou narrativos): uma segmentação inaudita, contralógica e contudo «verdadeira». Imaginem «seguir», não a maquinação de Eufrosina, nem mesmo a personagem (como entidade diegética ou como figura simbólica), nem mesmo ainda o resto da Mãe Má, mas apenas, neste resto, esse jeito, esse véu negro, a opacidade feia e pesada: tereis uma outra temporalidade, nem diegética nem onírica, tereis um outro filme. Tema sem variações nem desenvolvimento (o sentido óbvio, esse, é temático: há um tema das Exéquias), o sentido obtuso só pode movimentar-se aparecendo e desaparecendo; este jogo da presença/ausência mina o personagem tornando-o um simples lugar de

O terceiro sentido

facetas: disjunção enunciada a respeito de outro assunto pelo próprio S. M. E.: «O que é característico é que as diferentes posições de um único e mesmo czar [...] são dadas sem passagem de uma posição e outra.»

Pois tudo lá está: a indiferença, ou liberdade de posição do significante suplementar em relação à narrativa, permite situar muito exactamente a tarefa histórica, política, teórica, realizada por Eisenstein. Nele, a história (a representação anedótica, diegética) não é destruída, muito pelo contrário: que história mais bela do que a de *Ivan*, do que a de *Potemkine*? Esta estatura da narrativa é necessária *para se fazer compreender* por uma sociedade que, não podendo resolver as contradições da história sem um longo caminhar político, se ajuda (provisoriamente?) com soluções míticas (narrativas); o problema *actual* não é o de destruir a narrativa, mas de a subverter: dissociar a subversão da destruição, essa seria hoje a tarefa. S.M.E. opera, julgo, esta distinção: a presença de um terceiro sentido suplementar, obtuso – embora apenas em certas imagens, mas nessa altura como uma assinatura imperecível, como um selo que é o aval de toda a obra – e da obra toda –, essa presença modela profundamente o estatuto teórico do episódio: a história (a diegese) já não é apenas um sistema forte (sistema narrativo milenário), mas também e contraditoriamente um simples espaço, um campo de permanências e de permutações; ela é essa configuração, essa cena de que os falsos limites multiplicam o jogo permutativo do significante; ela é esse vasto traçado que, por diferença, obriga a uma leitura *vertical* (o termo é de S.M.E.); ela é essa ordem *falsa* que permite mudar a série em si, a combinação aleatória (o acaso não é senão um significante vil, um significante barato) e atingir uma estruturação *que foge do interior*. Por isso podemos dizer, com S.M.E., que é preciso inverter o chavão que pretende que, quanto mais o sentido é gratuito, mais apareça como um simples parasita da história contada: pelo contrário, é esta história que se torna de certo modo paramétrica quanto ao significante, de que não é mais do que o campo de deslocamento, a negatividade construtiva, ou ainda: a companheira de viagem.

Roland Barthes

Em suma, o terceiro sentido estrutura *de uma outra maneira* o filme, sem subverter a história (pelo menos, em S.M.E.); e por isso mesmo, talvez, é nesse nível, e apenas nesse nível, que surge finalmente o «fílmico». O fílmico é, no filme, o que não pode ser descrito, é a representação que não pode ser representada. O fílmico começa apenas no ponto em que acabam a linguagem e a metalinguagem articulada. Tudo o que se pode *dizer* a propósito de *Ivan* ou de *Potemkine* pode ser dito de um texto escrito (que se chamaria *Ivan, O Terrível* ou *O Couraçado Potemkine*), com excepção disto, que é o sentido obtuso; posso comentar tudo em Eufrosina, com excepção da qualidade obtusa da sua face: o fílmico está, pois, exactamente nisso, nesse lugar onde a linguagem articulada não é senão aproximativa e onde começa uma outra linguagem (cuja «ciência» não poderá ser, evidentemente, a linguística, em breve lançada como um foguetão). O terceiro sentido, que podemos situar teoricamente mas não descrever, aparece então como a passagem da linguagem à significância e o acto fundador do próprio fílmico. Obrigado a emergir fora de uma civilização do significado, não admira que o fílmico (apesar da quantidade incalculável de filmes do mundo) seja ainda raro (alguns vislumbres em S.M.E.; talvez noutros?), de tal modo que poderíamos afirmar que o filme, não mais do que o texto, ainda não existe: há apenas «cinema», isto é, linguagem, narrativa, poema, por vezes muito «modernos», «traduzidos» em «imagens» ditas «animadas»; também não admira que só se o possa verificar depois de se ter atravessado – analiticamente – o «essencial», a «profundidade» e a «complexidade» da obra cinematográfica: todas as riquezas que não são senão as da linguagem articulada, com que a constituímos e julgamos esgotar. Porque o fílmico é diferente do filme: o fílmico está tão longe do filme como o romanesco do romance (posso escrever romanesco, sem escrever romances).

O *terceiro sentido*

O fotograma

É por isso que, em certa medida (que é a dos balbuciamentos teóricos), o fílmico, muito paradoxalmente, não pode ser captado no filme «em situação», «em movimento», «ao natural», mas apenas, ainda, nesse artefacto maior que é o fotograma. Há muito tempo que este fenómeno me intriga: interessarmo-nos e até determo-nos perante fotografias de filme (às portas de um cinema, nos *Cahiers*), e perder tudo destas fotografias (não só a percepção mas também a recordação da própria imagem) ao passarmos para a sala: mutação que pode levar a uma reviravolta completa dos valores. A princípio atribuí este gosto do fotograma à minha incultura cinematográfica, à minha resistência ao filme; pensava então que era como essas crianças que preferem a «ilustração»» ao texto, ou como esses clientes que não podem chegar à posse adulta dos objectos (demasiado caros) e contentam-se com olhar com prazer uma selecção de amostras ou um catálogo de um grande armazém. Esta explicação reproduz apenas a opinião corrente que se tem do fotograma: um subproduto longínquo do filme, uma amostra, um modo de atrair freguesia, um extracto pornográfico e, tecnicamente, uma redução da obra pela imobilização daquilo que se considera a essência sagrada do cinema: o movimento das imagens.

Contudo, se o próprio fílmico (o fílmico do futuro) não está no movimento, mas num terceiro sentido, inarticulável, que nem a simples fotografia nem a pintura figurativa podem assumir porque lhes falta o horizonte diegético, a possibilidade de configuração de que falámos[26], então o «movimento» de que se faz

---

[26] Há outras «artes» que continuam o fotograma (ou pelo menos o desenho) e a história, e a diegese: são o foto-romance e a banda desenhada. Estou persuadido que estas «artes», nascidas no submundo da grande cultura, possuem uma qualificação teórica e põem em cena um novo significante (aparentado com o sentido obtuso); será daqui em diante reconhecido para a banda desenhada; mas sinto, pelo meu lado, esse ligeiro trauma da significância perante certos foto-romances: «a sua estupidez comove-me» (esta, podia ser uma certa definição do sentido obtuso); haveria, pois, uma verdade de futuro (ou de um muito antigo passado) nestas formas irrisórias, ordinárias, estúpidas,

Roland Barthes

a essência do filme não é de modo nenhum animação, fluxo, mobilidade, «vida», cópia, mas apenas a armação de um desdobramento permutativo, e é necessária uma teoria do fotograma, de que é preciso, para acabar, indicar os escapes possíveis.

O fotograma dá-nos o *dentro* do fragmento: seria preciso retomar aqui, deslocando-as, as formulações do próprio S.M.E., quando ele enuncia as novas possibilidades da montagem áudio--visual (n.º 218): «[...] O centro de gravidade fundamental [...] transfere-se *para dentro* do fragmento, *nos elementos incluídos na própria imagem*. E o centro de gravidade já não é o elemento «entre os planos» – o choque, mas o elemento «no plano» – *a acentuação no interior do fragmento*». Sem dúvida, não há nenhuma montagem áudio-visual no fotograma; mas a fórmula de S.M.E. é geral, na medida em que ela estabelece um direito à disjunção sintagmática das imagens, e pede uma leitura *vertical* (ainda um termo de S.M.E.) da articulação. Além disso, o fotograma não é uma amostra (noção que suporia uma espécie de natureza estatística, homogénea, dos elementos do filme), mas uma citação (sabemos quanto este conceito ganha actualmente importância na teoria do texto): é, ao mesmo tempo, paródico e disseminador; não é uma pitada retirada quimicamente da substância do filme, antes o rasto de uma *distribuição* superior dos traços de que o filme vivido, passado, animado, não seria, em suma, senão um texto, entre outros. O fotograma é então fragmento de um segundo texto *cujo ser não excede nunca o fragmento*; filme e fotograma encontram-se numa relação de palimpsesto, sem que se possa dizer que um está *acima* do outro ou que um é *extraído* do outro. Por último, o fotograma levanta

---

dialógicas da subcultura de consumo. E haveria uma «arte» (um «texto») autónomo, o do *pictograma* (imagens «anedotizadas», sentidos obtusos colocados num espaço diegético); esta arte apoderar-se-ia obliquamente das produções histórica e culturalmente heteróclitas: pictogramas etnográficos, vitrais, a *Lenda de Santa Úrsula* de Carpaccio, imagens de Epinal, foto-romances, bandas desenhadas. A inovação representada pelo fotograma (em relação a esses outros pictogramas), estaria no facto do fílmico (que ele constitui) existir *duplamente* com um outro texto, o filme.

O *terceiro sentido*

a restrição do tempo fílmico; esta restrição é forte, é ainda obstáculo daquilo a que se poderia chamar o nascimento adulto do filme (nascido tecnicamente, por vezes mesmo esteticamente, o filme tem ainda de nascer teoricamente). Para os textos escritos, com excepção dos que são muito convencionais, comprometidos a fundo na ordem lógico-temporal, o tempo de leitura é livre; para o filme, não o é, visto que a imagem não pode ir nem mais depressa nem mais lentamente, a não ser que corra o risco de perder até a sua figura perceptiva. O fotograma, ao instituir uma leitura ao mesmo tempo instantânea e vertical, não quer saber do tempo lógico (que não é senão um tempo operatório); ensina a dissociar a restrição técnica (a «filmagem») do próprio fílmico, que é o sentido «indescritível». Talvez seja *esse outro texto* (aqui fotogramático) de que S.M.E. reclamava a leitura, quando afirmava que o filme não deve ser simplesmente olhado e escutado, mas que é preciso *perscrutá-lo* e aplicar atentamente o ouvido (n. ° 218). Esta escuta e este olhar não postulam evidentemente uma simples aplicação do espírito (pedido então banal, voto piedoso), mas antes uma verdadeira mutação da leitura e do seu objecto, texto ou filme: grande problema do nosso tempo.

1970, *Cahiers du cinéma.*

A representação[27]

O TEATRO GREGO

Cerca do final do século VII a.c., o culto de Dioniso originara, principalmente na região de Coríntia e de Sícion, na região dórica, um género muito florescente, semi-religioso, semiliterário, constituído por coros e danças, o ditirambo. Este teria sido introduzido na Ática, cerca de 550 anos antes de Cristo, por um poeta lírico, Téspis, que organizava representações ditirâmbicas pelas aldeias, transportando o seu material numa carroça e recrutando os coros no próprio local. Uns dizem que foi Téspis quem criou a tragédia ao inventar o primeiro actor; outros dizem que foi o seu sucessor, Frínico. O novo drama recebeu rapidamente a consagração da cidade, tendo sido dominado por uma instituição verdadeiramente cívica: a competição. O primeiro concurso ateniense de tragédia teria tido lugar em 538, sob o domínio de Pisístrato, que desejava enfeitar a sua tirania com festas e cultos. A continuação é conhecida: o teatro instala-se num local consagrado a Dioniso, que ficará para sempre o patrono do género. Grandes poetas (seria melhor dizer grandes criadores de teatro), quase contemporâneos uns dos outros, dão à representação dramática a sua estrutura adulta, o seu sentido

---

[27] Extraído de *Histoire des spectacles,* obra publicada sob a direcção de Guy Dumur, colecção «Encyclopédie de la Pléiade».
© Éditions Gallimard, 1965.

Roland Barthes

histórico profundo. Este desenvolvimento coincide com o triunfo da democracia, a hegemonia de Atenas, o nascimento da História e a estatuária de Fídias: é o século v, o século de Péricles, o século clássico. Depois, do século iv até ao fim da época alexandrina, salvo algumas ressurgências de génio das quais sabemos pouca coisa (Menandro e a comédia nova), é o declínio: mediocridade das obras, desaparecidas por causa disso, abandono progressivo da estrutura coral, que foi a estrutura específica do teatro grego.

Desta forma, a história torna-se algo mítica. Alguns traços são obscuros, pelo menos hipotéticos: não sabemos nada de certo sobre a maneira pela qual é preciso ligar o teatro grego ao culto de Dioniso, e perdemos, é preciso não o esquecer, quase todo o reportório: géneros inteiros, o ditirambo, a comédia siciliana, a comédia de Epicaremo, o drama satírico, dos quais não nos resta quase nada, obras às centenas. De várias gerações de autores dramáticos, só conhecemos bem três poetas trágicos e um poeta cómico: Ésquilo, Sófocles, Eurípedes, Aristófanes. E não somente a obra de cada um destes autores é antológica (por exemplo, apenas sete tragédias das setenta que Ésquilo escreveu), como também está mutilada: todas as trilogias trágicas estão incompletas, salvo a *Oresteia* de Ésquilo; à falta de possuirmos o *Prometeu Libertado*, ignoramos o desfecho que Ésquilo dava ao conflito entre o homem e os deuses. Outros traços, mais bem conhecidos, estão contudo deformados pela imagem da sincronia clássica: no seu período prestigioso, no século v, o teatro grego só dispõe de técnicas rudimentares; a sua materialidade depura-se e enriquece-se (ou talvez se complique), precisamente no momento em que as obras se tornam medíocres. Além disso, este teatro continuou a ter um importante sucesso público durante todo o período de declínio, de maneira que se lhe aplicássemos critérios sociológicos, e não estéticos, toda a perspectiva histórica seria alterada.

O mito do século v produz pois uma imagem que necessitaria de muitos retoques. Esta imagem tem pelo menos uma verdade, ela dá conta disto: este teatro é formado por um conjunto organizado de obras, de instituições, de protocolos e de técnicas,

O teatro grego

possui uma estrutura. E esta estrutura é aqui tanto mais importante quanto a especialidade deste teatro foi precisamente a síntese, a coerência de códigos dramáticos diferentes. Fazendo parar o teatro grego no século V, perde-se sem dúvida uma dimensão histórica, mas ganha-se uma verdade estrutural, quer dizer uma significação.

As obras

Na época clássica, o espectáculo grego compreende quatro géneros principais: o ditirambo, o drama satírico, a tragédia, a comédia. Podemos acrescentar-lhe: o cortejo que antecedia a festa, o *comos*, provável sobrevivente das procissões (ou mais exactamente dos monómios dionisíacos); e embora se trate mais de concertos do que de representações, as audições timélicas, espécie de oratórios cujos executantes tomavam lugar na *orquestra*, à volta da *tímele*, ou lugar consagrado a Dioniso.

O ditirambo é proveniente de certos episódios do culto de Dioniso, no século VII a.C., provavelmente perto de Coríntia, cidade comercial e cosmopolita. Rapidamente adquiriu duas formas: uma forma literária, e uma forma popular na qual o texto era (largamente) improvisado. Levado para Atenas por Téspis, o ditirambo normalizou-se. O desenvolvimento do género dramático (tragédia e comédia) não lhe fez nenhuma concorrência: as representações ditirâmbicas ocupavam os dois primeiros dias das Grandes Dionísias, antes dos dias consagrados aos concursos de tragédia e de comédia. Era uma espécie de drama lírico, cujos temas, mitológicos ou por vezes históricos, faziam lembrar muito os da tragédia. A diferença (capital) era que o ditirambo se representava sem actores (mesmo se havia solos) e sobretudo sem máscaras e sem trajos. O coro era numeroso: cinquenta executantes, crianças (de menos de dezoito anos) ou homens. Era um coro cíclico, quer dizer que as danças do coro se faziam na *orquestra* à volta da *tímele*, e não de frente, perante o público, como na tragédia. A música utilizava sobretudo modos orientais, era de significação tumultuosa (por oposição ao *peã* apolíneo); esta música tornou-se cada vez mais importante do que o texto, o que aproxima também o ditirambo da nossa ópera. Não nos resta nenhum destes ditirambos, salvo alguns fragmentos mutilados de Píndaro.

Ignorância quase igual do drama satírico, tanto mais incomodativa quanto ele seguia obrigatoriamente toda a trilogia trágica. Deste género, só temos *Os Cães de Caça* de Sófocles, o Ciclope de Eurípedes e alguns fragmentos de Ésquilo que acabam de ser encontrados. Proveniente também da região dórica, o drama satírico teria sido introduzido em Atenas por Pratinas, mais ou menos na altura em que Ésquilo começava a sua carreira. Foi rapidamente incorporado no complexo trágico (três tragédias representadas de seguida), convertido desde então em tetralogia. O drama satírico está muito próximo da tragédia; tem a mesma estrutura e o tema é mitológico. O que o diferencia, e por conseguinte o constitui, é que o coro é obrigatoriamente composto por Sátiros, conduzidos pelo seu chefe Sileno, pai de criação de Dioniso (dizia-se também, em Atenas, drama silénico). Este coro tem uma grande importância dramática, é ele o actor principal; dá o tom ao género, transforma-o numa «tragédia divertida»; porque estes Sátiros são «vagabundos», «inúteis», são os cúmplices que manejam os gracejos, lançam os dichotes (o drama satírico termina bem); as suas danças têm um carácter grotesco; eles estão disfarçados e mascarados.

Neste teatro, toda a obra tem uma estrutura fixa, a alternância das suas partes está regulamentada, as variações de ordem são ínfimas. Uma tragédia grega compreende: um *prólogo*, cena preparatória de exposição (monólogo ou diálogo); o párodo, ou canto de entrada do coro; *episódios,* bastante parecidos com os actos das nossas peças (embora de duração muito variada), separados por cantos dançados do coro, chamados *estásimos* (metade do coro cantava as estrofes, a outra metade as antístrofes); o último episódio, constituído muitas vezes pela saída do coro, chamava-se *êxodo.* A comédia utiliza uma alternância análoga entre cantos corais e recitação. A sua estrutura é todavia um pouco diferente. Em relação à tragédia ela comporta dois elementos originais: de início, *agon*, o combate; esta cena, que corresponde ao primeiro episódio da tragédia, é obrigatoriamente

O teatro grego

uma cena de disputa, no termo da qual o actor que representa as ideias do poeta triunfa sobre o seu adversário (porque a comédia ateniense era sempre uma peça de tese); e, sobretudo, a parábase; esta parte continua o *agon*: com os actores (provisoriamente) saídos de cena, o coro tira as suas capas, volta-se e avança para o público. Uma parábase ideal compreendia sete partes: um canto muito curto, composto por uma pequena frase; os *anapestos*, discursos do corifeu (ou chefe de coro) ao público; o pnigo (sufocação), longa fala dita sem respirar; por fim, quatro partes iguais de estrutura estrófica. Nem na tragédia nem na comédia (ainda menos na comédia), as unidades de espaço e de tempo eram necessárias (embora se tendesse para elas): em As *Mulheres de Etna,* de Ésquilo, a acção deslocava-se quatro vezes.

Quaisquer que sejam as variações (históricas ou de autor), esta estrutura tem uma constante, quer dizer um sentido: a alternância regular do falado e do cantado, da narrativa e do comentário. Talvez, com efeito, seja melhor dizer «narrativa» do que «acção»; na tragédia, pelo menos, os episódios (os nossos actos) estão longe de representar acções, quer dizer modificações imediatas de situações. A acção é na maioria das vezes refractada através de modos intermediários de exposição que, ao contá--la, a tornam distante; narrativas (de batalha ou de assassínio) confiadas a um papel típico, o do Mensageiro, ou cenas de contestação verbal, que remetiam de certa maneira a acção para a sua superfície conflitual (os Gregos apreciavam muito estas cenas e é quase certo que elas eram objecto de leitura pública, para além da própria representação). Vê-se aqui despontar o princípio de dialéctica formal que fundamenta este teatro: a palavra exprime a acção, mas também lhe serve de *écran*: o «que se passa» tende sempre para o «que se passou».

Esta acção narrada é periodicamente suspensa pelo comentário coral que obriga o público a prestar atenção a um modo simultaneamente lírico e intelectual. Porque se o coro comenta o que acaba de se passar diante dos seus olhos, este comentário é essencialmente uma interrogação: ao «aquilo que se passou» dos recitadores, responde o «o que é que se vai passar?» do coro,

71

de maneira que a tragédia grega (já que se trata sobretudo dela) é sempre um triplo espectáculo de um presente (assiste-se à transformação de um passado em futuro), de uma liberdade (que fazer?) e de um sentido (a resposta dos deuses e dos homens).

Eis pois a estrutura do teatro grego: a alternância orgânica da coisa interrogada (a acção, a cena, a palavra dramática) e do homem interrogador (o coro, o comentário, a palavra lírica). E esta estrutura «suspensa» é a própria distância que separa o mundo das perguntas que lhe fazem, já que a própria mitologia fora a imposição dum vasto sistema semântico à natureza. O teatro apodera-se da resposta mitológica e serve-se dela como de uma reserva de novas questões, porque interrogar a mitologia, era interrogar o que fora anteriormente a resposta total. Sendo ele próprio uma interrogação, o teatro grego toma assim lugar entre duas outras interrogações: uma, religiosa, a mitologia; outra, laica, a filosofia (no século IV a.C.). E é certo que o teatro constitui uma via de secularização progressiva da arte: Sófocles é menos «religioso» do que Ésquilo, Eurípedes menos do que Sófocles. Tendo a interrogação assumido formas cada vez mais intelectuais, a tragédia evoluiu simultaneamente para o que nós hoje chamamos o drama, isto é a comédia burguesa, baseada em conflitos de caracteres e não em conflitos de destinos. E o que marcou esta alteração de função foi precisamente a atrofia do elemento interrogador, quer dizer, do coro. A mesma evolução verificou-se na comédia: ao abandonar o questionamento da sociedade (embora essa contestação fosse regressiva), a comédia política (de Aristófanes) tornou-se comédia de intriga, de carácter (com Filémon e Menandro): tragédia e comédia tiveram então como objecto a «verdade» humana; quer dizer que para o teatro o tempo das perguntas tinha passado.

As instituições

Teatro religioso ou teatro civil? Os dois em conjunto, bem entendido: nem podia ser doutra maneira numa sociedade em que a noção de laicismo era desconhecida. Mas os dois elementos não têm o mesmo valor: a religião (seria melhor dizer o

O teatro grego

culto) domina a origem do teatro grego, está ainda presente nas instituições que o regulam na sua época adulta. É contudo a cidade que lhe dá o seu sentido: as suas características adquiridas formam o seu ser muito mais do que as suas características inatas. E se quisermos deixar de lado, por agora, a questão de coro (que é de resto um elemento religioso transplantado), o culto dionisíaco está presente nas coordenadas do espectáculo (tempo e espaço), mas não na sua substância.

Sabe-se que as representações teatrais só podiam ter lugar três vezes por ano, por ocasião das festas em honra de Dioniso. Havia por ordem de importância: as Grandes Dionísias, as Leneias, as Dionísias Rurais. As Grandes Dionísias (ou Dionísias da Cidade) eram uma grande festa ateniense (mas a hegemonia de Atenas deu-lhe rapidamente um carácter pan-helénico), que se realizava no início da Primavera, no fim do mês de Março. Esta festa durava seis dias e englobava normalmente três concursos: ditirambo, tragédia e comédia. Foi nas Grandes Dionísias que tiveram lugar a maior parte das estreias de Ésquilo, Sófocles e Eurípedes. As Leneias, ou mais exactamente as Dionísias de Leneias, tinham lugar em Janeiro: era uma festa exclusivamente ateniense, mais simples do que as Grandes Dionísias, só durava três ou quatro dias e não incluía o concurso ditirâmbico. As Dionísias rurais realizavam-se no fim do mês de Dezembro, nos *demos* (burgos) da Ática. Os *demos* pobres honravam o deus com um simples cortejo; os *demos* mais ricos organizavam concursos de tragédia e de comédia. Mas só se lá realizavam reposições, excepto nos burgos muito ricos, como o Pireu, onde teve lugar, segundo Sócrates, uma estreia de Eurípedes.

Para todas estas festas, o teatro (que é, à letra, o lugar donde se vê) foi edificado num terreno dedicado a Dioniso. A consagração do local teatral implicava a consagração de tudo o que lá se passava: os espectadores usavam a coroa religiosa, os executantes eram sagrados e, inversamente, o delito tornava-se sacrilégio. Neste local consagrado, dois sítios testemunhavam duma forma mais eloquente o culto prestado ao deus: a orquestra, provavelmente dominada pela estátua de Dioniso que lá havia sido instalada com grande pompa no início da festa, e a *tímele*.

O que era a tímele? Talvez um altar, talvez um fosso destinado a receber o sangue das vítimas, em qualquer caso um local sacrificial; e no *cávea*, quer dizer o conjunto das bancadas, alguns lugares reservados ao clero dos diferentes cultos atenienses (clero sempre ocasional, como se sabe, já que o sacerdócio era eleito, tirado à sorte ou comprado, mas nunca uma vocação). O direito a estes lugares de honra chamava-se a proedria e era extensivo aos altos dignitários e a certos convidados.

Já se vê que se tratava de instituições marginais: uma vez iniciada a representação, nenhum elemento cultural voltava a interferir no seu desenrolar, excepto talvez certas evocações de mortos, ou certas invocações divinas. Contudo, atribui-se geralmente uma origem religiosa à própria substância do espectáculo grego, manifestamente secularizado na época clássica. O que é que se passou exactamente? Esta origem não está em discussão; o que é hipotético é o modo de filiação. A hipótese mais conhecida é a de Aristóteles: a tragédia teria nascido do drama satírico, e o drama satírico do ditirambo; a comédia teria seguido uma via diferente, seria originária dos cantos fálicos. Aristóteles não se ocupa do relacionamento do ditirambo com o culto de Dioniso, e foi portanto este ponto que os Modernos se esforçaram por explicar durante longo tempo. Mas será exacta a filiação interna dos três primeiros géneros? Hoje, acaba-se por duvidar. Pensa-se que só o ditirambo, o drama satírico e a comédia devem ser relacionados com Dioniso (constituindo a tragédia um caso à parte), e que a filiação para cada género é directa. Numa palavra, a tragédia deixaria de ser, como dizia Aristóteles, a revelação progressiva duma essência (a da imitação séria).

O culto de Dioniso, misturado com elementos orientais, abarcava, como se sabe, danças de verdadeira possessão, de que estavam dominados os *thiasos* do deus (a sua confraria), símbolo do seu cortejo. A dança cíclica do ditirambo reproduziria as rodas colectivas de possessos dominados pela *mania* divina e, sabe-se por outros costumes orientais ainda em vigor no século passado no Islão que estas rodas ou rodopios eram simultaneamente expressão e exorcismo da histeria colectiva. Quanto ao drama satírico, a sua hereditariedade cultural seria dupla: por um

O *teatro grego*

lado, as suas danças, compostas de saltos desordenados, reproduziriam a *mania* individual (e já não colectiva) que se pôde assimilar ao grande ataque convulsivo de Charcot; por outro, os seus disfarces (porque os Sátiros estão disfarçados e mascarados) viriam de Carnavais muito antigos, constituídos por máscaras cavalares (sendo o cavalo nessa altura um animal do inferno). Por fim, a comédia, pelo menos na sua parte inicial (párodo, agon e parábase) teria prolongado os *comoi*, espécie de argumentos com máscaras ambulantes, animados por jovens mascarados, que abriam as cerimónias cultuais.

É evidente, para abreviar, que o laço que une o culto dionisíaco a estes três géneros seria de ordem, quase diríamos, física: é a possessão, ou, para ser ainda mais preciso, a histeria (da qual conhecemos a relação natural com os comportamentos teatrais), de que a dança é simultaneamente satisfação e libertação. É talvez neste contexto que é preciso compreender a noção de *catarse* teatral; sabe-se que esta noção, vinda de Aristóteles, serviu de tema à maioria dos debates sobre a finalidade da tragédia, de Racine a Lessing. Terá a tragédia a função, no fim de contas utilitária, de «purgar» todas as paixões do homem, suscitando nele o terror e a piedade, ou terá somente a função de o libertar deste terror e desta piedade? Muito se discutiu sobre a natureza destas paixões, objectos e objectivos da imitação teatral. Contudo, é a própria noção de *catarse* que continua a ser a mais ambígua: trata-se de «desenraizar» a paixão (segundo a bela expressão de Corneille) ou, mais modestamente, de a purificar, de a sublimar, tirando-lhe somente todo o excesso além do razoável (Racine)? Seria vão retirar a este debate tudo o que a história lhe deu de autenticidade; mas de um ponto de vista histórico, é sem dúvida um pouco inútil: nem Corneille, nem Racine, nem Lessing podiam ter uma ideia do contexto, simultaneamente místico e médico, se assim podemos dizer, que dá provavelmente o seu verdadeiro sentido à noção de *catarse* dramática. Em termos médicos, a catarse é, mais ou menos, o epílogo da crise histérica; em termos místicos, ela é simultaneamente a posse e a libertação do deus, posse com vista a uma libertação. Esta espécie de experiências adaptam-se mal ao vocabulário

Roland Barthes

científico de hoje, sobretudo sempre que é preciso associá-los a uma representação teatral (ainda que o psicodrama e o sociodrama lhes restituam alguma actualidade); pode-se somente aventar que o teatro antigo, na medida em que era proveniente do culto de Dioniso, constituía uma «experiência total», misturando e resumindo estados intermédios, e mesmo contraditórios, em suma, uma conduta combinada de «desapossamento», ou, se preferirmos um termo mais insípido, mas mais moderno, de «desenraizamento».

E a tragédia? Paradoxalmente, este género, o mais prestigiado dos géneros patrocinados por Dioniso, não deveria nada, pelo menos directamente, ao culto do deus: através dos géneros verdadeiramente dionisíacos, a cidade ter-se-ia tornado simplesmente receptiva em relação a uma nova forma dramática, elaborada pelos seus poetas. A tragédia seria, na sua essência, uma criação especificamente ateniense, à qual o deus teria somente, por mera proximidade, concedido o seu teatro e o seu patrocínio. Se assim for, não é preciso imaginar uma relação de carácter entre Dioniso e a tragédia (relação essa que foi sempre forçada). Dioniso é um deus complexo, poder-se-ia mesmo dizer dialéctico: é simultaneamente um deus infernal (do mundo dos mortos) e um deus do renascer; é, por assim dizer, o próprio deus desta contradição. É certo que ao civilizar-se, isto é, ao juntar-se à classe das instituições civis, os géneros dionisiacos (ditirambo, drama satírico e comédia) depuraram, simplificaram, amenizaram o carácter inquietante do deus: era uma questão de ênfase. Mas para a tragédia, a autonomia é flagrante: nada, na tragédia, pode proceder do irracional dionisíaco, quer ele seja demoníaco ou grotesco.

Tudo isto leva a marcar fortemente o carácter civil do teatro grego, sobretudo no que diz respeito à tragédia: foi a cidade que lhe deu a sua essência. A cidade quer dizer Atenas, ao mesmo tempo cidade e Estado, municipalidade e nação, sociedade restrita e «mundial». Como se insere o espectáculo nesta sociedade? Por meio de três instituições: a *coregia*, o *theoricon* e o concurso.

O teatro grego foi um teatro legalmente oferecido aos pobres pelos ricos. A coregia era uma liturgia, isto é, uma obrigação

O teatro grego

oficialmente imposta aos cidadãos ricos pelo Estado: o corego devia mandar instruir e equipar um coro. O numero dos cidadãos aos quais era possível impôr uma liturgia por causa das suas fortunas (havia outras além da *coregia*) era, na época clássica, de cerca de mil e duzentos, dentre os quarenta mil cidadãos que a Ática contava. Era entre aqueles que o arconte designava os *coregos* de cada ano, evidentemente tantos quantos os coros que eram admitidos a concorrer. Os encargos financeiros eram muito pesados: o corego tinha de alugar a sala de ensaios, pagar o equipamento, fornecer as bebidas para os executantes, encarregar--se do salário diário dos artistas. Avaliaram-se em vinte e cinco minas os custos de uma *coregia* trágica, em quinze minas, os de uma *coregia* cómica (a mina correspondia mais ou menos a cem dias de salário de um operário não especializado). Quando o Estado empobreceu, no fim da guerra do Peloponeso, resolveu-se passar a associar dois cidadãos numa só *coregia*: apareceu a *sincoregia*. Depois a *coregia* desaparece e dá lugar à *agonotesia*: é uma espécie de comissariado geral para os espectáculos, cujo orçamento era provido, em princípio, pelo Estado, mas na realidade, parcialmente pelo menos, pelo próprio comissário (designado por um ano). Pode-se, evidentemente, estabelecer uma conexão entre o empobrecimento progressivo das fortunas e o desaparecimento do coro.

Em princípio, a entrada no teatro era gratuita para todos os cidadãos, mas como por causa disso havia uma afluência muito grande, estabeleceu-se primeiro um direito de entrada de dois óbolos por cada dia de espectáculo (um terço do salário diário de um operário não qualificado). Este direito, pouco democrático, já que lesava os pobres, foi rapidamente abolido e substituído por uma subvenção do Estado aos cidadãos pobres. Esta subvenção de dois óbolos por cabeça (diobolia) foi decidida cerca de 410 anos a.C. por Cleofonte e recebeu o nome de *theoricon*.

Coregia e theoricon asseguram a existência material do espectáculo. Uma terceira instituição, não a de menor importância, vai assegurar o controlo da democracia sobre o seu valor (e é preciso não esquecer que o controlo de um valor é sempre uma censura ideológica): o concurso. Sabemos hoje da importância do *agon*, da competição, na vida pública dos antigos Gregos; hoje em dia talvez só lhe possamos comparar as nossas instituições desportivas. Do ponto de vista da sociedade, qual é a função do *agon*? Sem dúvida a de mediatizar os conflitos sem os censurar. A competição permite conservar a questão dos antigos duelos (Quem é o melhor?), mas dando-lhe um sentido novo: quem é o melhor em relação às coisas, quem é o melhor para dominar, já não o homem, mas a natureza? Aqui, a natureza é a arte, isto é, uma representação completa de valores religiosos e históricos, morais e estéticos, e este facto torna-se, se não único, pelo menos raro: a arte raramente esteve submetida a um tal regime de competição desinteressada.

O mecanismo dos concursos dramáticos era complexo, porque os Gregos eram muito exigentes acerca da sinceridade das suas competições. O arconte, como vimos, designava os *coregos*; fixava também a lista de poetas admitidos a concorrer (o poeta foi de início autor e actor, depois passou a escolher ele próprio os seus actores, e durante as Grandes Dionísias acabou mesmo por ser instituído um concurso de actores trágicos); a reunião dos *coregos* (e do seu coro) dum lado, e dos poetas (e da sua companhia), por outro, fazia-se por um sorteio, democraticamente, ou seja, na Assembleia popular. Havia três concorrentes para a tragédia (cada um apresentava uma tetralogia e três (mais tarde cinco) para a comédia. Evidentemente, cada obra só era representada uma vez, pelo menos no século V, porque mais tarde fizeram-se reposições: cada concurso era precedido pela representação de um clássico, sobretudo Eurípedes.

O julgamento, que se seguia à festa, era confiado a um júri de cidadãos, designado por sorteio (é preciso não esquecer que para os Gregos a sorte era um sinal dos deuses), a dois passos: no momento da constituição do júri (dez cidadãos), isto é, antes das representações, e depois do voto, de que um novo sorteio só escolhia cinco sufrágios. Havia prémios para o corego, para o poeta, mais tarde para o protagonista (o tripé ou a coroa). O concurso era encerrado por um auto oficial gravado em mármore.

É difícil imaginar instituições mais fortes, laços mais estreitos entre uma sociedade e o seu espectáculo. E como esta sociedade

O *teatro grego*

era democrática precisamente no momento em que a arte do espectáculo atingiu o seu auge, de bom grado se fez do teatro grego o próprio modelo do teatro popular. No entanto, é preciso recordar que, por admirável que tenha sido, a democracia ateniense não correspondia nem às condições nem às exigências de uma democracia moderna. Já o dissemos, tratava-se de uma democracia aristocrática: ignorava os metecos e os escravos, só considerava quarenta mil cidadãos dentre os quatrocentos mil habitantes da Ática. Estes cidadãos podiam participar livre e abundantemente nas festas e espectáculos, na medida em que outros homens trabalhavam para eles. Mas este grupo restrito, onde toda a gente se conhecia, uma vez constituído – e isto é o que opõe ainda mais a democracia ateniense à nossa – era dominado por uma responsabilidade cívica duma força quase inconcebível nos nossos dias; dizer que o cidadão ateniense participava nos assuntos públicos, é pouco: ele governava, imerso por completo no poder graças às muitas assembleias de gestão de que fazia parte. E, sobretudo, outra singularidade – esta responsabilidade era obrigatória, quer dizer constante, unânime; ela era o próprio quadro mental: nada podia fazer-se, sentir-se ou pensar-se fora de um horizonte cívico. Teatro popular? Não. Mas teatro cívico, teatro da cidade responsável.

Os protocolos

Não há dúvida de que é preciso completar este quadro das instituições com um quadro dos costumes, porque um espectáculo só ganha sentido no momento em que se articula com a vida material dos seus costumes.

O teatro grego é um teatro essencialmente festivo. A festa que o origina é anual e dura vários dias. Ora, a solenidade e extensão duma tal cerimónia implicam duas consequências: primeiro, uma suspensão do tempo; sabe-se que os Gregos não efectuavam o repouso semanal – noção de origem judaica –, só descansando por ocasião das festas religiosas, muitas, aliás. Associado ao encerramento do tempo de trabalho, o teatro instalava um outro tempo, o tempo do mito e da consciência, que podia ser vivido não como um descanso, mas como uma outra vida. Porque esse tempo suspenso, pela sua própria duração, tornava-se um tempo saturado.

Neste ponto é preciso lembrarmo-nos quão preenchidos eram estes dias de festa. Antes da festa propriamente dita havia o *proagon*, espécie de desfile em que se apresentavam à multidão os poetas designados e a sua companhia. O primeiro dia era consagrado a uma procissão destinada a retirar do templo a estátua de Dioniso e a instalá-la solenemente no teatro; esta procissão era interrompida por uma hecatombe de touros, cujas carnes, distribuídas à multidão, eram assadas no próprio local. Seguiam-se dois dias de representações ditirâmbicas; na tarde do segundo dia, realizava-se um *comos*, ou cortejo; a seguir, três dias de representações dramáticas: uma tetralogia todas as manhãs (três tragédias e um drama satírico, separados por uma meia hora de intervalo) e uma comédia todas as tardes. Antes da representação propriamente dita, havia outras solenidades, quer dizer outros espectáculos: a entrada das personagens honradas com a proedria; a exposição na *orquestra* do tributo em ouro pago pelas cidades aliadas; o desfile dos «pupilos da nação», de armadura completa; a proclamação de honras concedidas a certos cidadãos; uma lustração, feita do sangue dum porco jovem; e o toque de trombeta que anunciava o início do espectáculo propriamente dito. Estes festivais da Grécia antiga eram pois verdadeiras «sessões» (as Grandes Dionisíacas duravam seis dias e cada representação matinal de tragédia alongava-se por cerca de seis horas, desde a madrugada até ao meio-dia, e recomeçava-se à tarde), durante as quais a cidade vivia teatralmente, desde a máscara que se envergava para assistir à procissão inaugural, até à mimese do próprio espectáculo.

Porque aqui, ao contrário do nosso teatro burguês, não há ruptura física entre o espectáculo e os seus espectadores: esta continuidade estava assegurada por dois elementos fundamentais, que o nosso teatro recentemente recomeçou a utilizar: a circularidade do lugar cénico e a sua abertura!

A orquestra do teatro grego era perfeitamente circular (com cerca de vinte metros de diâmetro). As bancadas, essas, geral-

O teatro grego

mente encostadas ao flanco de uma colina, formavam pouco mais de um hemiciclo. Ao fundo, uma armação cujo interior serve de bastidor e a parede frontal de suporte para os cenários: a *skênê*. Onde tocavam os executantes? De início, sempre na *orquestra*, coro e actores misturados (talvez só os actores dispusessem de um estrado baixo, com alguns degraus, colocado diante da *skênê*), depois, mais tarde (em finais do século iv), colocou-se diante da *skênê* um *proscénio*, estreito mas alto, para onde a acção se deslocou, ao mesmo tempo que o coro perdia a sua importância. Ao princípio, todo o edifício era de madeira, sendo o solo da *orquestra* de terra batida; os primeiros teatros em pedra datam de meados do século iv. Como se vê, o que nós hoje chamamos a cena (conjunto da *skênê* e do *proscénio*) não teve no teatro grego uma função verdadeiramente orgânica: como base da acção é um apêndice tardio. Ora a cena, nos nossos teatros, é toda a frontalidade da acção, a distribuição fatal do espectáculo de frente e de costas. No teatro antigo, nada disso: o espaço cénico é volumoso: há analogia, comunhão de experiência entre o «lado de fora» do espectáculo e o «lado de fora» do espectador. Este teatro é um teatro liminar, representa-se no limiar dos túmulos e dos palácios: este espaço cénico, apertado para o cimo, aberto para o céu, tem por função amplificar a notícia (quer dizer, o destino) e não abafar a intriga.

A circularidade constitui o que se poderia chamar uma dimensão «existencial» do espectáculo antigo. Mas havia uma outra: o ar livre. Deste teatro da manhã, deste teatro da aurora, tentou-se imaginar o pitoresco: a multidão colorida (os espectadores usavam trajos de festa, com a cabeça coroada, como em qualquer cerimónia religiosa), a púrpura e o ouro dos trajos de cena, a luminosidade do sol, o céu da Ática (e aqui ainda haveria que distinguir: as festas de Dioniso eram do Inverno ou do fim do Inverno, mais do que da Primavera). Isto é esquecer que o sentido do ar livre é a sua fragilidade. Ao ar livre, o espectáculo não pode ser um hábito, é vulnerável, e por isso insubstituível: o mergulho do espectador na polifonia complexa do ar livre (sol fugidio, vento que se levanta, pássaros que voam, ruídos da cidade, correntes de frescura) devolve ao drama a singu-

Roland Barthes

laridade de um acontecimento. Na sala escura ou ao ar livre, não pode haver o mesmo imaginário: o primeiro é de evasão, o segundo de participação.

Quanto ao público que ocupa as bancadas – facto bem conhecido actualmente nos espectáculos desportivos – ele próprio é transformado pela sua massa; o número de lugares é considerável, sobretudo em relação ao total, modesto, de cidadãos: cerca de catorze mil lugares em Atenas (a sala do Palácio de Chaillot só comporta entre dois a três mil espectadores). Esta massa estava estruturada: além dos lugares proédricos, que podiam ultrapassar a primeira fila, os lugares comuns eram frequentemente reservados por lotes para certas categorias de cidadãos: para os membros do Senado, para os efebos, para os estrangeiros, para as mulheres (sentadas geralmente nas bancadas do alto). Assim se estabelecia uma dupla coesão: maciça, à escala do teatro inteiro; particular, à escala de grupos homogéneos, por idades, por sexo, pela função, e sabe-se quanto a integração de um grupo fortifica as suas reacções e estrutura a sua afectividade. Havia uma verdadeira «instalação» do público no teatro, à qual é preciso juntar o último dos protocolos da posse: a alimentação. Comia-se e bebia-se no teatro, e os *coregos* generosos faziam circular vinho e bolos.

As técnicas

A técnica fundamental do teatro grego é uma técnica de síntese: é a *coréia*, ou união consubstancial da poesia, da música e da dança. O nosso teatro, mesmo o lírico, não pode dar uma ideia da *coréia* porque nele a música é predominante, em detrimento do texto e da dança, relegada para os intervalos (*ballets*). Ora, o que define a coréia é a igualdade absoluta entre as diversas linguagens que a compunham: todas são, por assim dizer, «naturais», isto é, provenientes do mesmo quadro mental, formado por uma educação que, com o nome de «música», abrangia as letras e o canto (os coros eram naturalmente compostos por amadores e não havia dificuldade alguma em recrutá-los). Talvez que para termos uma imagem verídica da *coréia* seja

O teatro grego

preciso ter em conta o sentido da educação grega, pelo menos tal como a definiu Hegel; por uma representação completa da sua corporiedade (canto e dança), o Ateniense manifesta a sua liberdade: precisamente a de transformar o seu corpo em órgão do espírito.

Da poesia, ou melhor, da própria palavra, porque se trata aqui só de definir uma técnica, sabemos que se distribuía por três modos de elocução: uma expressão dramática, falada, monólogo ou diálogo, composta em trímetros jâmbicos (era a *cataloguê*); uma expressão lírica, cantada, escrita em metros variados (o melo ou canto); por último, uma expressão intermédia, a *paracataloguê*, composta em tetrâmetros: mais enfático do que o falado, mas de modo algum melódica como o canto, a paracataloguê era provavelmente uma declamação melodramática, num tom elevado, mas *recto tono* apoiado (como o melos) pela flauta.

A música era monódica, cantada em uníssono ou em oitava tendo por único acompanhamento (também em uníssono) o aulo, espécie de flauta de dois tubos e com palhetas, tocada por um músico sentado sobre a tímele. O ritmo – e esse era um dos aspectos notáveis da *coréia* – era inteiramente decalcado sobre o metro poético: cada compasso correspondia a um pé, cada nota a uma sílaba, pelo menos na época clássica, porque Eurípedes usa já um estilo enfeitado com vocalizos, que obrigará a breve trecho o poeta a utilizar um compositor profissional. O que é preciso dizer acerca desta música (para nós quase inteiramente perdida: só possuimos um fragmento de coro do *Orestes* de Eurípedes), o que a distingue da nossa, é que a sua expressividade está codificada, como se sabe, por todo um léxico de modos musicais: a música grega era eminentemente, abertamente significante, duma significação fundada menos no efeito natural que na convenção.

Na *coréia* é a dança que temos mais dificuldade em imaginar. Verdadeiras danças ou simples evoluções ritmadas? Sabe-se apenas que era preciso distinguir os passos (*phorai*) e as figuras (*schemata*). Estas figuras podiam, sem dúvida, atingir a pantomima: havia pantomimas das mãos e dos dedos (quironomia),

Roland Barthes

de que uma era célebre: aquela que o chefe de coro de Pratinas tinha inventado para *Os Sete contra Tebas* e que contava a batalha «como se lá estivéssemos». Nisto ainda, o que é notável é a expressividade, ou seja a constituição de um verdadeiro sistema semântico de que todos os espectadores conheciam perfeitamente os elementos: «lia-se» uma dança, a sua função intelectiva era pelo menos tão importante como a sua função plástica ou emotiva.

Tais eram os diferentes «códigos» da *coréia* (já vimos como o elemento semântico nela era importante). Estariam eles confiados a executantes especializados? Nada disso. Sem dúvida que o coro nunca recitava (contrariamente ao que lhe impõem nas reconstituições modernas), cantava sempre, mas os actores e o corifeu, embora dialogando principalmente, podiam muito bem cantar e mesmo, a partir de Eurípedes, dançar; de qualquer maneira eles usavam habitualmente a paracataloguê. É que, não o esqueçamos, as «personagens» (aliás uma noção moderna, já que Racine chamava ainda «actores» às suas) saíram pouco a pouco duma massa indiferenciada, o coro. A função do chefe de coro (exarco) preparava a instituição de um actor; Téspis ou Frínico ultrapassaram este limite e inventaram o primeiro actor, transformando a narrativa em imitação: a ilusão teatral tinha nascido. Ésquilo criou o segundo actor e Sófocles o terceiro (ficando ambos na dependência do protagonista). Como o número das personagens excedia muitas vezes o dos actores, um mesmo actor tinha de desempenhar papéis sucessivos: assim, em *Os Persas*, de Ésquilo, um actor desempenhava os papéis da Rainha e de Xerxes, outro os do Mensageiro e da sombra de Dario. É por causa desta economia particular que o teatro grego se articula preferencialmente em torno de cenas de notícias ou de contestação, em que só duas personagens são necessárias. Quanto ao coro, o seu número não variou desde a época clássica: de dez a quinze coristas para a tragédia, vinte e quatro para a comédia, incluindo o corifeu. Depois, a sua função, se não imediatamente o seu número, diminuiu de importância: de início, ele dialoga com o actor pela voz do corifeu, rodeia-o fisicamente, apoia-o ou interroga-o, participa sem agir mas comentando, em suma,

O teatro grego

ele é verdadeiramente a colectividade humana confrontada com o acontecimento e que procura compreendê-lo. Todas estas funções se foram pouco a pouco atrofiando e certo dia as partes corais não eram mais do que entremezes sem ligação orgânica com a própria peça. Houve nisto um triplo movimento convergente: enfraquecimento das fortunas e do zelo cívico (como já vimos), ou seja, retraimento dos ricos em assumir a coregia; redução da função coral a simples interlúdios; desenvolvimento do número e da função dos actores, evolução da interrogação trágica para a verdade psicológica.

Salvo no ditirambo, todos estes executantes, coro e actores, estavam mascarados. As máscaras eram feitas de trapos estucados, recobertos de gesso, coloridos, e prolongados por uma peruca e eventualmente por uma barba postiça; a fronte tem muitas vezes uma altura desmesurada, é o *onco*, alta proeminência frontal. A expressão destas máscaras tem uma história, que é a do realismo antigo; na época de Ésquilo, a máscara não tem expressão determinada, é uma superfície neutra, apenas riscada por uma ligeira prega na fronte. Na época helenística, pelo contrário, na tragédia a máscara é ostensivamente patética, os traços são desmesuradamente convulsionados, e por outros traços (cor dos cabelos ou da tez), sobretudo na comédia, as máscaras são classificadas por tipos, em que cada um corresponde evidentemente a um emprego, a uma idade, ou a uma disposição: são então as máscaras de carácter. Para que serviam as máscaras? Podemos enumerar as utilidades superficiais: mostrar os traços de longe, esconder a diferença dos verdadeiros sexos, já que os papéis das mulheres eram desempenhados por homens. Mas a sua função profunda sem dúvida que se alterou consoante as épocas: no teatro helenístico, pela sua tipologia, a máscara serve uma metafísica das essências psicológicas; não esconde, mostra; é verdadeiramente a antepassada da actual maquilhagem. Mas anteriormente, na época clássica, a sua função era, segundo parece, exactamente a contrária: ela desorienta: primeiro, ao censurar a mobilidade da face, expressões, sorrisos, lágrimas, sem a substituir por nenhum sinal, mesmo geral; depois, ao alterar a voz, tornando-a profunda, cavernosa, estranha, como se viesse de um

Roland Barthes

outro mundo: mistura de desumanidade e de humanidade enfática, é então uma função capital da ilusão trágica, cuja missão é dar a ler a comunicação dos deuses e dos homens.

A mesma função tinha o trajo de cena, ao mesmo tempo real e irreal. Real porque a sua estrutura é a do trajo grego: túnica, manto, clâmide; irreal, pelo menos na sua versão trágica, porque este trajo é a própria vestimenta do deus (Dioniso), ou pelo menos do seu grande sacerdote, duma riqueza (cores e bordados) evidentemente desconhecida na vida (a irrealidade do trajo cómico é menor: é uma túnica, simplesmente encurtada de maneira a deixar ver o falo de couro que exibiam as personagens masculinas). Para além deste trajo básico, existiam alguns «emblemas» particulares, isto é o esboço de um código de indumentária: o manto de púrpura dos reis, a longa túnica de lã dos adivinhos, os andrajos da miséria, a cor negra do luto e da desgraça. Quanto ao coturno, pelo menos no seu sentido de sapato de sola alta, é um apêndice tardio, da época helenística; a grande elevação do actor implicou então um crescimento fictício da sua corpulência: falso ventre, falso peito, sustidos debaixo da túnica por um trajo justo, exagero do *onco*.

O esforço realista – já que é a pergunta que nós, os modernos, fazemos a estas técnicas – foi muito mais rápido para o cenário. De início é apenas uma armação de madeira assinalando de modo rudimentar um altar, um túmulo ou um rochedo. Mas Sófocles, seguido por Ésquilo nas suas últimas peças, introduz o cenário pintado sobre uma tela móvel que pendia ao longo da *skênê*: pintura simples, mas rapidamente confiada a desenhadores especializados, os cenógrafos. A este cenário central (e frontal), juntaram-se nos fins do século v, dois cenários laterais, os periactos: eram prismas giratórios, montados sobre um eixo e de que cada face vinha juntar-se ao cenário central de acordo com as necessidades em causa. A partir da comédia nova, o cenário da esquerda (em relação ao espectador) prolongou convencionalmente o estrangeiro longínquo (era, em Atenas, o lado dos campos áticos), e o da direita a vizinhança próxima (era a direcção do Pireu). Naturalmente, tal como para as máscaras, houve rapidamente uma tipologia sumária dos lugares representados:

O *teatro grego*

paisagem silvestre para o drama satírico, casa de habitação para a comédia, templo, palácio, tenda guerreira, paisagem rústica ou marítima para a tragédia. Diante destes cenários não havia pano antes do teatro romano, talvez apenas, por vezes, um biombo móvel destinado à preparação de certas cenas.

Este vasto desenvolvimento realista complica-se de geração para geração; tem uma auxiliar preciosa: a maquinaria. Na época helenística estas máquinas eram muito complicadas: havia uma para exteriorizar as cenas interiores de assassínio, era a *ekkylêma*, plataforma rolante que levava os cadáveres para fora das portas do palácio, à vista dos espectadores; uma outra, a *mêchanê*, servia aos deuses e aos heróis para voar nos ares: era uma grua à qual se pintava o cabo transportador de cinzento para o tornar invisível; em repouso no seu habitáculo, os deuses apareciam por cima da *skênê*, no *theologeion* ou locutório dos deuses; a distegia (ou «segundo andar») era uma plataforma que permitia aos actores comunicar com os tectos ou andar superior do edifício do fundo (sobretudo no teatro de Eurípedes e de Aristófanes); por último, as armadilhas, as escadas subterrâneas e até ascensores serviam para a aparição dos deuses infernais e dos mortos. Apesar da sua diversidade, esta maquinaria tem um sentido geral: «mostrar o interior», o dos infernos, o dos palácios ou o do Olimpo. Ela força um segredo, reforça a analogia, suprime a distância entre o espectáculo e o espectador; é portanto lógico que se tenha desenvolvido concorrentemente com o «emburguesamento» do drama antigo: a sua função não foi só realista, de início, ou feérica, no fim, mas também psicológica.

Teatro realista? Rapidamente adquiriu esses germes: desde Ésquilo que tinha essa tendência, se bem que este primeiro teatro trágico contivesse ainda numerosos traços de distanciamento: impessoalidade da máscara, convenção do trajo, simbolismo do cenário, raridade dos actores, importância do coro; mas, de qualquer forma, o realismo de uma arte não se pode definir fora do grau de credulidade dos seus espectadores: remete-nos fatalmente para os quadros mentais que o acolhem. Técnicas alusivas associadas a uma credulidade forte fazem o que se poderia chamar um «realismo dialéctico», no qual a ilusão teatral segue um

Roland Barthes

vaivém incessante entre um simbolismo intenso e uma realidade imediata; diz-se que os espectadores da *Oresteia* fugiram aterrorizados com a chegada das Erínias, porque Ésquilo, rompendo com a tradição do *párodo*, as fez aparecer uma a uma: este movimento lembra bastante como foi notado o recuo dos primeiros espectadores do cinema com a entrada da locomotiva na gare de La Ciotat: tanto num caso como noutro, o que o espectador consome não é nem a realidade nem a sua cópia, é, se preferirmos, uma «surrealidade», o mundo duplicado pelos seus signos. Esse foi, sem dúvida, o realismo do primeiro teatro grego, o de Ésquilo, talvez ainda o de Sófocles. Mas, técnicas analógicas muito elaboradas (expressividade das máscaras, complexidade da maquinaria, atrofia do coro) associadas a uma credulidade, se não enfraquecida pelo menos acostumada, fazem um realismo completamente diferente: foi provavelmente o de Eurípides e dos seus sucessores. Aqui, o signo já não remete para o mundo mas para uma interioridade; a própria materialidade do espectáculo torna-se no seu conjunto um cenário, e no próprio momento em que a *coréia* se dissolve, os seus elementos tornam-se simples «ilustrações» às quais se pede que sejam plausíveis: o que se passa na cena já não é o signo da realidade, é a sua cópia. Compreende-se que tenha sido com Eurípides que Racine renovou o diálogo e que o academismo teatral do século XIX se tenha sentido mais próximo de Sófocles que de Ésquilo.

Porque, seja o que for que nele se tenha encontrado, este teatro não deixou de nos dizer respeito desde há quatro séculos. Desde a Renascença, os músicos, os poetas e os amadores da Camera Bardi, em Florença, inspiram-se dos princípios da *coréia* para criar a ópera. Nos séculos XVII e XVIII, como se sabe, a obra dramática dos antigos Gregos é a principal fonte onde se inspiram os nossos dramaturgos, não somente os textos, mas os próprios princípios da arte trágica, os seus fins e os seus meios. Sabe-se que Racine anotou cuidadosamente os passos da *Poética* de Aristóteles consagrados à tragédia e que, mais tarde, a querela da *catarse* recomeçou com Lessing. O que Aristóteles trazia para o teatro moderno era menos uma filosofia trágica do que uma técnica de composição fundamentada na razão (é o sentido das

O teatro grego

artes poéticas da época): uma espécie de *práxis* trágica dimanava da poética aristotélica, dava crédito à ideia de um artesanato dramático. A tragédia grega tornava-se o modelo, o exercício e a ascese, poder-se-ia dizer, de toda a criação poética. Nos séculos XIX e XX, é a própria materialidade do teatro grego, negligenciada pelos nossos clássicos, que cristaliza a maior parte das reflexões. Primeiro, no plano da filosofia e da etnologia, de Nietzsche a George Thomson, todos se interrogam apaixonadamente sobre a origem e a natureza deste teatro, simultaneamente religioso e democrático, primitivo e refinado, surreal e realista, exótico e clássico; depois, na própria cena, recomeça-se (desde meados do século XIX) a representá-lo, de início como um teatro burguês mais pomposo (são as primeiras «reconstituições» da Comédie Française), depois num estilo ao mesmo tempo mais bárbaro e mais histórico, de que é preciso falar para terminar, porque desde certas meditações de Copeau no teatro do Vieux-Colombier e a representação dos *Persas* pelos estudantes do Grupo de Teatro Antigo da Sorbonne, em 1936, as experiências contemporâneas são numerosas, fundamentadas em princípios muitas vezes contraditórios.

Porque não se consegue acabar de decidir completamente se é preciso reconstituir ou adaptar este teatro. Enquanto que hoje em dia se representa Shakespeare sem inquietação com as convenções isabelinas, ou Racine sem nunca recorrer à dramaturgia clássica, a sombra da celebração antiga está sempre presente, fascinando: nostalgia dum espectáculo total, violentamente físico, simultaneamente desmesurado e humano, vestígio de uma reconciliação inaudita entre o teatro e a cidade. Contudo, uma coisa é clara: esta reconstituição é impossível; primeiro, porque a arqueologia nos dá informações incompletas, nomeadamente no que diz respeito à função plástica do coro, que é o grande obstáculo de todas as encenações modernas; segundo, e sobretudo, porque os factos exumados pela erudição nunca eram mais do que as funções de um sistema total, que era o quadro mental da época, e que no plano da totalidade da História é irreversível. Faltando este quadro, as funções desaparecem, os factos isolados tornam-se essências, são dotados, quer se queira ou não, de uma

Roland Barthes

significação imprevista, e o facto literal torna-se rapidamente um contra-senso. Por exemplo: a música grega era monódica, os Gregos não conheciam outra; mas para nós, modernos, cuja música é polifónica, toda a monodia se torna exótica: eis uma significação fatal que certamente não quiseram os antigos Gregos.

Há pois no espectáculo grego, tal como no-lo apresenta a arqueologia, factos perigosos, próprios do contra-senso: são precisamente os factos literais, os factos substanciais: a forma de uma máscara, o tom de uma melodia, o som de um instrumento.

Mas há também funções, relações, factos de estrutura: por exemplo, a distinção rigorosa do falado, do cantado e do declamado ou a plástica frontal, maciça, do coro (Claudel falava justamente de cantores atrás das estantes de coro), a sua função essencialmente lírica. São estas oposições que nós devemos, que nós podemos, parece-me, encontrar. Porque este teatro diz-nos respeito não pelo seu exotismo, mas pela sua verdade, não somente pela sua estética mas pela sua ordem. E esta mesma verdade não pode ser senão uma função, a relação que liga o nosso olhar moderno a uma sociedade muito antiga: este teatro diz-nos respeito pela sua distância. O problema não é pois assimilá-lo ou rejeitá-lo: é fazê-lo compreender.

DIDEROT, BRECHT, EISENSTEIN

a André Téchiné

Imaginemos que uma afinidade, de estatuto e de história, liga, desde os antigos Gregos, a matemática e a acústica; imaginemos que este espaço, apropriadamente pitagórico, tenha sido algo recalcado durante dois ou três milénios (Pitágoras é bem o herói epónimo do Segredo); imaginemos enfim que a partir destes mesmos Gregos, uma outra ligação se tenha instalado diante da primeira, que ela tenha triunfado, colocando-se sempre à frente na história das artes: a ligação da geometria com o teatro. O teatro é realmente essa prática que calcula o lugar *olhado* das coisas: se ponho o espectáculo aqui, o espectador verá isto; se o ponho noutro lado, não verá, e poderei aproveitar este esconderijo para simular uma ilusão: o palco é realmente esta linha que vem obstruir o feixe óptico, desenhando o limite e como a frente do seu desenvolvimento: assim se encontraria fundada, contra a música (contra o texto), a representação.

A representação não se define directamente pela imitação: ainda que nos desembaraçássemos das noções de «real», de «verosímil», de «cópia», ficará sempre a de «representação», enquanto um sujeito (autor, leitor, espectador ou observador) lançar o seu *olhar* para um horizonte e aí recortar a base de um triângulo cujo vértice será o seu olho (ou o seu espírito).

Roland Barthes

O Organon da Representação (que se torna possível hoje escrever, porque *outra* coisa se adivinha), este *Organon* terá por duplo fundamento a soberania do recorte e a unidade do sujeito que recorta. Pouco importará pois a substância das artes; certamente, teatro e cinema são expressões directas da geometria (a menos que procedam a alguma pesquisa rara sobre a voz, estereofonia), mas também o discurso literário clássico (legível), abandonando desde há longo tempo a prosódia, a música, é um discurso representativo, geométrico, enquanto recorta pedaços para os pintar: discorrer (teriam dito os clássicos) é apenas «pintar o quadro que temos no espírito». A cena, o quadro, o plano, o rectângulo recortado, eis a *condição* que permite pensar o teatro, a pintura, o cinema, a literatura, quer dizer todas as outras artes além da música e a que poderíamos chamar: *artes dióptricas*. (Prova contrária: nada permite referenciar no texto musical o mínimo quadro, salvo para o submeter ao género dramático; nada permite recortar nele o mínimo feitiço, salvo para o abastardar pelo uso da lengalenga.)

Toda a estética de Diderot, como sabemos, assenta na identificação da cena teatral e do quadro pictórico: a peça perfeita é uma sucessão de quadros, quer dizer uma galeria, um salão; a cena oferece ao espectador «tantos quadros reais, quantos os momentos favoráveis ao pintor que há na acção». O quadro (pictórico, teatral, literário) é um recorte puro, de bordos definidos, irreversível, incorruptível, que rechaça para o nada tudo o que o rodeia, inominado, e promove à essência, à luz, à vista, tudo o que faz entrar no seu campo. Esta discriminação demiúrgica implica um alto pensamento: o quadro é intelectual, ele quer dizer alguma coisa (de moral, de social), mas também diz que sabe como é que é preciso dizê-lo; ele é simultaneamente significativo e propedêutico, impressivo e reflexivo, comovente e consciente das vias da emoção. A cena épica de Brecht, o plano eisensteiniano são quadros; são *cenas postas* (como se diz: *a mesa está posta*), que correspondem perfeitamente à unidade dramática de que Diderot deu a teoria: muito recortadas (não esqueçamos a tolerância de Brecht em relação à cena à italiana, e o seu desprezo pelos teatros vagos: ao ar livre, teatro em círculo),

Diderot, Brecht, Eisenstein

elevando um sentido, mas manifestando a produção desse sentido, realizando a coincidência do recorte visual e do recorte ideal. Nada separa o plano eisensteiniano do quadro greuziano (senão, bem entendido, o projecto, neste caso moral, naquele social); nada separa a cena épica do plano eisensteiniano (senão que, em Brecht, o quadro é oferecido à crítica do espectador e não à sua adesão).

O quadro (já que resulta de um recorte) é um objecto fétiche? Sim, ao nível do sentido ideal (o Bem, o Progresso, a Causa, o advento da boa História); não, ao nível da sua composição. Ou, mais exactamente, é a própria composição que permite deslocar o termo fétiche, o lançar mais longe o efeito amoroso do recorte. Diderot, mais uma vez, é o teórico desta dialéctica do desejo. No artigo «Composição», escreve: «Um quadro bem composto é um todo encerrado sob um único ponto de vista, em que as partes se dirigem para um mesmo fim e formam pela sua correspondência mútua um conjunto tão real quanto o dos membros num corpo animal; de maneira que um pedaço de pintura feito com muitas figuras lançadas ao acaso, sem proporção, sem inteligência e sem unidade, não merece o nome de *verdadeira composição*, tal como os estudos esparsos de pernas, de narizes, de olhos, no mesmo cartão não merecem o de *retrato* ou mesmo de *figura humana*. «Aí está o corpo expressamente introduzido na ideia de quadro, mas todo o corpo; os órgãos, agrupados e como que magnetizados pelo recorte, funcionam em nome de uma transcendência, a da *figura*, que recebe toda a carga fetichista e torna-se o substituto sublime do sentido: é este sentido que é enfeitiçado. (Sem dúvida não teríamos dificuldade em referenciar, no teatro post-brechtiano e no cinema post-eisensteiniano, encenações marcadas pela dispersão do quadro, o desmembramento da «composição», o deambular dos «órgãos parciais» da figura, em resumo a suspensão do sentido metafísico da obra, mas também do seu sentido político – ou pelo menos a deslocação deste sentido para uma *outra* política.)

*

Roland Barthes

Brecht frisou bem que, no teatro épico (que actua em quadros sucessivos), toda a carga, significativa e divertida, incide sobre cada cena e não sobre o conjunto; ao nível da peça, não há desenvolvimento, não há amadurecimento, apenas um sentido ideal (para cada quadro), mas não um sentido final, simplesmente recortes de que cada um possui uma potência demonstrativa suficiente. A mesma coisa para Eisenstein: o filme é uma contiguidade de episódios, cada um absolutamente significativo, esteticamente perfeito; é um cinema com vocação antológica: ele próprio tende, ponto a ponto, para o fetichista, o pedaço que alguém tem de cortar e levar consigo para a sua fruição pessoal (não se diz que no *Couraçado Potemkine* de qualquer cinemateca falta um pedaço de película – a cena do *carrinho de bebé* – cortada e subtraída por algum amoroso, como se fosse uma trança, uma luva ou uma peça de roupa interior de mulher?). A força primária de Eisenstein reside nisto: *cada imagem não é maçadora*, não se é obrigado a esperar pela seguinte para compreender e se encantar: nenhuma dialéctica (o tempo da paciência necessário para certos prazeres), mas um júbilo contínuo, feito da adição de instantes perfeitos.

Esse instante perfeito, já Diderot, bem entendido, tinha pensado nele (e tinha-o pensado). Para contar uma história, o pintor só dispõe de um instante: aquele que vai imobilizar na tela. Esse instante tem pois de ser bem escolhido, assegurando-lhe antecipadamente o maior rendimento de sentido e de prazer: necessariamente total, esse instante será artificial (irreal: esta arte não é realista), será um hieróglifo onde se lerá num só olhar (numa só vez, se passarmos para o teatro ou para o cinema) o presente, o passado e o futuro, quer dizer o sentido histórico do gesto representado. Esse instante crucial, totalmente concreto e totalmente abstracto, é aquilo a que Lessing chamará (no *Laoconte*) o instante premente. O teatro de Brecht, o cinema de Eisenstein, são sequências de instantes prementes: quando a Mãe Coragem morde a moeda que lhe estende o sargento recrutador e por esse lapso tão curto de desconfiança deixa escapar o seu filho, ela revela ao mesmo tempo o seu passado de comerciante e o futuro que a espera: todos os seus filhos mortos em consequência da

Diderot, Brecht, Eisenstein

sua cegueira mercantil. Quando (na *Linha Geral*) a camponesa deixa rasgar o seu saiote, cujo tecido servirá para reparar o tractor, é toda uma história que este gesto encerra: a premência reúne a conquista passada (o tractor arduamente conquistado à incúria burocrática), a luta presente e a eficácia da solidariedade. O instante premente é bem a presença de todas as ausências (recordações, lições, promessas) ao ritmo das quais a História se torna simultaneamente inteligível e desejável. Em Brecht, é o *gestus social* que retoma a ideia do instante premente. O que é um gestus social (a crítica reaccionária ironizou bastante a propósito desta noção brechtiana, uma das mais inteligentes e das mais claras que a reflexão dramatúrgica jamais produziu!)? É um gesto, ou um conjunto de gestos (mas nunca uma gesticulação), em que se pode ler uma situação social completa. Nem todos os *gestus* são sociais: não há nada de social nos movimentos que faz um homem para se desembaraçar de uma mosca; mas se este mesmo homem, mal vestido, luta contra cães de guarda, o gestus torna-se social; o gesto pelo qual a vivandeira verifica a moeda que lhe estendem é um *gestus* social; o grafismo excessivo com que o burocrata da *Linha Geral* assina a sua papelada é um *gestus* social. Até onde se podem encontrar *gestus* sociais? Até muito longe: até na própria língua. Uma língua pode ser gestual, diz Brecht, quando indica certas atitudes que o homem que fala adopta em relação aos outros: «Se o teu olho te faz sofrer, arranca-o» é mais gestual do que «Arranca o olho que te faz *sofrer*», porque a ordem da frase, o assíndeto que a domina, remetem para uma situação profética e vingativa. As formas retóricas podem pois ser gestuais, pelo que é vão censurar à arte de Eisenstein (como à de Brecht) o facto de ser «formalizante» ou «estética»: a forma, a estética, a retórica, podem ser socialmente responsáveis, se forem manejadas de uma forma deliberada. A representação (já que é dela que se trata aqui) tem de contar inelutavelmente com o gestus social: desde que se «representa» (que se recorta, que se defina o quadro e que se desmembra o conjunto), é preciso decidir se o gesto é social ou não (se ele se refere, não a tal sociedade, mas ao Homem).

Roland Barthes

No quadro (na cena ou no plano), o que faz o actor? Já que o quadro é apresentação de um sentido ideal, o actor deve apresentar o próprio saber do sentido, porque o sentido não seria ideal se não contivesse a sua própria maquinação; mas o saber que, por um suplemento insólito, o actor deve pôr em cena não é nem o seu saber humano (as lágrimas não devem evocar simplesmente o estado de alma do Desgraçado), nem o seu saber de actor (não deve mostrar que sabe representar bem). O actor deve provar que não está dependente do espectador (grudado à «realidade», à «humanidade»), mas que conduz o sentido para a sua idealidade. Esta soberania do actor, senhor do sentido, está bem patente em Brecht, já que ele a teorizou sob o nome de «distanciação»; também não o está menos em Eisentein (pelo menos no autor da *Linha Geral*, a que me refiro aqui), não em consequência de uma arte cerimonial, ritual – aquela que Brecht pedia, mas pela insistência do *gestus* social, que marca sem descanso todos os gestos do actor (punhos que se fecham, mãos que agarram um utensílio de trabalho, apresentação dos camponeses ao balcão do burocrata, etc.). Contudo, é verdade, tanto em Eisenstein como em Greuze (pintor exemplar aos olhos de Diderot), que o actor assume por vezes a expressão do mais elevado patético, e esse patético pode parecer bem pouco «distanciado»; mas a distanciação é um processo especificamente brechtiano, necessário a Brecht porque ele representa um quadro que tem de ser criticado pelo espectador; nos outros dois, o actor não tem forçosamente de se distanciar, o que ele tem de representar é um valor ideal; basta pois que o actor «realce» a produção deste valor, a torne sensível, visível intelectualmente, pelo próprio excesso das suas versões: a expressão significa então uma ideia – por isso ela é excessiva –, não uma natureza. Estamos longe das expressões do Actor's Studio, cuja «contenção» tão louvada não tem outro sentido senão a glória pessoal do comediante (remeto, por exemplo, para as expressões de Marlon Brando em *O Último Tango em Paris*).

*

Diderot, Brecht, Eisenstein

Terá o quadro um «assunto» (em inglês: *topic*)? De maneira nenhuma: tem um sentido, mas não um assunto. O sentido começa no *gestus* social (no instante premente); fora do *gestus*, só há o vago, o insignificante. «Duma certa maneira, diz Brecht, os assuntos têm sempre qualquer coisa de ingénuo, são um pouco falhos de qualidades. Vazios, eles bastam-se de certa maneira a si próprios. Só o gestus social (a crítica, a manha, a ironia, a propaganda, etc.) introduz o elemento humano». E Diderot acrescenta (se assim podemos dizer); a criação do pintor ou do dramaturgo não está na escolha de um tema, está na escolha do instante premente, do quadro. Pouco importa, no fim de contas, que Eisenstein tenha escolhido os seus assuntos no passado da Rússia e da revolução, e não, «como deveria ter feito» (dizem-lhe os seus censores actuais), no presente da construção socialista (excepto para a Linha Geral), pouco importam o couraçado ou o czar, são apenas «assuntos», vagos e vazios, só conta o gestus, a demonstração crítica do gesto, a inscrição deste gesto, seja qual for o tempo a que pertença, num texto onde a maquinação social é visível; o assunto não acrescenta nem retira nada. Quantos filmes, hoje em dia, «sobre» a droga, de que a droga é o «assunto»? Mas é um assunto oco; sem *gestus* social a droga é insignificante, ou melhor, a sua significação é a de uma natureza vaga e vazia, eterna: «a droga torna impotente» (Trash), «a droga torna suicida» (Ausências repetidas). O assunto é um falso recorte: porquê este assunto em vez de um outro? A obra só começa no quadro, quando o sentido é posto no gesto e na coordenação dos gestos. Observem a Mãe Coragem: farão seguramente um contrasenso se pensarem que o seu «assunto» é a Guerra dos Trinta Anos, ou mesmo a denúncia geral da guerra; o seu *gestus* não reside nisso, mas na cegueira da comerciante que pensa viver da guerra e que morre por causa dela; melhor ainda, reside na *vista* que eu, espectador, tenho desta cegueira.

No teatro, no cinema, na literatura tradicional, as coisas são sempre vistas *de alguma parte*, é o fundamento geométrico da representação: é preciso um assunto fetichista para recordar este quadro. Este lugar de origem é sempre a Lei: lei da sociedade, lei da luta, lei do sentido. Toda a arte militante só pode ser

Roland Barthes

desde esse momento representativa, legal. Para que a representação seja realmente privada de origem e exceda a sua natureza geométrica sem deixar de ser representação, o preço a pagar é enorme: nada menos do que a morte. No *Vampiro* de Dreyer, faz-me notar um amigo, a câmara passeia da casa até ao cemitério e capta *o que vê o morto*, tal é o ponto limite em que a representação é frustrada: o espectador já não pode ocupar nenhum lugar, porque não pode identificar o seu olho com os olhos fechados do morto; o quadro não tem partida, não tem apoio, é um embasbacamento. Tudo o que se passa para cá desse limite (e é o caso de Brecht, de Eisenstein) só pode ser legal: é, no fim de contas, a lei do Partido que recorda a cena épica, o plano fílmico, é esta Lei que olha, enquadra, centra, anuncia. E ainda nisto Eisenstein e Brecht se associam a Diderot (promotor da tragédia doméstica e burguesa, como os seus dois sucessores o foram de uma arte socialista). Diderot distinguia, com efeito, na pintura, práticas maiores, de âmbito catártico, visando a idealidade do sentido, e práticas menores, puramente imitativas, episódicas; dum lado Greuze, do outro Chardin; dizendo doutra maneira, num período ascendente, toda a física da arte (Chardin) deve coroar-se com uma metafísica (Greuze). Em Brecht, em Eisenstein, Chardin, Greuze coexistem (mais astuto, Brecht deixa ao seu público o cuidado de ser o Greuze do Chardin que lhe põe à frente dos olhos): numa sociedade que ainda não encontrou o repouso, como poderia a arte deixar de ser metafísica? Quer dizer, significativa, legível, representativa? Fetichista? Para quando a música, o Texto?

*

Brecht, parece, quase não conhecia Diderot (apenas, talvez, o *Paradoxo*). Contudo é ele mesmo que autoriza, duma forma muito contingente, a conjunção tripartida que acaba de ser proposta. Por volta de 1937, Brecht teve a ideia de fundar uma Sociedade Diderot, local de concentração de experiências e de estudos teatrais, sem dúvida porque via em Diderot, além da figura de um grande filósofo materialista, a de um homem de

Diderot, Brecht, Eisenstein

teatro cuja teoria visava igualmente o prazer e o ensino. Brecht estabeleceu o programa desta Sociedade e fez um panfleto que projectou dirigir a quem? A Piscator, a Jean Renoir, a Eisenstein.

1973, *Revue d'esthétique.*

Leituras: o signo

O ESPÍRITO DA LETRA

O livro de Massin é uma bela enciclopédia, de informações e de imagens. Será a Letra que é o assunto? Sim, sem dúvida: a letra ocidental, encarada no seu contexto, publicitário ou pictural, e na sua vocação de metamorfose figurativa. Somente, acontece que este objecto, aparentemente simples, fácil de identificar e de enumerar, é um pouco diabólico: vai para todo o lado, e principalmente para o seu próprio contrário: é aquilo a que se chama um significante contraditório, um enantiosema. Porque, por um lado, a Letra promulga a Lei em nome da qual toda a extravagância pode ser reduzida («Agarrem-se, peço-vos, à letra do texto»), mas, por outro, há séculos, como o mostra Massin, que liberta incansavelmente uma profusão de símbolos; por um lado, «agarra» a linguagem, toda a linguagem escrita, na golilha dos seus vinte e seis caracteres (para nós, Franceses) e estes caracteres não são eles próprios senão a ordenação de algumas rectas e de algumas curvas; mas, por outro lado, ela está na origem de uma imagística vasta como uma cosmografia; ela significa, por um lado, a censura extrema (Letra, quantos crimes se cometem em teu nome!), e, por outro, a fruição extrema (toda a poesia, todo o inconsciente são um regresso à letra); ela interessa ao mesmo tempo o grafista, o filólogo, o pintor, o jurista, o publi-

Roland Barthes

citário, o psicanalista e o académico. *A letra mata e o espírito vivifica*? Seria simples se não houvesse precisamente um espírito da letra, que vivifica a letra; ou ainda: se o símbolo extremo não fosse precisamente a própria letra. É este trajecto circular da letra e da figura que Massin nos permite entrever. O seu livro, como toda a enciclopédia conseguida (e esta é tanto mais preciosa quanto é feita de um bom milhar de imagens), permite-nos, impõe-nos a obrigação de corrigir alguns dos nossos preconceitos: é um livro feliz (visto que se ocupa do significante), mas é também um livro crítico.

Em primeiro lugar, ao percorrer estas centenas de letras figuradas, vindas de todos os séculos, desde os *ateliers* de cópia da Idade Média até ao *Submarino Amarelo* dos Beatles, é bem evidente que a letra não é o som; toda a linguística faz sair a linguagem da fala, de que a escrita seria apenas uma arrumação; o livro de Massin protesta: o de-vir e o a-vir da letra (donde ela vem e aonde lhe resta, infinitamente, incansavelmente, ir) são independentes do fonema. Este pululamento impressionante de letras-figuras diz que a palavra não é a única vizinhança, o único resultado, a única transcendência da letra. As letras servem para fazer palavras? Sem dúvida, mas também outra coisa. O quê? Abecedários. O alfabeto é um sistema autónomo, provido aqui de predicados suficientes que lhe garantem a individualidade: alfabetos «grotescos, diabólicos, cómicos, novos, encantados», etc.; em resumo, é um objecto que a sua função, o seu lugar técnico não esgotam: é uma cadeia significante, um sintagma fora do sentido, mas não fora do signo. Todos os artistas citados por Massin, monges, grafistas, litógrafos, pintores, obstruíram a estrada que parece ir naturalmente da primeira à segunda articulação, da letra à palavra, e tomaram um *outro* caminho, que é o caminho, não da linguagem, mas da escrita, não da comunicação mas da significância: aventura que se situa à margem das pretensas finalidades da linguagem e, devido a isso, no centro do seu jogo.

Segundo objecto de meditação (e não dos menores) suscitado pelo livro de Massin: a metáfora. Estas vinte e seis letras do nosso alfabeto, animadas, como diz Massin, por centenas de

O Espírito da letra

artistas de todos os séculos, são colocadas numa relação metafórica com *outra coisa* que não a letra: animais (pássaros, peixes, serpentes, coelhos, uns comendo, por vezes, os outros para desenhar um D, um E, um K, um L, etc.), homens (silhuetas, membros, posturas), monstros, vegetais (flores, rebentos, troncos), instrumentos (tesouras, podões, foices, óculos, tripés, etc.): todo um catálogo dos produtos naturais e humanos vem duplicar a curta lista do alfabeto: o mundo inteiro incorpora-se na letra, a letra torna-se uma imagem no tapete do mundo.

Certos traços constitutivos da metáfora são assim ilustrados, esclarecidos, rectificados. Em primeiro lugar, a importância daquilo a que Jakobson chama o diagrama, que é uma espécie de analogia minimal, uma relação simplesmente proporcional, e não exaustivamente analógica, entre a letra e o mundo. Assim, em geral, caligramas ou poemas em forma de objectos, de que Massin nos dá uma colecção preciosa (porque fala-se sempre deles, mas nunca se conhece senão os de Apollinaire). Em seguida, devido à natureza polissémica do seu papel linguístico (fazer parte de uma palavra singular), uma letra pode dizer tudo: nesta região barroca onde o sentido é destruído sob o símbolo, uma mesma letra pode significar dois contrários (a língua árabe conhece, parece, estes significantes contraditórios, estes *ad'dâd,* aos quais J. Berque e J. P. Charnay consagraram um livro importante): Z, para Hugo, é o raio, é Deus, mas para Balzac, é a letra má, a letra do desvio. Tenho uma certa pena que Massin não nos tenha dado, algures, uma recapitulação de todo o paradigma, mundial e secular, de uma única letra (ele possuía os meios para isso): todas as figuras do M, por exemplo, que vai desde os três Anjos do Mestre gótico até aos dois picos nevados de Megève – numa publicidade –, passando pela forquilha, pelo homem deitado, pelas coxas levantadas, pelo cu que se oferece, pelo pintor e seu cavalete e pelas duas donas de casa que se preparam para esticar um lençol.

Porque – e é o terceiro capítulo desta lição por imagens sobre a metáfora – é evidente que à força de extravagâncias, de extra-versões, de migrações e de associações, a letra já não existe, nem é a origem da imagem: *toda a metáfora é inoriginada,* desde que

Roland Barthes

se passe do enunciado à enunciação, da fala à escrita; a relação analógica é circular, sem pré-fechamento; os termos que aprende são flutuantes: nos signos apresentados, quem *começa*, o homem ou a letra? Massin entra na metáfora pela letra: bem é preciso, ai de mim! Dar um «assunto» aos nossos livros; mas poder-se-ia também entrar aí pela outra extremidade, e fazer da letra uma *espécie* de homem, de objecto, de vegetal. A letra não é, em suma, senão um ponto avançado paradigmático, arbitrário, porque é preciso que o discurso *comece* (restrição que ainda não foi bem explorada), mas este ponto pode ser também uma saída, se concebermos, por exemplo, como os poetas e os mistogogos, que a letra (a escrita) funda o mundo. Atribuir uma origem à expansão metafórica é sempre uma opção, metafísica, ideológica. Dando a importância das reviravoltas de origem (como aquela que a psicanálise opera sobre a própria letra). Com efeito, Massin di-no-lo incessantemente pelas suas imagens, só há cadeias flutuantes de significantes, que passam, que se atravessam umas às outras: a escrita está *no ar*. Vejamos a relação entre a letra e a figura: toda a lógica se esgota aí: 1) a letra é a figura, este 1 é uma ampulheta: 2) a figura está na letra, enfiada completamente na sua luva, como esses dois acrobatas erguidos num O (Erté fez um amplo uso desta imbricação, no seu precioso alfabeto, que Massin infelizmente não cita); 3) a letra está na figura (é o caso de todas as charadas): já que não paramos o símbolo, é porque ele é reversível: 1 pode remeter para uma faca, mas a faca não é por sua vez senão uma partida, no termo da qual (a psicanálise mostrou-o) podemos encontrar de novo I (tomado numa palavra que importa ao vosso inconsciente): não há nunca senão *avatares*.

Tudo isto diz bem quanto o livro de Massin fornece elementos para a abordagem actual do significante. A escrita é feita de letras, seja. Mas de que serão feitas as letras? Podemos procurar uma resposta histórica – desconhecida no que diz respeito ao nosso alfabeto; mas podemos também servir-nos da questão para deslocar o problema da origem, conduzir a uma conceptualização progressiva do *entre-dois*, da relação flutuante, da qual determinamos a fixação de uma maneira sempre abusiva. No Oriente,

O Espírito da letra

nessa civilização ideográfica, é o que está *entre* a escrita e a pintura que é traçado, sem que nos possamos referir a uma ou a outra; isto permite frustrar essa lei celerada de filiação, que é a nossa Lei, paternal, civil, mental, científica: lei segregadora em virtude da qual expedimos, por um lado, os grafistas, por outro, os pintores, por um lado, os romancistas e por outro os poetas; mas a escrita é una: o descontínuo que a funda por toda a parte faz de tudo o que escrevemos, pintamos, traçamos, um único texto. É o que me mostra o livro de Massin. Resta-nos não exercer censura sobre esse campo material reduzindo a soma prodigiosa destas letras-figuras a uma galeria de extravagâncias e de sonhos: *a margem* que nós concedemos àquilo a que podemos chamar o barroco (para compreendermos os humanistas) é o próprio lugar onde o escritor, o pintor e o gráfico, numa palavra, o realizador do texto, tem de trabalhar.

1970, *La Quinzaine Littéraire.*

ERTÉ
OU
À LETRA

A verdade

Para serem conhecidos, os artistas têm de passar por um pequeno purgatório mitológico: é preciso que possamos associá--los maquinalmente a um objecto, a uma escola, a uma moda, a uma época de que são, assim dizem, os precursores, os fundadores, as testemunhas ou os símbolos; numa palavra, é preciso que se possa *classificá-los* sem grande custo, submetê-los a um nome comum, como uma espécie ao seu género.

O purgatório de Erté é a Mulher. Com efeito, mulheres, Erté desenhou muitas, a bem dizer, só desenhou isso, como se nunca pudesse separar-se delas (alma ou acessório, obsessão ou comodidade?), como se a Mulher assinasse com mais certeza cada um dos seus cartões do que a fina grafia do seu nome. Vejam qualquer uma das grandes composições de Erté (há algumas): a confusão decorativa, a exuberância precisa e barroca, a transcendência abstracta que arrastam as linhas, dizem-vos, contudo, como numa charada: *Procurem a Mulher*. Encontramo-la sempre; ela lá está, minúscula segundo a necessidade, estendida no centro de um motivo que, a partir do momento em que é localizado, faz abanar e convergir todo o espaço para o altar em que ela é adorada (se não supliciada). Esta prática constante da figura feminina resulta sem dúvida da vocação modelista de Erté; mas esta mes-

Roland Barthes

ma vocação aumenta a consistência mitológica do artista, pois a Moda é um dos melhores lugares onde se julga poder ler o espírito da modernidade, as suas experiências plásticas, eróticas, oníricas; ora, Erté ocupou continuamente durante meio século o território da Moda (e do Espectáculo, que muitas vezes o inspira ou do qual depende); e este território constitui por direito, institucionalmente (isto é, ao beneficiar da benção e do reconhecimeto da sociedade inteira), uma espécie de parque nacional, de reserva zoológica, onde se conserva, se transforma e se afina, no decurso de experiências vigiadas, a espécie *Mulher*. Raramente, em suma, a situação de um artista (combinação de prática, de função e de talento) foi mais clara: Erté é uma personagem pura e completa, historicamente simples, inteira e harmoniosamente incorporado num mundo homogéneo, fixado nos seus pontos cardeais pelas grandes actividades da sua época, a Aventura, a Moda, o Cinema e a Imprensa, tudo isto resumido no nome dos seus mediadores mais prestigiosos, Mata Hari, Paul Poiret, Hollywood, o Harper's Bazaar; e este mundo tem por centro uma das datas mais fortemente individualizadas da história dos estilos: 1925. A mitologia de Erté é tão pura, tão plena, que já não se sabe (já nem se pensa perguntar) se ele criou a Mulher da sua época, ou se a captou genialmente, se é testemunha ou fundador de uma história, herói ou mitólogo.

E contudo: será da Mulher que se trata nesta figuração obsessiva da Mulher? Será a Mulher o objecto primeiro e último (visto que todo o espaço significante é circular) da narrativa conduzida por Erté, de cartão em cartão, desde mais de cinquenta anos, do atelier de Paul Poiret (por volta de 1913) até à televisão nova-iorquina (1968)? Um traço de estilo faz pensar: Erté não *procura* a Mulher; dá-a, imediatamente, repetida e como que duplicada na perspectiva de um espelho exacto que multiplicasse a mesma figura até ao infinito; através destes milhares de mulheres, nenhum trabalho de *variação* a incidir sobre o corpo feminino, que dele ateste a densidade e o enigma simbólicos. Será a Mulher de Erté, pelo menos, uma essência? De modo nenhum: o modelo de Moda, donde derivou a iconografia de Erté (e isto não é diminuí-la), não é uma ideia, fundada na natureza ou na

Erté ou á letra

razão, não é um segredo captado e imaginado no termo de uma longa pesquisa filosófica ou de um drama de criação, mas apenas uma marca, uma inscrição, extraída de uma técnica e normalizada por um código. A Mulher de Erté também não é um símbolo, a expressão renovada de um corpo que preservasse nas suas formas os movimentos fantasmagóricos do seu criador ou do seu leitor (como acontece à Mulher romântica dos pintores e dos escritores): é apenas uma cifra, um signo, remetendo para uma feminilidade convencional (aposta de um pacto social), porque ela é um puro objecto de comunicação, informação clara, passagem para o inteligível e não expressão do sensível: estas mulheres inumeráveis não são os retratos de uma ideia, os ensaios de um fantasma, mas, muito pelo contrário, o regresso de um morfema idêntico, que vem ocupar lugar na língua de uma época e, constituindo a nossa memória linguística, nos permite falar dessa época (o que é um grande benefício): poderíamos falar sem uma memória dos signos? E será que não temos necessidade de um signo da Mulher, da Mulher como signo, para falarmos de outra coisa? Erté deve ser honrado como fundador de signo, criador de linguagem, à semelhança do Logoteta que Platão comparava a um deus.

A silhueta

Este signo feminino, para o construir, será preciso sacrificar algo de enorme, que é o corpo (como segredo, lugar fundador do inconsciente). Naturalmente, é impossível abstrair completamente (transformar em signo puro) uma representação do corpo humano: a criança consegue sonhar até perante as estampas anatómicas de um dicionário, Por isso, a despeito da sua castidade elegante (mas contínua), a semântica de Erté, aquilo a que se poderia chamar a sua somatografia, comporta alguns lugares- -fétiches (a bem dizer, raros): o dedo, cortado do corpo (o que é próprio do fétiche) e por conseguinte designado pela jóia que o usa na extremidade (em vez do anelar, como usualmente se faz), à semelhança de um penso fálico (castrador), no espantoso *«Jóia para um dedo»* (o quinto dedo: originariamente escavador,

Roland Barthes

depois promovido simbolicamente a emblema social para significar a classe superior, nos povos que deixam crescer desmesuradamente a unha auricular, a qual não deve ser partida por nenhum trabalho manual); o pé, certamente, designado uma única vez mas exemplarmente (fazer de um objecto o assunto de uma pintura, não será sempre fetichizá-lo?) pelo delicioso sapato, ao mesmo tempo sábio e refinado, agudo e enrolado, oblíquo e aprumado, que é apresentado sozinho, alinhado como um navio ou um casa, tão doce como esta, tão elegante como aquele; finalmente, o traseiro, tornado enfático pela ebulição da cauda que dele parte (na letra R do alfabeto escrito por Erté), mas na maior parte das vezes tornado esquivo (e logo sobre-significado) pela deslocação denegadora que o artista impõe a essa mesma causa prendendo-a, já não aos rins, mas aos ombros, como na Mulher-Guadalquivir. Trata-se de fétiches muito vulgares, assinalados de passagem, assim se podia dizer, pelo artista; mas o que é de certeza fétiche, para Erté, que faz disso a especialidade da sua obra, é um lugar do corpo que escapa à colecção clássica dos órgãos fétiches, um lugar ambíguo, é um limite de fétiche, símbolo contra vontade, muito mais francamente signo, produto da arte mais do que da natureza: fétiche sem dúvida, visto que permite ao leitor manejar fantasmagoricamente o corpo da mulher, de o manter à vontade, de o imaginar no futuro, inserido numa cena adaptada ao seu desejo e de que ele seria o sujeito beneficiário, e contudo denegação do fétiche, visto que em vez de resultar de uma segmentação do corpo (o fétiche é por definição um pedaço), é a forma global, total desse corpo. Esse lugar (essa forma) intermediário entre o fétiche e o signo, visivelmente privilegiado por Erté, que dela dá uma representação constante, é a *silhueta*.

A silhueta, mesmo que só fosse pela etimologia (pelo menos em francês) é um objecto estranho, ao mesmo tempo anatómico e semântico: é o corpo tornado explicitamente desenho, muito delimitado por um lado, completamente vazio por outro. Este corpo-desenho é essencialmente (por função) um signo social (era esse o sentido que os desenhadores do controlador geral das Finanças Silhueta deram ao seu desenho); toda a sexualidade (e os seus substitutos simbólicos) está ausente; uma silhueta, mesmo

Erté ou á letra

substitutivamente, nunca está nua: não podemos despi-la, não por excesso de segredo, mas porque, contrariamente ao verdadeiro desenho, ela não é senão traço (signo). As silhuetas de Erté (de modo nenhum esboçadas, rabiscadas, mas de uma finitude admirável) estão no limite do género: são adoráveis (podemos ainda desejá-las) e contudo já inteiramente *inteligíveis* (são signos admiravelmente precisos). Digamos que remetem para uma nova relação do corpo e do vestuário. Hegel notou que o vestuário assegura a passagem do sensível (o corpo) para o significante: a silhueta ertéiana (infinitamente mais pensada do que a figurinha da Moda) produz o movimento contrário (muito mais raro): torna o vestuário sensível e o corpo significante: o corpo está lá (assinalado pela silhueta) para que o vestuário exista; porque não é possível pensar um vestuário sem corpo (sem silhueta): o vestuário vazio, sem cabeça e sem membros (fantasma esquizofrénico), é a morte, de modo nenhum a ausência neutra do corpo, mas o corpo decapitado, mutilado.

Em Erté, não é o corpo feminino que está vestido (vestidos, capas, crinolinas, caudas, abas, véus, jóias e mil bagatelas barrocas, cujo efeito é inesgotável, tal como a invenção), é o vestuário que é prolongado como corpo (de modo nenhum *preenchido* por ele, pois as figuras de Erté, com razão irrealistas, são indiferentes às suas roupas interiores: tudo se inventa, se substitui, se desenvolve poeticamente à superfície). Tal é a função da silhueta em Erté: pôr e propor um objecto (um conceito, uma forma) que seja unitária, um misto indissociável de corpo e de vestuário, de modo que não se possa nem despir o corpo nem abstrair de vestuário: Mulher inteiramente socializada pelo seu trajo, trajo obstinadamente corporizado pelo contorno da Mulher.

A cabeleira

Porquê este objecto a que se chamou, à falta de melhor, uma silhueta? Onde conduz esta invenção de uma Mulher-Vestuário que contudo já não é, de longe, a Mulher da Moda? Antes de o sabermos (e para o sabermos), é preciso dizer como Erté trata esse elemento do corpo feminino que é precisamente, na sua

natureza e na sua própria história, como uma promessa de vestuário, a saber, a cabeleira.

Conhecemos o seu simbolismo riquíssimo.

Antropologicamente, por uma metonímia muito antiga, vinda do fim dos tempos, visto que a religião prescreve às Mulheres que a escondam (que a dessexualizem) ao entrarem na Igreja, a cabeleira é a própria Mulher, na sua diferença fundadora. Poeticamente, é uma substância total, próxima do grande meio vital, marinho ou vegetal, oceano ou floresta, por excelência, o objecto-fétiche em que o homem se absorve (Baudelaire). Funcionalmente, ela é, quanto ao corpo, o que se pode tornar imediatamente vestuário, não tanto por poder cobrir o corpo, mas porque ela cumpre sem preparação a tarefa neurótica de todo o vestuário, que deve, à semelhança da vermelhidão que cobre um rosto envergonhado, ao mesmo tempo esconder e assinalar o corpo. Finalmente, simbolicamente, ela é «o que pode ser entrançado (como os pêlos do púbis): fétiche que Freud coloca na origem da tecelagem (institucionalmente reservada às mulheres): a trança substitui-se ao pénis que falta (é a própria definição do fétiche), de modo que «cortar as tranças (a trança)», quer como divertimento da parte dos rapazinhos a respeito das irmãs, quer como agressão social nos antigos Chineses para quem a trança era o apanágio fálico dos senhores e invasores manchus, é um acto castrador. Ora, quanto a cabeleiras, não existem por assim dizer nas ginecografias de Erté. A maior parte das suas mulheres – traço da época – tem os cabelos curtos, cortados à rapaz, tigela negra, graciosamente enrolada ou mefistofélica, simples assinatura gráfica da cabeça; e noutros sítios, se há cabelos, eles são imediatamente transformados *noutra coisa*: em plumas extravasando-se por cima da linha baixa das personagens para formarem uma cortina de penachos, em pérolas (do diadema quatro vezes anelado de Dalila jorram cauda, lenço, brace-

Erté ou á letra

letes e mesmo a dupla cadeia que mantém Sansão acocorado), em estelas; no jogo alternado das Morenas e das Loiras (Cortina para *Manhattan Mary*) que não oferecem ao público senão a frente das suas tranças onduladas. Erté sabe bem, contudo, o que é (simbolicamente) uma cabeleira: num dos seus desenhos, do único rosto adormecido de uma mulher, deriva e transborda uma queda de largos caracóis, orlada (e aqui está o sentido do objecto) por uma bainha de velutas negras, como se a 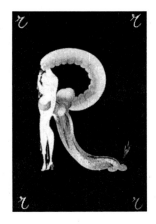 cabeleira estivesse aqui restabelecida no seu meio natural, a ebulição, a vida (não permanece a cabeleira intacta sobre o cadáver que, esse, se desfaz e desaparece?); mas para Erté, no interesse do seu sistema (que aqui tentamos descrever), a cabeleira tem de, visivelmente, dar lugar a um apêndice menos simbólico e mais semântico (ou, pelo menos, cujo simbolismo já não é vegetal, orgânico): o penteado.

O penteado (enquanto apêndice vestimentário, e não enquanto arranjo capilar) é tratado por Erté de uma maneira, se assim se pode dizer, implacável: semelhante a Johann Sebastian Bach que *esgota* um motivo em todas as suas invenções, cânones, fugas, *ricercari* e variações possíveis. Erté faz partir da cabeça das suas beldades todas as variações imagináveis: véus horizontais estendidos por cima da cabeça, grossos rolos de tecido (ou de cabelos?) que se ligam em volutas à cintura e depois ao solo, penachos, diademas múltiplos, auréolas de todas as formas e de todas as dimensões, apêndices extravagantes (mas elegantes) desmanchando o modelo histórico de que são a reminiscência barroca e desmesurada (collback, capuz, *fontange,* pente sevilhano, *chapska,* tiara, etc.), são menos penteados (nem se imagina por um instante que se possa usá-los, nem que se possa tirá-los; e também nem se imagina como seria possível «mantê-los») do que membros suplementares destinados a formar um novo corpo inscrito sem o desarmonizar na forma essencial do primeiro.

Roland Barthes

Porque o papel destes penteados quiméricos é o de submeter o corpo feminino a uma certa ideia nova (que a seguir nomearemos) e por conseguinte o de o deformar (retirando a esta palavra todo o sentido pejorativo), quer o penteado, espécie de flor semivegetal semi-solar, se repita abaixo do corpo e irrealize assim o sentido vulgar da figura humana, quer, muito mais frequentemente, prolongue a estatura em toda a sua altura, para duplicar o seu poder de extensão e de articulação; o rosto não é então senão o proscénio impassível desse penteado desmesuradamente alto onde se situam o possível infinito das formas e, por um deslocamento paradoxal, a própria expressividade da figura: se a mulher da Anunciação tem, por assim dizer, «os cabelos apanhados ao alto», é porque são *também* a sobrepeliz do anjo que alastra lá no alto da composição numa apoteose de asas. A duplicação superior da figura pelo penteado interessa Erté a ponto de fazer dela a célula de um movimento infinito: no alto da tiara da Faraó pinta-se *en abîme* uma outra Faraó; instalada no cume de uma pirâmide de adoradores, a Cortesã triunfante está penteada com uma tiara elevada, mas esta tiara é, por sua vez, uma mulher: a mulher e o seu penteado (dever-se-ia poder dizer: o penteado e a sua mulher) modulam-se assim sem cessar uma à outra, uma pela outra. O gosto pelas construções ascensionais (para além dos penteados em *fontange*, é preciso ver a princesa Boudour al Badour inclinada no seu palanquim e encimada por um motivo infinitamente aéreo, ou a du Barry, a quem dois anjos superiores sustentam e levantam os colares, mereceria talvez uma psicanálise, como as que fazia Bachelard; mas a verdade do nosso artista, como já se disse, não está relacionada com o símbolo; o tema ascensional é antes de mais, para Erté, a designação de um espaço *possível* da linha onde, a partir do corpo, ela possa multiplicar o poder de significação. O penteado, acessório maior (tem substitutos menores nas mantilhas, caudas, colares e braçeletes, tudo o que faz *parte* do corpo) é exactamente o meio pelo qual o artista *experimenta* no corpo feminino as transformações de que necessita para elaborar, tal como um alquimista, um *objecto* novo, nem corpo nem vestuário, participando contudo de um e de outro.

Erté ou á letra

A letra

Este novo objecto que Erté faz nascer, tal como uma quimera meio Mulher e meio penteado (ou cauda), este objecto é a Letra (esta palavra deve entender-se à letra). O alfabeto de Erté é, segundo creio, célebre. Sabemos que cada uma das nossas vinte e seis letras, sob a sua forma maiúscula, é composta (quase com pequenas excepções, de que falaremos para acabar) por uma mulher ou duas, cuja postura e trajo se inventam em função da letra (ou do algarismo) que têm de figurar e à qual essa mulher (ou mulheres) se sujeita. Quem viu o alfabeto de Erté não pode esquecê-lo. Não somente este alfabeto força a nossa memória de uma maneira bastante misteriosa (o que é) que nos levará a lembrar com insistência essas Mulheres-Letras?), mas ainda, por uma metonímia natural (inevitável), impregna finalmente com o seu sentido toda a obra de Erté: vemos perfilar-se, por detrás de toda a mulher de Erté (figurino de Moda, maqueta de teatro) uma espécie de espírito da Letra, como se o alfabeto fosse o lugar natural, originário e como que doméstico do corpo feminino e a mulher não saísse dele, para ocupar a cena de teatro ou o cartão da moda, senão provisoriamente e por um período temporário, após o qual devesse reintegrar o seu abecedário nativo: vejam Sansão e Dalila: nada têm com o alfabeto; e não habitam contudo os dois corpos o mesmo espaço como duas iniciais entrelaçadas? Fora do alfabeto que concebeu, as mulheres de Erté permanecem letras; quando muito serão então letras desconhecidas, letras de uma língua inaudita que o nosso particularismo nos impediria de falar; a série de pinturas de chapa recortada (obra pouco conhecida) não terá a homogeneidade, a riqueza de variação e o espírito formal de um alfabeto inédito, que desejássemos soletrar? Estas pinturas são, como se diz, não figurativas, e é nisso que são destinadas ao alfabeto (embora desconhecido), pois a letra é o lugar para onde convergem todas as abstracções gráficas.

No alfabeto generalizado de Erté, há troca dialéctica: a Mulher parece emprestar à Letra a sua figura; mas como compensação, e com muito mais certeza, a Letra dá à Mulher a sua abstracção:

Roland Barthes

ao *figurar* a letra, Erté *infigura* a mulher (se nos permitirem este barbarismo, necessário visto que Erté tira à mulher a sua figura – ou pelo menos evapora-a sem a desfigurar): um deslize incessante capta as figuras de Erté, transforma as letras em mulheres, mas também (a nossa própria língua reconheceu precisamente o seu parentesco) as *pernas* em *pernadas*. Compreende-se agora a importância da *silhueta* na arte de Erté (falámos do seu sentido ambíguo: símbolo e signo, fétiche e mensagem): a silhueta é um produto essencialmente gráfico: ela faz parte do corpo humano uma letra em potência, ela pede para ser *lida*.

Este ecumenismo da letra em Erté, que na origem foi um desenhador de Moda, leva salutarmente a rectificar uma opinião corrente: a que a Moda (a figuração estilizada das inovações do vestuário feminino) atrai naturalmente uma certa filosofia da Mulher: toda a gente pensa (modelistas e jornalistas que a Moda está ao serviço da Mulher eterna, como uma sacerdotiza que desse a sua voz a uma religião. Não serão os costureiros poetas que escrevem de ano em ano, de estrofe em estrofe, o canto de glória do corpo feminino? A relação *erótica* da Mulher e da Moda não se implicarão mutuamente? Por isso, sempre que a Moda muda consideravelmente (passando, por exemplo, do comprido ao curto) se vê os redactores da crónica diária apressarem-se a interrogar os psicólogos, os sociólogos para saberem que nova Mulher vai nascer da mini-saia ou do vestido--saco. Cuidado, a bem dizer vão: ninguém pode responder: fora de estereótipos, nenhum discurso pode ser feito sobre a Moda, a partir do momento em que a consideramos a expressão simbólica do corpo: ela recusa-se a isso obstinadamente, e é normal: ao escolher produzir o signo da Mulher (ou a Mulher como signo), ela não pode percorrer, aprofundar, descrever a sua capacidade simbólica; contrariamente ao que nos querem fazer crer (e a menos que tenhamos disso uma ideia pouco exigente), a Moda não é erótica; ela procura a clareza, não a volúpia; a cover girl não é um bom objecto de fantasma: ela está demasiado ocupada em se constituir como signo: impossível viver (imaginariamente) com ela, é preciso apenas *decifrá-la*, ou mais exactamente (pois não há nela nenhum segredo) colocá-la no

Erté ou á letra

sistema geral dos signos que nos tornam o mundo inteligível, isto é, vivível.

É, pois, um pouco uma ilusão julgar que a Moda está obcecada com o corpo. A Moda está obcecada com essa outra coisa que Erté descobriu, com a lucidez última do artista, e que é a Letra, a inscrição do corpo num espaço sistemático de signos. Pode ser que Erté tenha fundado uma Moda (a de 1925), no sentido contingente do termo; mas o que é muito mais importante é que ele (na sua obra, e mesmo se, neste ponto, como todo o verdadeiro inovador, é pouco seguido) reformou a ideia de Moda, ao negligenciar a ilusão feminista em que se compraz a opinião corrente (por exemplo, a da escultura de massa) e ao deslocar tendencialmente o campo simbólico, da Mulher para a Letra. Evidentemente, a Mulher está presente na obra de Erté (e mesmo omnipresente); mas só é o *tema* desta obra, não o seu lugar simbólico. Interrogar as Mulheres de Erté não serviria para nada; elas não diriam nada mais que elas próprias, pouco mais loquazes (simbolicamente) que um léxico que dá a definição (no fim de contas tautológica) de uma palavra, e não o seu devir poético. O que é próprio do significante é ser um ponto de *partida* (de outros significantes); e o lugar da partida significante, em Erté, não é a Mulher (ela não se torna em nada, a não ser o seu próprio penteado, ela é a simples cifra da feminilidade mítica), é a Letra.

A Letra, o Espírito, a Letra

Durante muito tempo, segundo um aforismo célebre do Evangelho, opôs-se a Letra (que mata) ao Espírito (que vivifica). Desta Letra (que mata), nasceram na nossa civilização muitas censuras assassinas (quantas mortes, na nossa história, a começar pela da nossa religião, para *um* sentido?), de tal modo que se poderiam agrupar, alargando-as um pouco, sob o nome genérico de filologia; guardiã severa do sentido «verdadeiro» (unívoco, canónico), esta Letra tem todas as funções do super-ego, cuja primeira tarefa, denegadora é, evidentemente, recusar todo e qualquer simbolismo; aquele que pratica esta Letra assassina é

Roland Barthes

ele próprio atingido por uma doença mortal da linguagem, a assimbolia (mutilado de toda a actividade simbólica, o homem morreria em breve; e se o assimbolista sobrevive é porque a denegação da qual se torna o sacerdote é ela também uma actividade simbólica que não ousa dizer o seu próprio nome).

Logo, era, no seu tempo, uma medida vital opor a esta Letra assassina os direitos do *espírito*. O espírito não é aqui o espaço do símbolo, mas apenas o do sentido: o espírito de um fenómeno, de uma palavra *é* simplesmente o seu direito a *começar* a significar (enquanto a literaridade é precisamente recusa de se comprometer num processo de significação): o espírito (oposto à Letra) tornou-se pois o valor fundamental das ideologias liberais; o direito à interpretação é, sem dúvida, colocado ao serviço de uma verdade espiritual, mas esta verdade conquista-se *contra* a sua aparência (contra o *estar-lá* da coisa), *para lá* dessa aparência, vestuário que é preciso despir sem ter isso em conta.

Contudo, por uma segunda inversão, a modernidade regressa à letra – que já não é, evidentemente, a da filologia. Por um lado, rectificando um postulado da linguística que, ordenando toda a linguagem à sua forma falada, faz da letra a simples transcrição do som, a filosofia (com Jacques Derrida, autor de um livro que se chama precisamente *Da Gramatologia*) opõe à palavra um ser da escrita: a letra, na sua materialidade gráfica, torna-se então uma idealidade irredutível, ligada às experiências mais profundas da humanidade (como se vê bem no Oriente, onde o grafismo detém um verdadeiro poder de civilização). Por outro lado, a psicanálise (nas suas investigações mais recentes) mostra bem que a letra (como traço gráfico, mesmo se de origem sonora) é uma grande encruzilhada de símbolos (verdade pressentida por toda uma literatura barroca e por toda a arte da caligrafia), ponto de partida e ponto de reunião de inumeráveis metáforas. Esta nova letra, esta segunda letra (oposta à letra literal, aquela que mata), tem ainda o seu império por descrever: desde que a humanidade escreve, de quantos jogos não foi a letra o ponto de partida! Peguem numa letra: verão o seu segredo aprofundar-se (e nunca fechar-se) ao longo de associações (de metonímias) infinitas onde encontrarão tudo, do mundo: a sua história, a vossa, os seus

Erté ou á letra

grandes símbolos, a filosofia do vosso próprio nome (pelas suas iniciais), etc. Antes de Erté (mas é uma época nova, de tal modo é esquecida), a Idade Média depôs um tesouro de experiências, de sonhos, de sentidos, no trabalho das suas unciais, e a arte gráfica, se pudermos sacudir o jugo empirista da nossa sociedade, que reduz a linguagem a um simples instrumento de comunicação, deveria ser a arte maior, naquilo que ultrapassa a oposição fútil entre figurativo e abstracto: pois uma letra, ao mesmo tempo, quer dizer e nada quer dizer, não imita e contudo simboliza, afasta ao mesmo tempo o alibi do realismo e o do estetismo.

R.T.

Saussure é conhecido pelo seu *Curso de Linguística Geral*[28], donde saiu uma boa parte da linguística moderna. Contudo, começamos a adivinhar, através de certas publicações fragmentárias, que o grande desígnio do sábio de Genebra não era de modo nenhum fundar uma linguística nova (diz-se que ele tinha em pouca consideração o seu *Curso*), mas desenvolver e impor aos outros sábios (bastante cépticos) uma descoberta que ele tinha feito e que o obcecou em vida (muito mais do que a linguística estrutural): a saber, que existe, entrançado no verso das poesias antigas (védica, grega, latina) um nome (de deus, de herói) aí colocado pelo poeta de uma maneira um pouco esotérica – e, contudo, regular, entendendo-se este nome por selecção sucessiva de algumas letras privilegiadas. A descoberta de Saussure é, em suma, que a poesia é dupla: fio sobre fio, letra sobre letra, palavra sobre palavra, significante sobre significante. Este fenómeno anagramático foi o que Saussure compreendeu e julgou, com efeito, encontrar em toda a parte; ele sentia-se cercado por ele; não podia ler um verso sem ouvir no sussurro do primeiro sentido um nome solene, formado pela federação de algumas letras aparentemente dispersas ao longo do verso. Dividido entre a sua razão de sábio e a certeza desta segunda audição, Saussure

---

[28] Edição portuguesa, D. Quixote, Lisboa. (*N. T.*)

Roland Barthes

foi muito atormentado: temia passar por louco. Contudo, que admirável verdade simbólica! O sentido nunca é simples (a não ser na matemática) e as letras que formam uma palavra, embora cada uma delas seja *racionalmente* insignificante (a linguística bem insiste em que os sons formam unidades distintivas, e não unidades significantes, ao invés das palavras), procuram em nós, sem cessar, a sua liberdade, que é a de significar outra coisa. Não pode ter sido por acaso que, no limiar da sua carreira, Erté tomou as iniciais dos seus dois nomes e fez com elas um terceiro que se tornou o seu nome de artista: como Saussure, não fez senão *ouvir* este duplo, entrançado sem que ele o saiba no enunciado corrente, mundano da sua identidade; por este processo anunciador, ele designava já o objecto permanente da sua obra, a letra: a letra, esteja onde estiver (com muito mais razão no nosso nome), faz sempre signo, como essa mulher que, segurando um belo pássaro em cada mão e erguendo desigualmente os braços, opera o F do alfabeto erteiano: a mulher faz o signo e o signo faz signo: foi fundada uma espécie de arte escritural, donde o signo pode infinitamente libertar-se.

O alfabeto

Erté compôs um alfabeto. Presa no alfabeto, a letra torna-se primordial (ela é geralmente maiúscula), é dada no seu estado *princeps*, reforça a sua essência de letra: é aqui a letra pura, ao abrigo de toda a tentação que a algemaria e a dissolveria na palavra (isto é, num sentido contingente). Claudel dizia da letra chinesa que ela possuía um ser esquemático, uma pessoa escritural. Pelo seu trabalho poético, Erté faz de cada uma das nossas letras ocidentais um ideograma, isto é, um grafismo que se basta a si mesmo, afasta a palavra: quem teria vontade de escrever uma palavra com as letras de Erté? Seria como um contra-senso: a única palavra, o único sintagma composto por Erté com as suas letras é o seu próprio nome, isto é, mais uma vez duas letras. Há no alfabeto de Erté uma escolha que denega a frase, o discurso. Claudel, ainda neste ponto, ajuda-nos a sacudir essa preguiça que nos leva a crer que as letras só são elementos iner-

Erté ou á letra

tes de um sentido que apenas nasceria por combinações e acumulações de formas neutras; ajuda-nos a compreender o que pode ser uma letra solitária (cujo alfabeto nos garante a solidão): «A letra é por essência analítica: toda a palavra que ela constitui é uma enunciação sucessiva de afirmações que os olhos e a voz soletram: à unidade, ela, letra, acrescenta, numa mesma linha, a unidade, e o vocábulo precário numa perpétua variação faz-se e modifica-se.» A Letra de Erté é uma afirmação (embora plena de amenidade), coloca-se anteriormente ao *precário* da palavra (que se desfaz de combinações em combinações): sozinha, procura desenvolver-se não em direcção às suas irmãs (ao longo da frase) mas em direcção à metáfora sem fim da sua forma individual: via propriamente poética, que não leva ao discurso, ao *logos*, à ratio (sempre sintagmática), mas ao símbolo infinito. Tal é o poder do alfabeto: encontrar uma espécie de estado natural da letra. Porque a letra, se estiver só, é inocente: o erro, os erros começam quando se *alinham* as letras para se fazerem palavras (que melhor meio de pôr fim ao discurso do outro do que desfazer a palavra e fazê-la voltar à letra primordial como se diz na locução popular: *n, i, ni, c'est fini*).

Que seja permitido fazer aqui uma breve digressão pessoal. O autor destas linhas sentiu sempre um vivo descontentamento consigo próprio ao não poder impedir-se de fazer sempre os mesmos erros de dactilografia ao recopiar um texto à máquina. Estes erros são banalmente omissões ou adições: diabólica, a letra está *a mais* ou *a menos*; o erro mais astuto (deformando a palavra da maneira mais pérfida), o mais frequente também, é a metátese: quantas vezes (animado sem dúvida por uma irritação inconsciente contra palavras que me eram familiares e das quais, por conseguinte, eu me sentia prisioneiro) não escrevi *esturtura* (em vez de *estrutura*), susbtituir (por *substituir)* ou *trasncrição* (por *transcrição*)? Cada um destes erros, à força de se repetir, ganha uma fisionomia bizarra, pessoal, malévola, significa que há algo em mim que resiste à palavra e a castiga ao desfigurá-la. De certa maneira, com a palavra, com a sequência inteligível de letras, é o mal que começa. Por isso, anterior ou exterior à palavra, o alfabeto cumpre uma espécie de estado adâmico da

Roland Barthes

linguagem: é a linguagem antes do erro, porque é a linguagem antes do discurso, antes do sintagma, e contudo, pela riqueza substitutiva da letra, já inteiramente aberta para os tesouros do símbolo. Eis por que, além da sua graça, da sua invenção, da sua qualidade estética, ou antes através destas mesmas propriedades, nenhuma intenção de sentido (de discurso) vem embaciar, as letras de Erté são objectos *felizes*. Semelhante à fada boa que ao tocar na criança com a varinha mágica, a título de dom gracioso, fazia cair rosas da sua boca ao mesmo tempo que falava (em vez dos sapos desejados pela sua rival infame), Erté oferece--nos como dom a letra pura, que ainda não está comprometida em nenhuma associação e não é desde então tocada por nenhuma possibilidade de erro: graciosa e incorruptível.

A sinuosa

A matéria de que Erté faz a letra, como já se disse, é um misto de mulher e de trajo; o corpo e o vestuário completam-se um ao outro; o apêndice vestimentário evita à mulher toda a postura acrobática e transforma-a em letra sem que ela perda nada da sua feminilidade, como se a letra fosse «naturalmente» feminina. Os operadores de letras são muitos e diversos: asas, hastes, penachos, cabelos, mantilhas, fumos, balões, caudas, cintos, véus; estes «mutantes» (asseguram a mutação da Mulher em Letra) não têm apenas um papel formador (pelos seus complementos, as suas correcções, ajudam a criar geometricamente a letra) mas também esconjurador: permitem, pela lembrança de um objecto gracioso ou cultural (familiar) exorcizar a letra má (há disso): T é um signo funesto: é uma forca, uma cruz, um suplício; Erté faz dele uma ninfa primaveril, floral, de corpo nu, com a cabeça coberta por um véu leve; lá onde o alfabeto literal diz: *os braços em cruz*, o alfabeto simbólico de Erté diz: *os braços que se oferecem*, num gesto ao mesmo tempo pudico e favorável. É que Erté faz com a letra o que o poeta faz com a palavra: um jogo. O jogo de palavras assenta num mecanismo semântico muito simples: um único e mesmo significante (uma palavra) ganha simultaneamente dois significados diferentes, de

Erté ou á letra

modo que a escuta da palavra está dividida: é, se quisermos ser precisos, a dupla audição. Instalado no campo simbólico, Erté pratica, se assim se pode dizer, a dupla visão: captamos, à nossa vontade, a mulher ou a letra, e, complementarmente, o agenciamento de uma e da outra. Vejamos o algarismo 2: é uma mulher ajoelhada, é um longo penacho em ponto de interrogação, é o 2; a letra é uma forma total e imediata, que perderia o seu sentido próprio se a analisássemos (segundo a teoria da

Gestalt, mas é ao mesmo tempo uma charada, isto é, um combinado analítico de partes, cada uma das quais tem já um sentido. Como o dos poetas barrocos ou dos pintores sobreimpressivos, como Arcimboldo, o processo de Erté é retorcido: ele faz funcionar o sentido a níveis racionalmente contraditórios (porque aparentemente independentes): o do todo e o de cada parte; Erté tem, se assim se pode dizer, esse *coup d'esprit* (como se diz: um *coup de patte*) que abre com um único gesto o mundo do significante, o mundo do jogo.

Este jogo faz-se a partir de algumas formas simples, das arquiformas (toda a letra as supõe). Releiamos Claudel: «Toda a escrita começa pelo traço ou linha que, uno, na sua continuidade, é o signo puro do indivíduo. Ou, pois, a linha é horizontal, como toda a coisa que, no único paralelismo com o seu princípio, encontra uma razão de ser suficiente; ou, vertical como a árvore e o homem, ela indica o acto e faz a afirmação; ou, oblíqua, ela marca o movimento e o sentido.» Na perspectiva desta análise, Erté parecerá pouco claudeliano (o que era de esperar). Há no seu alfabeto muito poucas horizontais (apenas dois traços de asas de pássaros, e no E e no F, um levantamento de cabeleira no 7, uma perna no A); Erté é pouco telúrico, pouco fluvial, os arcanos da cosmogonia religiosa não o inspiram, o princípio extra-humano não é o seu forte. Quanto às verticais, elas não têm nele o sentido optimista, voluntarista, humanista que o poeta católico dava

Roland Barthes

a essa linha, marcada para ele por uma *inviolável rectidão*. Vejamos o 1: essa rapariga completamente direita no seu bocal tem, parece, algo de primordial, como se nascer fosse encarnar-se, em primeiro lugar, na simplicidade primeira da recta; mas completem este 1 com o I que dele está muito próximo, a mulher está aí decapitada, a pinta do I separada do seu tronco: às letras direitas e nuas, demasiado simples, diríamos, falta a redondez da vida; são, tendencialmente, letras mortas; este sentido é corroborado por duas alegorias explícitas: a *Tristeza* e a *Indiferença* são para Erté verticais excessivas, paroxísticas: o que é triste e o que repugna, é ser demasiado direito, exclusivamente direito: boa intuição psicológica: a recta vertical é o que corta, é o fio, o gume, o que opera a fenda separadora (schizein quer dizer em grego: *fender*) com que se marca (e define) o esquizofrénico, triste e indiferente. Oblíquas, há-as no alfabeto de Erté (como fazer letras sem barras?); a obliquidade conduz Erté a invenções inesperadas: véu transversal no N, corpo deitado para trás do Z, corpo partido e expulso do K; mas esta linha, da qual Claudel fazia o símbolo natural do movimento e do sentido, não é a que Erté prefere. Então? Duas linhas indiferentes (a horizontal e a oblíqua) e uma má (a vertical): onde estará pois a felicidade de Erté (e a nossa)? A estrutura responde, corroborando a evidência: sabemos que na linguística o paradigma ideal comporta quatro termos: dois termos polares (A opõe-se a B), um termo misto (ao mesmo tempo A e B) e um termo neutro ou zero (nem A nem B); as linhas primordiais da escrita agrupam-se facilmente neste paradigma: os dois termos polares são a horizontal e a vertical; o termo misto é a oblíqua, compromisso das duas primeiras; mas o quarto termo, o termo neutro, a linha que recusa ao mesmo tempo a horizontal e a vertical? É a que prefere Erté, é a sinuosa; ela é visivelmente para ele o emblema da vida, de modo nenhum da vida bruta, primitiva, noção metafísica estranha ao

Erté ou á letra

universo de Erté, mas a vida fina, civilizada, sociabilizada, que o tema feminino permite «cantar» (como se dizia da poesia antiga; o que quer dizer: do qual a Mulher deixa que se fale, que ela abre à fala gráfica): como valor cultural (e já não «natural»), a feminilidade é sinuosa: a arquiforma do S permite escrever o Amor, o Ciúme, a dialéctica própria do sentimento vital, ou, se preferirmos um termo mais psicológico (e contudo sempre material): a duplicidade. 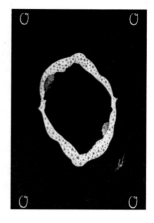 Esta filosofia da sinuosidade exprime-se na *Máscara* (*O Mistério da Máscara*, diz uma composição de Erté): além de que a Mulher está, se assim se pode dizer, *sobre* a *Máscara* (o seu corpo pontua a beliscadura do nariz, as asas são as bochechas e ela instala-se também no vão dos olhos), toda a Máscara é como um tecido onde se escreve, à maneira chinesa, um S duplo, simétrico e inverso, cujas quatro volutas terminais vos olham ainda (não se diz: o olho da voluta?): pois o olhar não é direito senão por uma abstracção óptica: olhar é também ser olhado, é estabelecer um circuito, um *regresso*, o que dizem ao mesmo tempo o S do olho e a *Máscara*, ecrã que vos olha.

Pontos de partida

As letras de Erté são «poéticas». O que é que isto quer dizer? O «poético» não é nenhuma impressão vaga, nenhuma espécie de valor indefinível, ao qual nos referíssemos comodamente por subtracção do «prosaico». O «poético» é muito exactamente a capacidade simbólica de uma forma; esta capacidade só tem valor se permitir à forma «partir» em muitas direcções e manifestar assim em potência o caminhar *infinito* do símbolo, do qual nunca se pode fazer um significado último e que é em suma sempre o significante de um outro significante (sendo por isso que o verdadeiro antónimo do poético não é o prosaico mas o

Roland Barthes

estereotipado). É, pois, vão querer estabelecer uma lista canónica dos símbolos libertados por uma obra: só as banalidades são justificativas de um inventário, pois só elas são *finitas*. Não é preciso reconstituir uma temática de Erté; basta afirmar o poder de *partida* das suas formas – que também é um poder de regresso, visto que a via simbólica é circular e que esse para onde nos arrasta Erté, é talvez o a partir de quê a invenção da letra se estabelece: o O é uma boca, evidentemente, mas os dois acrobatas de pernas entrelaçadas que o formam acrescentam-lhe o próprio signo do esforço, isto é, da abertura que é aquilo com que o homem completa a linha fechada dos lábios, sempre que quer viver; quanto ao zero, outro O, ainda é a boca, mas esta boca segura um cigarro e pode deste modo coroar-se metonimicamente com outra boca, corrente de fumo azul que se escapa de uma comissura e se liga à outra: dois pontos de partida para, no fundo, a mesma forma; K, oclusiva, faz partir as duas perna das oblíquas do seu grafismo de uma espécie de *biqueira* que a barra rígida da sua primeira linha impõe, por ricochete, ao traseiro da mulher (é aqui o fonetismo da letra que é explorado, visto que a biqueirada [*claque*, em francês] é uma palavra onomatopaica: verdade linguística, pois sabemos agora que existe um simbolismo fonético, e até, para certas palavras, uma semântica dos sons); L, é o elo (ou a liana), mulher a segurar pela trela uma pantera deitada, mulher-pantera, mito da escravização fatal; D, é Diana, nocturna, lunar, musical e caçadora; mais subtilmente, no N, que é a letra especular por excelência, visto que, vista num espelho, o seu traço oblíquo ficaria invertido sem que a sua figura geral fosse modificada e sem que deixasse de ser legível, duas esteias, dois bustos simétricos que trocam um véu mediador: um despe-se daquilo com que o outro se cobre, mas podia ser o contrário. Assim vão as letras de Erté, ao mesmo tempo mulheres, trajos, penteados, gestos e linhas: cada uma é ao mesmo tempo a sua própria essência (para imaginar uma letra, é preciso captar o seu arquétipo) e o ponto de partida de uma aventura simbólica, da qual o leitor (ou o amador) deve deixar em si desenvolver-se o jogo.

Erté ou á letra

M

Contudo, sabêmo-lo, largar símbolos nunca é um acto espontâneo; a afirmação poética apoia-se em denegações, desmentidos impressos pelo artista no sentido grosseiramente cultural da forma: a criação simbólica é um combate contra o esteriótipo. Erté desfaz o sentido primeiro de certas letras. Vejamos o seu E (importante visto que faz parte do seu nome escrito); esta letra é graficamente considerada aberta, pelos seus três ramos, em direcção da sequência da palavra; vai, como se diz, à frente; sem a desfigurar, Erté volta ao contrário o seu tropismo; a parte de trás da letra torna-se a sua frente; a letra olha para a esquerda (região ultrapassada, segundo o sentido da nossa escrita), ela desfia-se para a frente, como se a cauda e as asas das suas duas mulheres fossem tocadas por um vento contrário. Vejamos ainda o Q, letra que inevitavelmente soa mal em francês, e por conseguinte um pouco *tabu*: é uma das mais graciosas que Erté imaginou: dois pássaros formam círculo, com os bicos juntos até à extremidade das longas caudas que se entrecruzam para formar essa vírgula da letra que a diferencia do O. Para lá destas acentuações eufóricas, Erté distancia-se em relação a toda uma mitologia da letra que, por ser soberbamente poética, se torna assim demasiado conhecida: aquela que Rimbaud nos legou no seu soneto das Vogais: A não é para Erté um «golfo de sombra», um «negro espartilho felpudo», mas é o arqueamento amarelo de dois corpos face a face, cujas pernas em esquadro tiram da sua acrobacia uma ideia de tensão construtiva; E, angélico e feminino, não é a «lança dos glaciares orgulhosos»; I, se a cabeça despegada do corpo sensato e modesto confere à sua rectidão, como já se disse, uma dúvida de inquietação, não é de modo nenhum púrpuro (nunca há sangue na obra de Erté); U, cujos dois ramos encerram, como os de dois vasos comunicantes, duas mulheres selvagens, não é a marca cíclica imprimida pela alquimia aos grandes rostos estudiosos; e o O de Erté, linha desenhada no ar como a figura de dois acrobatas, não é em nada o «supremo clarim cheio de estridências estranhas», não é o Omega, lar do «Raio violeta dos Seus Olhos», mas apenas a boca, aberta para

Roland Barthes

sorrir, beijar ou falar. É que para Erté, é preciso ainda insistir nisso, o espaço do alfabeto, mesmo se a letra se recorda do seu fonetismo, não é sonoro, mas gráfico; trata-se principalmente de um simbolismo das linhas, não dos sons: é a letra que «parte», não o fonema; ou pelo menos esse algo que antes de se identificar com um som claro é um gesto muscular marcado em nós por movimentos de oclusão, de concentração e de repouso (é o trabalho do acrobata, figurado no O, no A, no X, no Y, no 4), Erté procura-o sempre do lado da linha, do traço, unidade gráfica; o seu simbolismo é contido, mas pelo menos apodera-se de uma arte abandonada pela nossa grande cultura e que é a arte tipográfica. Enraizada nesta arte, a letra, separada do som, ou pelo menos submetendo-o, incorporando-o nas suas linhas, liberta um simbolismo próprio de que o corpo feminino se torna o mediador. Concluamos com quatro letras de Erté que realizam exemplarmente este desenvolvimento metafórico, em que se entrelaçam o som e a linha. R é, foneticamente, um valor *gordo* (não é senão excepcionalmente que os Parisienses, em primeiro lugar, depois os Franceses, o escamoteiam): R é um som rural, terreno, material: R rola (para Crátilo, o deus logoteta tinha feito dele um som fluvial); de uma mulher nua, que se oferece em cima dos seus saltos altos, a despeito do gesto meditativo da mão erguida, abre-se posteriormente todo um largo canal de tecido (ou de cabeleira: sabemos que não se pode nem é preciso distinguir), cuja curva gorda, apoiando-se nas nádegas, à maneira das antigas anquinhas, forma as duas volutas do R, como se a mulher designasse abundantemente por detrás o que ela parece reservar pela frente. A mesma materialidade (que nunca deixa de ser elegante) no S: é uma mulher sinuosa, enroscada no contorno da letra, feito ele próprio de uma efervescência rósea; dir-se-ia que o jovem corpo nada numa substância primordial, efervescente e lisa ao mesmo tempo, e que a letra no seu conjunto é uma espécie de hino primaveril à excelência da sinuosidade, linha da vida. Completamente diferente, é uma letra vizinha, irmã gémea e no entanto inimiga do S: o Z: não será o Z um S invertido e anguloso, isto é, desmentido? Para Erté é uma letra dolente, crepuscular, velada, azulada, na qual a mulher inscreve ao mes-

Erté ou á letra

mo tempo a sua submissão e a sua súplica (para Balzac também, era uma letra má, como o explica na novela *Z. Marcas*).

Ele é, finalmente, na cosmografia alfabética de Erté uma letra singular, a única, julgo, que nada deve à Mulher ou aos seus substitutos favoritos, o anjo e o pássaro. Esta letra desumana (visto que já não é antropomórfica) é feita de chamas selvagens: é uma porta que arde, devorada por mechas: a letra do amor e da morte (pelo menos nas nossas línguas latinas), a letra popular do negro *Cuidado*, que flameja sozinha, no meio de tantas Mulheres-Letras (como se diz: Raparigas-Flores), como sendo a ausência mortal desse corpo do qual Erté fez o mais belo objecto que se pode imaginar: uma escrita.

Erté
© 1973, F. M. Ricci Ed., Milão.

ARCIMBOLDO
OU
RETÓRICO E MÁGICO

Oficialmente, Arcimboldo era o retratista de Maximiliano. A sua actividade, contudo, excedeu em muito a pintura: compôs brasões, armas ducais, cartões de vitrais, tapeçaria, decorou caixas de órgão e propôs até um método colorimétrico de transcrição musical, segundo o qual «uma melodia podia ser representada por pequenas manchas de cor num papel»; mas sobretudo foi alguém que entreteve príncipes, um apresentador de partidas: organizou e pôs em cena divertimentos, inventou carrocéis *(giostre)*. As cabeças compostas, que ele fabricou durante vinte e cinco anos na corte dos imperadores da Alemanha, tinham em suma a função de um jogo de salão. Na minha infância, no jogo das Famílias, cada um dos jogadores, com os cartões ilustrados na mão, devia pedir a cada um dos seus colegas, uma a seguir à outra, as figuras da família que devia reunir: o Salsicheiro, a Salsicheira, o seu filho, a filha, o cão, etc.; perante uma cabeça composta por Arcimboldo, sou chamado do mesmo modo a reconstituir a família do Inverno: peço aqui um cepo, ali uma hera, um cogumelo, um limão, uma esteira, até que tenha perante mim todo o tema invernoso, toda a «família» dos produtos de estação morta. Ou ainda, com Arcimboldo, jogamos a esse jogo que se chama o «retrato chinês»: alguém sai da sala, a

Arcimboldo ou Retórico e Mágico

assembleia decide a respeito de uma personagem que será preciso adivinhar, e quando o inquiridor regressa tem de resolver o enigma pelo jogo paciente das metáforas e das metonímias: se fosse uma bochecha, o que seria? – Um pêssego. – Se fosse um cabeção? – Espigas de trigo maduro. – Se fosse um olho? – Uma cereja. – Já sei: é o Verão.

*

Na figura do Outono, o olho (terrível) é feito de uma pequena ameixa. Por outras palavras (em francês, pelo menos), a *prunelle* (botânica) torna-se a *prunelle* (ocular). Dir-se-ia que, como um poeta barroco, Arcimboldo explora as «curiosidades» da língua, joga com a sinonímia e a homonímia. A sua pintura tem um fundo de linguagem, a sua imaginação é propriamente poética: não cria os signos, combina-os, permuta-os, extravia-os – o que faz exactamente o operário da língua.

*

Um dos processos do poeta Cyrano de Bergerac consiste em tomar uma metáfora bem banal da língua e em explorar-lhe infinitamente o sentido literal. Se a língua diz «morrer de desgosto», Cyrano imagina a história de um condenado a quem os carrascos fazem ouvir árias tão lúgubres que ele acaba por morrer do desgosto da sua própria morte. Arcimboldo age da mesma maneira que Cyrano. Se o discurso comum compara (o que faz muitas vezes) um penteado com uma travessa ao contrário, Arcimboldo toma a comparação à letra, faz com ela uma identificação: o chapéu torna-se uma travessa, a travessa torna-se um capacete (uma «salada», *celata*). O processo opera em dois tempos: no momento da comparação, permanece por puro bom senso, ao apresentar a coisa mais banal do mundo, uma analogia; mas num segundo tempo, a analogia torna-se louca, porque é explorada radicalmente, levada até se destruir a ela própria como analogia: a comparação torna-se metáfora: o capacete não é já *como* uma travessa, é uma travessa. No entanto, por uma última

Roland Barthes

subtileza, Arcimboldo conserva separados os dois termos da identificação, o capacete e a travessa: por um lado, leio uma cabeça, por outro, o conteúdo de uma travessa; a identidade dos dois objectos não depende da simultaneidade da percepção, mas da rotação da imagem, apresentada como reversível. A leitura gira, sem nada que a encrave; só o título vem fixá-la, faz do quadro o retrato de um cozinheiro, porque, da travessa, infere-se metonimicamente o homem de que é o utensílio profissional. E depois, nova recaída do sentido: porque terá este cozinheiro o ar feroz de um antigo cavaleiro teutónico de tez acobreada? É que o metal da travessa obriga à armadura, ao capacete, e a cozedura das carnes, à tez crestada dos ofícios de ar livre. Singular cavaleiro, aliás, cujo reverso do capacete se ornamenta com uma delicada rodela de limão. E assim por diante: a metáfora gira sobre si mesma, mas segundo um movimento centrífugo: há salpicos de sentido até ao infinito.

*

É a travessa que faz o chapéu, e é o chapéu que faz o homem. Curiosamente, esta última proposição serve de título a uma colagem de Max Ernst (1920), onde as silhuetas humanas resultam de uma acumulação articulada de chapéus. Ainda aqui, a representação barroca gira à volta da língua e das suas fórmulas. Sob o quadro ressoa vagamente a música das frases completamente feitas: *o estilo é o homem; o estilo é o fato (Max-Ernst); pela obra conhece-se o operário, pelo prato conhece-se o cozinheiro, etc.* A estas pinturas aparentemente fantasistas, até mesmo surrealistas, a língua serve discretamente de referência sensata. A arte de Arcimboldo não é extravagante; mantém-se sempre na orla do bom senso, à beira do provérbio; era preciso que os príncipes, a quem eram destinados estes divertimentos, ficassem admirados e simultaneamente se reconhecessem neles; daí um maravilhoso enraizado em frases usuais: *o cozinheiro prepara pratos.* Tudo se elabora no campo das metonímias banais.

*

Arcimboldo ou Retórico e Mágico

Há uma relação destas imagens com a língua, mas também com o discurso: com o conto popular, por exemplo: é o mesmo processo de descrição Mme d'Aulnay dito de Laideronnette, imperatriz dos Pagodes («figurinhas grotescas de cabeça móvel»): «Despiu-se e entrou no banho. Imediatamente, os pagodes puseram-se a dançar e a tocar os instrumentos: uns tinham tiorbas feitas de uma casca de noz; outros tinham violas feitas de uma casca de amêndoa; pois era preciso proporcionar os instrumentos segundo o seu tamanho». As cabeças compostas por Arcimboldo participam assim do conto de fadas: das suas personagens alegóricas, poder-se-ia dizer: uma tinha um cogumelo à laia de lábios, um limão à laia de medalhão; outra tinha uma pequena abóbora à laia de nariz; o pescoço de uma terceira era feito de uma vitela estendida, etc. O que gira vagamente atrás da imagem, como uma recordação, a insistência de um modelo, é uma narrativa maravilhosa: julgo ouvir Perrault descrever a metamorfose das palavras que saem da boa e da má rapariga, depois que uma e outra encontraram a fada: da mais nova, em cada frase, são duas rosas, duas pérolas e dois grossos diamantes que saem dos seus lábios, e da mais velha, são duas víboras e dois sapos. As partes da linguagem são transmutadas em objectos; da mesma maneira, o que Arcimboldo pinta não são de modo nenhum coisas, antes a descrição falada que um contador maravilhoso daria delas: ilustra o que no fundo já é a cópia à maneira da linguagem, de uma história surpreendente.

*

Lembremo-nos, uma vez mais, da estrutura da linguagem humana: é articulada duas vezes: a sequência do discurso pode ser segmentada em palavras, e as palavras podem ser segmentadas por sua vez em sons (ou em letras). Há contudo uma grande diferença entre estas duas articulações: a primeira produz unidades, cada qual já com um sentido (são as palavras); a segunda produz unidades insignificantes (são os fonemas: um fonema, em si, nada significa). Esta estrutura, sabêmo-lo, não vale para as artes visuais; é bem possível decompor o «discurso» do quadro

Roland Barthes

em formas (linhas e pontos), mas estas formas nada significam antes de serem reunidas; a pintura não reconhece senão uma articulação. Por isso, podemos compreender sem dificuldade o paradoxo estrutural das composições arcimboldescas.

Arcimboldo faz da pintura uma verdadeira língua, dá-lhe uma dupla articulação: a cabeça de Calvino segmenta-se primeiramente em formas que são *já* objectos nomeáveis – dito de outro modo, *palavras*: uma carcassa de frango, um pilão, um rabo de peixe, rolos de papéis escritos: estes objectos, por sua vez, decompõem-se em formas, que, essas, nada significam: encontramos a dupla escala das palavras e dos sons. Tudo se passa como se Arcimboldo transtornasse o sistema pictural, o desdobrasse abusivamente, hipertrofiasse nele a virtualidade significante, analógica, produzindo assim uma espécie de monstro estrutural, fonte de um mal-estar subtil (porque intelectual), ainda mais penetrante do que se o horror viesse de um simples exagero ou de uma simples mistura dos elementos: é porque tudo significa, *a dois níveis*, que a pintura de Arcimboldo funciona como uma denegação um pouco aterrorizadora da língua pictural.

No Ocidente (contrariamente ao Oriente), a pintura e a escrita tiveram poucas relações: a letra e a imagem não comunicaram entre si senão nas margens um pouco loucas da criação, fora do classicismo. Sem recorrer a nenhuma letra, Arcimboldo está muito perto contudo da experiência gráfica. O seu amigo e admirador, o cónego Comanini, via nas Cabeças Compostas uma escrita emblemática (o que afinal de contas é a ideografia chinesa); há entre os dois níveis da linguagem arcimboldesca (a da figura e a dos traços significantes que a compõem) a mesma relação de *fricção*, de rangido, que se encontra em Leonardo da Vinci, entre a ordem dos signos e a das imagens: no *Trattato delia Pittura*, a escrita inclinada é por vezes entrecortada de cabeças de velhos ou de pares de velhas: escrita e pintura são fascinadas, atraídas uma pela outra. Do mesmo modo, perante uma cabeça composta por Arcimboldo, tem-se sempre um pouco a impressão que ela é escrita. E contudo, nenhuma letra. Isso vem da dupla articulação. Como para Leonardo, há duplicidade dos grafos: são naturalmente metade imagens, metade signos.

*

Uma cabeça composta é feita com «coisas» (frutos, peixes, crianças, livros, etc.) Mas as «coisas» que servem para compor a cabeça não são desviadas de um outro uso (à excepção talvez no «Cozinheiro», em que o animal que, virado ao contrário, dá o rosto do homem, é feito para ser comido). São coisas que estão lá enquanto coisas, como se viessem, não de um espaço caseiro, usual, mas de uma mesa onde os objectos seriam definidos pelo seu *analogon* figurativo: eis aqui o Cepo, eis aqui a Hera, eis aqui o Limão, eis aqui a Esteira, etc. As «coisas» são apresentadas didacticamente, como num livro para crianças. A cabeça é composta por unidades lexicográficas que vêm de um dicionário, mas este dicionário é de imagens.

*

A retórica e as suas figuras: foi a maneira como o Ocidente meditou sobre a linguagem, durante mais de dois mil anos: não pôde deixar de admirar que pudesse haver na língua transferências de sentidos (metáboles) e que estas metáboles pudessem ser codificadas ao ponto de poderem ser classificadas e nomeadas. À sua maneira, Arcimboldo é também ele um retórico: pelas suas Cabeças, lança no discurso da Imagem todo um pacote de figuras retóricas: a tela torna-se um verdadeiro laboratório de tropos.

Uma concha vale por uma orelha, é uma *Metáfora*. Um amontoado de peixes vale pela água – na qual vivem – é uma *Metonímia*. O Fogo torna-se uma cabeça flamejante, é uma *Alegoria*.

Enumerar os frutos, os pêssegos, as peras, as cerejas, as framboesas, as espigas para dar a mostrar o Verão, é uma *Alu*são. Repetir o peixe para fazer dele aqui um nariz e ali uma boca, é uma *Antanaclase* (repito uma palavra fazendo-a mudar de sentido). Evocar um nome por um outro que tem a mesma sonoridade («Tu és Pedro, e sobre esta pedra...»), é uma *Anominação*: evocar uma coisa por outra, que tem a mesma forma (um nariz

Roland Barthes

pelo rabo de um coelho), é fazer uma anominação de imagens, etc.

Rabelais praticou muito as linguagens ridículas, artificialmente – mas sistematicamente – elaboradas: são as *falsificações*: paródias da própria linguagem, de qualquer modo. Havia, por exemplo, o *baragouin*, ou a codificação de um enunciado por substituição de elementos: havia o *charabia*, ou codificação por transposição (Queneau, nos nossos dias, tirou dele efeitos cómicos, escrevendo por exemplo: *Kékcékça* por «Qu'est-ce que c'est que ça?»); havia finalmente, mais louco do que os outros, o *lanternois*, magma de sons absolutamente indecifráveis, criptograma cuja chave se perdeu. Ora, a arte de Arcimboldo é uma arte de falsificação. Eis uma mensagem a transmitir: Arcimboldo quer significar a cabeça de um cozinheiro, de um camponês, de um reformador ou ainda o Verão, a água, o fogo; esta mensagem é codificada: codificar quer dizer ao mesmo tempo esconder e não esconder; a mensagem está escondida na medida em que o olho é desviado do sentido de conjunto pelo sentido de pormenor; só vejo, em primeiro lugar, os frutos ou os animais que estão empilhados à minha frente; e é por um esforço de distância, ao mudar o nível de percepção, que recebo uma outra mensagem, um aparelho hipermetrópico que, à maneira de uma grelha de descodificação permite-me captar imediatamente o sentido global, o sentido «verdadeiro».

Arcimboldo impõe pois um sistema de substituição (uma maçã vem substituir-se a uma bochecha, como, numa mensagem codificada, uma letra ou uma sílaba vêm disfarçar uma outra letra ou uma outra sílaba), e, da mesma maneira, um sistema de transposição (todo o conjunto é de certo modo puxado para trás em direcção ao pormenor). Contudo, e é isso que é próprio de Arcimboldo, o que há de notável nas *Cabeças Compostas* é que o quadro hesita entre a codificação e a descodificação: pois, mesmo quando se deslocou o ecrã da substituição e da transposição para melhor captar a cabeça composta como um efeito, conservamos no olhar o entrançado dos sentidos primitivos que serviu para produzir esse efeito. Por outras palavras, de um ponto de vista da linguagem – que, com efeito, é o seu – Arcimboldo

Arcimboldo ou Retórico e Mágico

fala uma língua dupla, ao mesmo tempo clara e desordenada: fabrica «*baragouin*» e «*charabia*», mas estas falsificações permanecem perfeitamente inteligíveis. Em suma, a única coisa bizarra que Arcimboldo não fabrica é uma língua totalmente incompreensível como o é o «*lanternois*»: a sua arte não é louca.

*

Reino triunfante da metáfora: tudo é metáfora em Arcimboldo. Nunca nada é denotado, visto que os traços (linhas, formas, volutas) que servem para compor uma cabeça *já* têm um sentido, e que este sentido é desviado para um outro sentido, lançado de certa maneira para lá dele mesmo (é o que quer dizer, etimologicamente, a palavra «metáfora»). Muitas vezes as metáforas de Arcimboldo são sábias.

Entendemos por isto que entre os dois termos da transposição subsiste um traço, uma «ponte», uma certa *analogia*: os dentes assemelham-se «espontaneamente», ou «vulgarmente» (visto que outros que não Arcimboldo teriam podido dizê-lo) a campainhas de flores, a pequenas ervilhas na vagem; estes objectos diferentes têm formas em comum: são parcelas de matéria, cortadas, iguais e agrupadas – arrumadas – numa mesma linha; o nariz assemelha--se a uma espiga, pela sua forma oblonga e arqueada; a boca, carnuda, assemelha-se a um figo entreaberto, cujo interior esbranquiçado ilumina a abertura vermelha da polpa. Contudo, mesmo analógica, a metáfora arcimboldesca é, se assim se pode dizer, de sentido único: Arcimboldo faz-nos crer que o nariz se assemelha *naturalmente* a uma espiga, os dentes a pevides, a carne do fruto à dos lábios: mas ninguém diria *naturalmente* o contrário: a espiga não é um nariz, as pevides não são dentes, o figo não é uma boca (se não for por passar pelo intermediário de um outro órgão, esse feminino, como o atesta uma metáfora popular que se encontra em muitas línguas). Em suma, mesmo fundamentada, a metáfora arcimboldesca tem algo de um acto de violência. A arte de Arcimboldo não é indecisa, vai num sentido determinado: esta língua é muito afirmativa.

Roland Barthes

*

Muitas vezes, também, o trabalho metafórico é tão audacioso (como o de um poeta muito precioso ou muito moderno) que não há nenhuma relação «natural» entre a coisa representada e a sua representação: como é que nádegas ou pernas de criança podem dar a ler uma orelha (*Herodes*)? Como é que um vulgar rato de cave pode representar a fronte de um homem (o *Fogo*)? É preciso, de qualquer modo, que este processo tenha etapas de uma grande sofisticação; o elo analógico extenua-se (torna-se raro, precioso): é a cor amarela da cera que lembra a pele esticada da fronte, parte da carne humana que nenhum sangue abundante vem irrigar, ou o empilhamento das volutas do cordão que lembra com rigor o franzido das rugas humanas. Podemos dizer que nestas metáforas extremas, os dois termos da metábole não estão numa relação de equivalência (de ser), mas verdadeiramente de *fazer*: a carne do pequeno corpo nu *faz* (fabrica, produz) a orelha do tirano. Arcimboldo alerta assim para o carácter *produtivo*, transitivo, das metáforas; as suas, de qualquer modo, não são simples constatações de afinidades, não registam analogias virtuais que existiriam na natureza e que o poeta estaria encarregado de manifestar: desfazem objectos familiares para produzir outros novos, estranhos, por um verdadeiro acto de violência (mais um), que é o *trabalho* do visionário (e não somente a sua aptidão para captar semelhanças).

*

Contudo, talvez, a maior audácia não esteja nestas metáforas improváveis, mas naquelas a que se poderia chamar *desenvoltas*. A desenvoltura consiste aqui em não metaforizar o objecto, mas somente em mudá-lo de lugar: quando Arcimboldo substitui os dentes da personagem que representa a água pelos dentes de um esqualo, não toca no objecto (são sempre dentes), mas fá-lo saltar, sem prevenir, de um reino para o outro; a metáfora é aqui a exploração de uma identidade, até mesmo de uma tautologia (dentes são dentes), que simplesmente deslizou e mudou de pon-

Arcimboldo ou Retórico e Mágico

to de apoio (de contexto). Este ligeiro desequilíbrio produz a maior das estranhezas. Magritte bem o compreendeu, de tal forma que chama a uma das suas composições, cujo processo se aparenta com o «Salto» arcimboldesco, a *Violação* (1934): trata-se também de uma imagem dúplice, ao mesmo tempo – e segundo o ângulo do olhar – cabeça e/ ou busto de mulher: aparecendo os seios, se o leitor assim decidir, no lugar dos olhos e o umbigo no lugar da boca. Ainda aqui os objectos não fazem senão mudar de lugar, deixando o reino da nudez para ganhar o da cerebralidade – e isto basta para criar um objecto sobrenatural, à semelhança do andrógino aristofanesco.

Como «poeta», isto é fabricante, operário de linguagem, a verve de Arcimboldo é contínua; os sinónimos são lançados incessantemente sobre a tela. Arcimboldo utiliza sem cessar formas diferentes para dizer a mesma coisa. Ele quer mostrar o nariz? A sua reserva de sinónimos oferece-lhe um ramo, uma pêra, uma abóbora, uma espiga, um cálice de flor, um peixe, um rabo de coelho, uma carcassa de frango. Quer mostrar a orelha? Só tem de ir a um catálogo heteróclito donde tira um cepo de árvore, o reverso de um cogumelo umbelado, a inflorescência de uma espiga, uma rosa, um cravo, uma maçã, um búzio, uma cabeça de animal, o suporte de uma candeia. É uma barba que ele quer dar à sua personagem? Eis aqui um rabo de peixe, antenas de camarão. Será este reportório infinito? Não, se nos mantivermos nas alegorias, em suma, bem pouco numerosas que chegaram até nós; trata-se quase sempre de frutos, de plantas, de comestíveis, porque se trata principalmente das figuras epocais da Terra-Mãe; mas só o contexto limita a mensagem; a imaginação, essa, é infinita, de uma acrobacia cujo domínio é tal que a sentimos pronta a apoderar-se de todos os abjectos.

*

Foi uma moda da época fabricar imagens reversíveis: virados ao contrário, o papa tornava-se um bode, Calvino um louco com guizos; estas espécies de jogos serviam de caricaturas aos partidários ou aos adversários da Reforma. Conhecemos de Arcimboldo

Roland Barthes

um reversível, cozinheiro num sentido, simples prato de carne no outro. A esta figura, em retórica, chama-se um palíndromo; o verdadeiro palíndromo nada muda à mensagem, que somente, por jogo, se lê idêntica, num sentido e no outro: *Roma tibi subito motibus ibit amor*, diz Quintiliano; punhamos um espelho com truques na cauda do verso, encontrá-lo-emos intacto ao percorrê-lo no sentido inverso; o mesmo para as figuras do baralho de cartas: o espelho (virtual) corta, repete, não desnatura. Pelo contrário, sempre que voltamos ao contrário a imagem arcimboldesca, encontramos, sem dúvida, sentido (e é nisso que há palíndromos), mas este sentido, no movimento de inversão, mudou: o prato torna-se cozinheiro. «Tudo é sempre idêntico», diz o verdadeiro palíndromo; quer tomemos as coisas num sentido ou noutro, a verdade permanece. «Tudo pode tomar um sentido contrário», diz o palíndromo de Arcimboldo; isto é: tudo tem sempre um sentido, seja qual for a maneira como se leia, mas este sentido nunca é o mesmo.

*

Tudo significa e contudo tudo é surpreendente. Arcimboldo produz fantástico a partir do muito conhecido: o resultado é de um efeito diferente da adição das partes: dir-se-ia que é o resto delas. É preciso compreender estas matemáticas bizarras: são matemáticas da *analogia*, se nos quisermos lembrar que etimologicamente *analogia* quer dizer *proporção*: o sentido depende do nível em que nos coloquemos. Se olharmos a imagem de perto, só vemos frutos e legumes; se nos afastarmos, não vemos mais do que um homem de olhar terrível, de gibão canelado, de colarinho eriçado (o Verão): o afastamento, a proximidade são fundadores de sentido. Não será esse o grande segredo de toda a semântica viva? Tudo vem de um *escalonamento* das articulações. O sentido nasce de uma combinatória de elementos insignificantes (os fonemas, as linhas); mas não basta combinar estes elementos num primeiro grau para esgotar a criação do sentido: o que foi combinado forma agregados que podem de novo combinar-se entre si, uma segunda, uma terceira vez. Imagino

Arcimboldo ou Retórico e Mágico

que um artista engenhoso poderia pegar em todas as cabeças compostas por Arcimboldo, dispô-las, combiná-las com vista a um efeito de sentido e, dessa nova disposição, fazer surgir por exemplo uma paisagem, uma cidade, uma floresta: recuar a percepção é engendrar um novo sentido: talvez não haja outro princípio no desfile histórico das formas (acrescentar 5 m^2 a Cézanne, é de certo modo «desembocar» numa tela de Nicolas de Staël), e no das ciências humanas (a ciência histórica mudou o sentido dos acontecimentos ao combiná-los *a um outro nível*: as batalhas, os tratados e os reinados – nível no qual parava a história tradicional –, submetidos a um recuo que lhes diminuía o sentido, não foram mais do que os signos de uma nova língua, de uma nova inteligibilidade, de uma nova história).

*

Em suma, a pintura de Arcimboldo é *móvel*: ela dita ao leitor, pelo seu próprio projecto, a obrigação de se aproximar ou de se afastar, assegurando-lhe que neste movimento não perderá nenhum sentido e que ficará sempre numa relação viva com a imagem. Para obter composições móveis, Calder articulava livremente volumes; Arcimboldo obtém um resultado análogo ficando pela própria tela: não é ao suporte, é ao sujeito humano que pedimos

Roland Barthes

que se desloque. Esta escolha, por ser «divertida» (no caso de Arcimboldo), não é menos audaciosa, ou pelo menos muito «moderna», pois implica uma relativização do espaço do sentido: incluindo o olhar do leitor na própria estrutura da tela, Arcimboldo passa virtualmente de uma pintura newtoniana, fundamentada na fixidez dos objectos representados, para uma arte einsteiniana, segundo a qual o deslocamento do observador faz parte do estatuto da obra.

*

Arcimboldo é animado de uma energia de deslocamento tão grande que, sempre que ele dá várias versões de uma mesma cabeça, produz ainda mudanças significantes: de versão em versão, a cabeça ganha sentidos diferentes. Estamos aqui em plena música: há bem um tema de base (o Verão, o Outono, Calvino), mas cada variação é de um efeito diferente. Aqui o Homem epocal acaba de morrer, o Inverno está ainda ruivo de um Outono demasiado próximo: já está exangue, mas as pálpebras, ainda inchadas, acabam de se fechar; acolá (e se esta segunda versão precedeu a primeira, pouco importa), o Homem-Inverno já não é senão um cadáver avançado, em vias de decomposição; o rosto está gretado, cinzento; no lugar dos olhos, mesmo fechados, já só há uma cavidade sombria; a língua está esbranquiçada. Da mesma maneira, há duas Primaveras (uma é ainda tímida, descolorida; a outra, mais sanguínea, anuncia o Verão próximo) e dois Calvinos: o Calvino de Bérgamo é arrogante, o da Suécia é hediondo: dir-se-ia que de Bérgamo a Estocolmo (pouco importa se se trata da ordem real de composição), a horrível figura danificou-se, curvou-se, tornou-se grisalha; os olhos, de início maldosos, tornam-se mortos, estúpidos; o *rictus* da boca acentua--se; os rolos de papéis que servem de cabeção passam do pergaminho amarelecido a papel lívido; a impressão é tanto mais nauseabunda quando esta cabeça é formada por substâncias comestíveis: ela torna-se, então, à letra, intragável: o frango e o peixe tornam-se restos de caixote do lixo, ou pior: são o refugo de um mau restaurante. Tudo se passa como se, de cada vez, a

Arcimboldo ou Retórico e Mágico

cabeça hesitasse entre a vida maravilhosa e a morte horrível. Estas cabeças compostas são cabeças que se decompõem.

*

Retomemos uma vez mais o processo do sentido – pois ao fim e ao cabo é bem isso que interessa, que fascina e inquieta em Arcimboldo. As «unidades» de uma língua estão lá, na tela; contrariamente aos fonemas da linguagem articulada, já têm um sentido: são coisas nomeáveis: frutos, flores, ramos, peixes, feixes, livros, crianças, etc.; combinadas, estas unidades produzem um sentido unitário; mas este segundo sentido, com efeito, desdobra- -se: por um lado, leio uma cabeça humana (leitura suficiente visto que posso *nomear* a forma que capto, fazê-la juntar-se ao léxico da minha própria língua, onde existe a palavra «cabeça»), mas por outro lado, leio também e ao mesmo tempo um outro sentido completamente diferente, que vem de uma região dife- rente do léxico: «Verão», «Inverno», «Outono», «Primavera», «Cozinheiro», «Calvino», «Água», «Fogo»; ora, este sentido propriamente alegórico não posso concebê-lo senão ao referir-me ao sentido das primeiras unidades: são os frutos que fazem o Verão, os cepos de madeira morta que fazem o Inverno, os pei- xes que fazem a água. Eis já três sentidos numa mesma imagem; os dois primeiros são, se assim se pode dizer, denotados, pois para se produzirem nada explicam de diferente senão o trabalho da minha percepção, enquanto se articula imediatamente sobre um léxico (o sentido denotado de uma palavra é o sentido dado pelo dicionário, e o dicionário basta para me fazer ler, segundo o nível da minha percepção, aqui peixes, acolá uma cabeça). Completamente diferente é o terceiro sentido, o sentido alegórico: para ler aqui a cabeça do Verão ou de Calvino, preciso de uma outra cultura que não a do dicionário; preciso de uma cultura metonímica, que me faça associar certos frutos (e não outros) ao Verão, ou, ainda mais subtilmente, a fealdade austera de um rosto ao puritanismo calvinista; e a partir do momento em que se troca o dicionário das palavras por uma lista dos sentidos culturais, das associações de ideias, em resumo, por uma enciclopédia das ideias recebidas, entra-se no campo infinito das conotações. As conotações de Arcimboldo são simples são esteriótipos. Contudo, a conotação abre um processo do sentido; a partir do sentido alegórico, outros sentidos são possíveis, já não «culturais, aqueles, mas surgindo dos movimentos (atractivos ou repulsivos) do corpo. Para lá da percepção e da significação (ela própria lexical ou cultural), desenvolve-se todo um mundo do *valor*: perante uma cabeça composta de Arcimboldo, acabo por dizer não somente: *eu leio, eu adivinho, eu encontro, eu compreendo*, mas também: *eu gosto, eu não gosto*. O mal-estar, o terror, o riso, o desejo entram na festa.

*

Sem dúvida que o próprio afecto é cultural: as máscaras dogónicas fazem-nos um efeito pânico, porque são marcadas por nós, ocidentais, de exotismo, isto é, de desconhecido; nada captamos do seu simbolismo, não lhes estamos ligados (não somos *religiosos*); produzem sem dúvida sobre os próprios Dogons um efeito completamente diferente. Assim as cabeças de Arcimboldo: é no interior da nossa própria cultura que elas suscitam o sentido afectivo, a que se deveria chamar, em boa etimologia, o sentido patético; pois, não se pode encontrar algumas destas cabeças «más e estúpidas», sem nos referirmos, por um adestramento do corpo – da linguagem –, a toda uma sociabilidade: como «expressões, a estupidez e a maldade fazem parte de um certo sistema de valores históricos: podemos duvidar que, perante uma cabeça de Arcimboldo, um certo aborígena da Austrália experimente o vago terror que esta cabeça me dá.

*

Os efeitos que a arte de Arcimboldo provoca em nós são muitas vezes repulsivos. Vejamos o *Inverno*: este cogumelo entre os lábios parece um órgão hipertrofiado, canceroso, horrível: vejo o rosto de um homem que acaba de morrer, com uma pêra de angústia enterrada até à asfixia na boca. Este mesmo Inverno,

Arcimboldo ou Retórico e Mágico

composto de cascas mortas, tem o rosto coberto de pústulas, de escamas; dir-se-ia que fora atingido por uma doença de pele repulsiva, pitiríase ou psoríase. O rosto de um outro (o *Outono*) não é senão uma adição de tumores: a face está turgescente, avinhada: é um imenso órgão inflamado, cujo sangue, castanho, conduz à obstrução. A carne arcimboldesca é sempre *excessiva*: ou devastada, ou esfolada (*Herodes*), ou inchada, ou inexpressiva, morte. O quê, nem uma cabeça graciosa? A *Primavera*, pelo menos essa, não pede uma composição feliz? Sem dúvida, a Primavera está atapetada de flores; mas pode-se dizer que Arcimboldo desmistifica a flor, na própria medida (escândalo lógico) em que ele não a toma à letra; sem dúvida, ver uma flor, ou um ramo, ou uma pradaria, isso é uma fruição inteiramente primaveril; mas reduzida a uma superfície, a extensão floral torna-se facilmente a eflorescência de um estado mais perturbador da matéria; a decomposição produz pulverulências («flores» de enxofre) e bolores que se assemelham a flores; as doenças de pele fazem muitas vezes pensar em flores tatuadas. Por isso, a Primavera de Arcimboldo acaba por se encarnar numa grande figura esbranquiçada, atingida por uma doença sofisticada. O que destina de certo modo as cabeças de Arcimboldo a um efeito de mal-estar é precisamente o facto de serem «compostas»: quanto mais a forma da coisa parece ter vindo de um primeiro jacto, mais é eufórica (sabe-se que toda uma parte da arte oriental favoreceu a feitura *alla prima*); há na forma imediata e, se assim se pode dizer, incomposta, a fruição de uma unidade sobrenatural; certos musicólogos puseram em relação a melodia romântica, caracterizada precisamente pela sua bela vinda unitária, com o mundo da Mãe, onde se abre, para a criança, a fruição de fusão: poder-se-ia atribuir o mesmo efeito simbólico à «bela forma» adiantada pelo artista sobre o papel, a tela, desde o princípio, *alla prima*. A arte de Arcimboldo é uma denegação desta felicidade: não só a cabeça representada vem de um trabalho, mas ainda a complicação e, por conseguinte, a duração deste trabalho são representadas: porque antes de «desenhar» a Primavera, é preciso «desenhar» cada uma das flores que vão compô-la. É pois o próprio processo da «composição» que vem perturbar, desagregar,

Roland Barthes

transtornar o surgimento unitário da forma. Tematicamente, por exemplo, que há de mais unido do que a *Água*? A água é sempre um tema maternal, a fluidez é uma felicidade; mas para dar a alegoria da *Água*, Arcimboldo imagina formas contrárias: a *Água*, para ele, são peixes, crustáceos, todo um amontoado de formas duras, descontínuas, aceradas ou abauladas: a *Água* é propriamente monstruosa.

As cabeças de Arcimboldo são monstruosas porque remetem todas, seja qual for a graça do sujeito alegórico (o *Verão*, a *Primavera*, *Flora*, a *Água*) para um mal-estar de substância: o bulício. A mistura de coisas vivas (vegetais, animais, crianças), dispostas numa desordem cerrada (antes de atingirem a inteligibilidade da figura final) evoca toda uma vida larvar, a desordem dos seres vegetativos, vermes, fetos, vísceras, que estão no limite da vida, ainda não nascidos e contudo já putrescíveis.

Para o século de Arcimboldo, o monstro é uma maravilha. Os Habsburgos, patronos do pintor, tinham gabinetes de arte e de curiosidades (Kunst und Wunderkammern), onde eram colocados objectos estranhos: acidentes da natureza, efígies de anões, de gigantes, de homens e de mulheres peludos: tudo o «que espantasse e fizesse reflectir»; esses gabinetes, dissemo-lo, tinham qualquer coisa dos laboratórios de Fausto e de Caligari. Ora, a «maravilha» – ou o «monstro» – é essencialmente o que transgride a separação dos reinos, mistura o animal e o vegetal, o animal e o humano; é o excesso enquanto muda a qualidade das coisas às quais Deus deu um nome: é a *metamorfose*, que faz oscilar de uma ordem para uma outra; em resumo, por uma outra palavra, é a *transmigração* (diz-se que na época de Arcimboldo circulavam, na Europa, miniaturas indianas, representando animais fantásticos cujo corpo era feito «de um mosaico das formas humanas e animais, entrelaçadas: músicos, caçadores, namorados, raposas, leões, macacos, coelhos»; cada animal assim composto – camelo, elefante, cavalo – figurava o reagrupamento simultâneo de incarnações sucessivas: o heteróclito aparente remetia, com efeito, para a doutrina indú da unidade interior dos seres). As cabeças de Arcimboldo só ocupam o espaço visível de uma transmigração que conduz, sob os nossos

Arcimboldo ou Retórico e Mágico

olhos, do peixe à água, do feixe ao fogo, do limão ao medalhão, e, para acabar, de todas as substâncias à figura humana (a menos que prefiramos tomar este caminho em sentido inverso e descer do Homem-Inverno ao vegetal que lhe está associado). O princípio dos «monstros» arcimboldescos é, em suma, que a Natureza não pára. Vejam a Primavera; é normal, depois de tudo, que seja representada sob a forma de uma mulher penteada com um chapéu de flores (estes chapéus existiram na moda); mas Arcimboldo *continua*; as flores descem do objecto para o corpo, invadem a pele, fazem a pele: é uma lepra de flores que se alastra pelo rosto, pelo pescoço, pelo busto.

Ora, o exercício de uma tal imaginação não depende apenas da «arte», mas também do saber: surpreender metamorfoses (o que fez por várias vezes Leonardo da Vinci) é um acto de conhecimento; todo o saber está ligado a uma ordem classificadora; aumentar ou simplesmente mudar o saber é experimentar, por operações audaciosas, o que subverte as classificações a que estamos habituados: tal é a função nobre da magia, «soma da sabedoria natural» (Pico della Mirandola).

Assim vai Arcimboldo, do jogo à grande Retórica, da retórica à magia, da magia à sabedoria.

Arcimboldo,
© 1978, F. M. Rici Ed., Milão.

Leituras: o texto

SERÁ A PINTURA UMA LINGUAGEM?

Desde que a linguística adquiriu a extensão que se sabe, em todo caso desde que o autor destas linhas revelou o seu interesse pela semiologia (já lá vai agora uma dúzia de anos), quantas vezes lhe fizeram esta pergunta: será a pintura uma linguagem? Contudo, até hoje não houve resposta: não se conseguia estabelecer nem o léxico nem a gramática geral da pintura, não se conseguia pôr dum lado os significantes do quadro e do outro os seus significados, não se conseguia sistematizar as suas regras de substituição e de combinação. A semiologia, como ciência dos signos, não conseguia criticar a arte: bloqueio infeliz, já que reforçava por carência a velha ideia humanista segundo a qual a criação artística não pode ser «reduzida» a um sistema: o sistema, como se sabe, é considerado inimigo do homem e da arte.

Para dizer a verdade, perguntar-se se a pintura é uma linguagem é já uma questão moral, que requer uma resposta mitigada, uma resposta morta, salvaguardando os direitos do indivíduo criador (o artista) e os de uma universalidade humana (a sociedade). Como todo o inovador, Jean-Louis Schefer não responde às perguntas falsificadas da arte (da sua filosofia ou da sua história); substitui-as por uma questão aparentemente marginal, mas cuja distância o leva a constituir um campo inédito em que a

Roland Barthes

pintura e a sua *relação* (tal como dizemos: uma relação de viagem), a estrutura, o texto, o código, o sistema, a representação e a figuração, todos estes termos herdados da semiologia, são distribuídos segundo uma topologia nova, que constitui «uma nova maneira de sentir, uma nova maneira de pensar». Esta pergunta é mais ou menos a seguinte: qual é a relação do quadro e da linguagem de que fatalmente nos servimos para o ler – quer dizer para (implicitamente) o escrever? *Essa relação não será o próprio quadro?*

Evidentemente não se trata de restringir a escrita do quadro à crítica profissional de pintura. O quadro, seja quem for que o escreva, só existe na *narrativa* que dou dele; ou ainda: só existe na soma e na organização das leituras que se podem fazer dele: um quadro nunca é mais do que a sua própria descrição plural. Esta travessia do quadro pelo texto de que eu o constituo, é evidente como está simultaneamente próxima e distante duma pintura suposta linguagem. Como diz Jean-Louis Schefer: «A imagem não tem *a priori* uma estrutura, ela tem estruturas textuais... da qual é o sistema»; já não é pois possível (e é aí que Schefer faz sair a semiologia pictural do seu trilho) conceber a descrição de que é constituído o quadro como um estado neutro, literal, denotado, da linguagem; em contrapartida também não podemos considerá-lo uma pura elaboração mítica, o lugar infinitamente disponível de investimentos subjectivos: o quadro não é nem um objecto real, nem um objecto imaginário. Certamente que a identidade do que está «representado» é incessantemente adiada, o seu significado constantemente deslocado (porque não é mais do que uma série de denominações, como num dicionário), a sua análise é infinita. Mas esta fuga, este infinito da linguagem é precisamente o sistema do quadro: a imagem não é a expressão de um código, ela é a variação de um trabalho de codificação; não é depósito de um sistema, mas geração de outros sistemas. Parafraseando um título célebre, Schefer teria podido intitular o seu livro: *O Único e a sua Estrutura*; e esta estrutura é a própria estruturação.

Nota-se a incidência ideológica ou a postular, face ao heteróclito das obras (quadros, mitos, narrativas), um Modelo, em

Será a Pintura uma Linguagem?

relação ao qual cada produto poderia ser definitivo em termos de desvios. Com Schefer, que prolonga neste ponto fundamental o trabalho de Julia Kristeva, a semiologia sai ainda um pouco mais da era do Modelo, da Norma, do Código, da Lei – ou se preferirmos: da teologia.

Este *desvio*, ou esta reviravolta, da linguística saussuriana obriga a modificar o próprio discurso da análise, e esta consequência extrema é talvez a melhor prova da sua validade e da sua novidade. Schefer não podia enunciar o deslocamento da estrutura para a estruturação, do Modelo longínquo, imóvel, extático, para o trabalho (do sistema), se não analisarmos um *único* quadro; ele escolheu *Uma Partida de Xadrez* do pintor veneziano Paris Bordone (o que nos vale admiráveis «transcrições», duma felicidade de escrita que fazem finalmente passar o crítico para o lado do escritor); o seu discurso rompe exemplarmente com a dissertação; a análise não dá os seus «resultados», induzidos geralmente duma quantidade de levantamentos estatísticos; ela está continuamente *em acto de linguagem*, já que o princípio de Schefer é que a própria prática do quadro é a sua própria teoria. O discurso de Schefer põe a claro, não o segredo, a verdade desta *Partida de Xadrez,* mas só (e necessariamente) a actividade pela qual ela se estrutura: o trabalho da leitura (que define o quadro) identifica-se radicalmente (até à raiz) com o trabalho da escrita: já não há crítico, nem mesmo escritor falando de pintura, há o gramatógrafo, aquele que escreve a escrita do quadro.

Este livro constitui, na linha do que se chama comummente a estética ou a crítica de arte, um trabalho *princeps*; mas é preciso ver que ele só pôde fazê-lo subvertendo o quadro das nossas disciplinas, o ordenamento dos objectos que definem a nossa «cultura». O texto de Schefer não depende de forma alguma desta famosa «interdisciplinaridade», manjar da nova cultura universitária. Não são as disciplinas que devem trocar-se, são os objectos: não se trata de «aplicar» a linguística ao quadro, nem de injectar um pouco de semiologia na história da arte; trata-se de anular a distância (a censura) que separa institucionalmente o quadro do texto. Algo está a nascer, que fará caducar quer a

Roland Barthes

«literatura» quer a «pintura» (e os seus correlatos metalinguísticos, a crítica e a estética), substituindo estas velhas divindades culturais por uma «ergografia» generalizada, o texto como trabalho, o trabalho como texto.

1969, *La Quinzaine littéraire.*

Será a Pintura uma Linguagem?

Semiografia de André Masson

De chofre, os semiogramas de Masson, por uma espécie de precursão inesperada, «retomam» antecipadamente as principais proposições duma teoria do texto que não existia de forma alguma há vinte anos e que é hoje a marca distintiva da vanguarda: prova que é a circulação das «artes» (ou aliás: das ciências) que faz o movimento: a «pintura» abre aqui caminho à «literatura» já que parece ter sido ela a postular primeiro um objecto desconhecido, o Texto, que caduca duma maneira decisiva a separação das «artes». Masson tinha cinquenta e quatro anos quando abordou o seu período asiático (a que eu preferiria chamar textual); a maioria dos actuais teóricos do Texto acaba de nascer. Eis as proposições textuais (e actuais) que se encontram já nesta pintura de Masson, (emprego a palavra «pintura» para simplificar, valia mais dizer «semiografia»

Primeiro, Masson estabeleceu deliberadamente aquilo que se chama um *intertexto*: o pintor circula entre dois textos (pelo menos): dum lado o seu (digamos: o da pintura, das suas práticas, dos seus gestos, dos seus instrumentos) e, doutro lado, o da ideografia chinesa (quer dizer, duma cultura localizada). Tal como acontece em toda a verdadeira intertextualidade, os signos asiáticos não são modelos inspiradores, não são «fontes», mas sim condutores de energia, gráfica, citações deformadas, referenciáveis pelo traço e não pela letra. O que se desloca desde esse momento é a responsabilidade da obra: ela deixa de ser consagrada por uma propriedade estreita (a do seu criador imediato), e passa a viajar num espaço cultural que é aberto, sem limites, sem vedações, sem hierarquias, onde encontraríamos também a imitação, o plagiato, até mesmo a falsificação, numa palavra, todas as formas de «cópia» – prática manchada de desgraça pela arte dita burguesa.

A semiografia de Masson ainda nos diz mais isto, que é capital na teoria actual do texto: que a escrita não pode reduzir-se a uma pura função de comunicação (de *transcrição*), tal como pretendem os historiadores da linguagem. O trabalho de Masson durante este período demonstra que a identidade do traço desenhado e do traço escrito não é contingente, marginal, barroca (evidente somente na caligrafia – prática de resto ignorada pela nossa civilização), mas de certa forma obstinada, assediante, englobando simultaneamente a origem e o presente perpétuo de tudo o que é *traçado*: há uma prática única, extensiva a toda a funcionalização, que é a do grafismo indiferenciado. Graças à deslumbrante demonstração de Masson, a escrita (imaginada ou real) aparece então como o próprio *excedente* da sua própria função. O pintor ajuda-nos a compreender que a verdade da escrita não está nem nas suas mensagens, nem no sistema de transmissão que ela constitui para o senso corrente, e ainda menos na expressividade psicológica que lhe dá uma ciência suspeita, a grafologia, comprometida com interesses tecnocráticos (peritagens, testes), mas na mão que apoia, traça e se move, isto é, no *corpo que bate* (que desfruta). É por isso que (demonstração complementar de Masson) a cor não deve ser compreendida como um fundo sobre o qual viriam «destacar-se» certos caracteres, antes como o espaço completo da pulsão (conhece-se a natureza pulsional da cor, como prova o escândalo produzido pela libertação «fauve»). No trabalho semiográfico de Masson, a cor leva a retirar a escrita do seu fundo mercantil, contável (é pelo menos a origem que se atribui à nossa escrita sírio-ocidental). Se alguma coisa é «comunicada» na escrita (e por isso exemplarmente nos semiogramas de Masson), não são contas, uma «razão» (etimologicamente, é a mesma coisa), mas um desejo.

Enfim, ao voltar-se (principalmente) para o ideograma chinês, Masson não reconhece apenas a espantosa beleza desta escrita; ela apoia também a ruptura que o carácter ideográfico traz ao que se poderia chamar a boa consciência escriturária do Ocidente: não estamos nós superiormente convencidos de que o nosso alfabeto é o melhor? O mais racional, o mais eficaz? Não defendem os nossos sábios mais rigorosos como uma verdade indiscutível que a invenção do alfabeto consonântico (de tipo sírio), e depois do alfabeto vocálico (de tipo grego) foram progressos irreversíveis, conquistas da razão e da economia sobre a amálgama barroca dos sistemas ideográficos? Belo testemunho deste etnocentrismo impenitente que regula a nossa própria ciência. Na verdade, se

Será a Pintura uma Linguagem?

recusamos o ideograma, é porque tentamos incessantemente no nosso Ocidente substituir o gesto pelo reinado da palavra. Por razões que se prendem com uma história verdadeiramente monumental, é do nosso interesse acreditar, defender, afirmar cientificamente que a escrita não é senão a «transcrição» da linguagem articulada: o instrumento de um instrumento: cadeia ao longo da qual é o corpo que desaparece. A semiografia de Masson, ao rectificar milénios de história da escrita, remete-nos não para a origem (pouco nos importa a origem), mas para o corpo: ela impõe-nos, não a forma (proposta banal de todos os pintores), mas a figura, isto é, o aniquilamento elíptico de dois significantes: o gesto que o subjaz no ideograma como uma espécie de traço figurativo evaporado, e o gesto do pintor, do calígrafo, que faz mover o pincel de acordo com o seu corpo. Isto é o que nos diz o trabalho de Masson *para que a escrita seja revelada na sua verdade* (e não na sua instrumentalidade), *é preciso que ela seja ilegível*. O semiógrafo (Masson) produz sabiamente, por uma elaboração soberana, o ilegível: ele destaca a pulsão de escrita do imaginário da comunicação (da legibilidade). É também o que quer o Texto. Mas enquanto que o texto tem de se bater ainda e sem cessar com uma substância aparentemente significativa (as palavras), a semiografia de Masson, inspirada directamente de uma prática insignificante (a pintura), realiza de chofre a utopia do Texto.

Sémiographie de André Masson,
catálogo de uma exposição Masson
na Galeria Jacques Davidson
em Tours, 1973.

Leituras: o gesto

CY TWOMBLY
OU
NOM MULTA SED MULTON

a Yvon,
a Renault e a William

Quem é Cy Twombly (aqui chamado TW)? O que é que ele faz? Como designar aquilo que ele faz? Várias palavras surgem espontaneamente («Desenho», «grafismo», «gatafunhos», «desajeitado», «infantil»). E rapidamente um incómodo de linguagem sobrevém: estas palavras não são ao mesmo tempo (o que é bem estranho) nem falsas nem satisfatórias; porque, por um lado, a obra de TW coincide bem com a sua aparência, e é preciso ousar dizer que ela é banal; mas, por outro – é aí é que está o enigma –, esta aparência não coincide bem com a linguagem que tanta simplicidade e inocência deveriam despertar em nós, que a olhamos. «Infantis», os grafismos de TW? Sim, porque não? Mas também: qualquer coisa a mais, ou a menos ou ao lado. Diz-se: esta tela de TW *é isto, é aquilo*; ou antes algo de muito diferente, *a partir disto, a partir daquilo*: numa palavra, ambígua, por causa de ser literal e metafórico, está deslocado.

Percorrer a obra de TW, com os olhos e com os lábios, é pois incessantemente adivinhar o *ar que aquilo tem*. Esta obra não pede que se contradigam as palavras da cultura (o espontâneo

Roland Barthes

do homem é a sua cultura), mas simplesmente que as desloquemos, que as soltemos, que lhes demos uma outra luz. TW obriga, não a recusar, mas – o que é talvez mais subversivo – a atravessar o estereótipo estético; em resumo, ele provoca em nós um *trabalho de linguagem* (não será precisamente este trabalho – e nesse trabalho – que faz o valor de uma obra?).

Escrita

A obra de TW – já outros o disseram justamente – é escrita; isto tem alguma ligação com a caligrafia. Esta ligação, contudo, não é de imitação, nem de inspiração; uma tela de TW é somente o que se poderia chamar o campo *alusivo* da escrita (a alusão, figura de retórica, consiste em dizer uma coisa com a intenção de fazer compreender outra). TW faz referência à escrita (como o faz também à cultura através das palavras: *Virgil, Sesestris*), e depois muda de assunto. Que mudança? Precisamente para longe da caligrafia, quer dizer, da escrita formada, desenhada, apoiada, moldada, daquilo a que se chamava no século XVIII a bela mão.

TW diz à sua maneira que a essência da escrita não é nem uma forma nem um uso, mas somente um gesto, o gesto que a produz *deixando-a arrastar*: uma mancha, quase uma sujidade, uma negligência. Reflictamos por comparação. O que é a essência de um par de calças (se é que tem alguma)? Certamente que não é este objecto já feito e rectilíneo que encontramos nas arcadas dos grandes armazéns; é antes essa bola de tecido abandonada no chão, negligentemente, pelas mãos dum adolescente, quando ele se despe, extenuado, preguiçoso, indiferente. A essência dum objecto tem alguma relação com a sua ruína: não forçosamente o que dele resta depois de usado, mas o que é *lançado* fora de uso. Assim se passa com as escritas de TW. São os resíduos duma preguiça, e por isso duma elegância extrema; como se, da escrita, acto erótico forte, ficasse a fadiga amorosa: essa roupa caída num canto da folha.

*

Cy Twombly ou nom multa sed multon

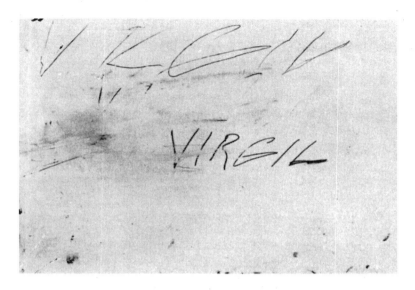

A letra, em TW – exactamente o contrário duma iluminura –, é feita sem aplicação. Contudo não é infantil, porque a criança aplica-se, apoia, arredonda, deita a língua de fora, trabalha arduamente para alcançar o código dos adultos. TW afasta-se dele, afrouxa, arrasta; a sua mão parece entrar em levitação; dir-se-ia que a palavra foi escrita *com a ponta dos dedos*, não por repulsa ou tédio, mas por uma espécie de fantasia aberta à recordação de uma cultura defunta, que só teria deixado o rasto de algumas palavras. Chateaubriant: «desterram para as ilhas da Noruega algumas urnas gravadas com caracteres indecifráveis. A quem pertencem estas cinzas? Os ventos não sabem nada delas.» A escrita de TW é ainda mais vã: é decifrável, não é interpretável; os próprios traços podem ser precisos, descontínuos; por isso não têm menos a função de restituir este *vago* que impediu TW, no exército, de ser um bom descodificador dos códigos militares («I was a little too vague for that»). Ora o vago, paradoxalmente, exclui toda a ideia de enigma; o vago não condiz com a morte; o vago está vivo.

*

Roland Barthes

Da escrita, TW conserva o gesto, não o produto. Apesar de ser possível consumir esteticamente o resultado do seu trabalho (aquilo que se chama a obra, a tela), apesar das produções de TW se aproximarem (não podem escapar-lhes) de uma História e de uma Teoria da Arte, aquilo que é mostrado é um gesto. O que é um gesto? Qualquer coisa como o suplemento de um acto. O acto é transitivo, quer somente suscitar um objecto, um resultado; o gesto é a soma indeterminada e inesgotável das razões, das pulsações, das preguiças que rodeiam o acto de uma *atmosfera* (no sentido astronómico do termo), Distingamos pois a *mensagem*, que quer produzir uma informação, o signo, que quer produzir uma intelecção, e o *gesto*, que produz todo o resto (o «suplemento»), sem forçosamente querer produzir alguma coisa. O artista (conservemos ainda esta palavra um pouco *kitsch*) é, por estatuto, um operador de gestos: quer produzir um efeito, e ao mesmo tempo não quer; os efeitos que produz não foram obrigatoriamente desejados por ele; são efeitos devolvidos, transtornados, fugidos, que regressam para cima dele e provocam desde então modificações, desvios, aligeiramentos do traço. Assim, no gesto abole-se a distinção entre causa e efeito, motivação e alvo, expressão e persuasão. O gesto do artista – ou o artista como gesto – não quebra a cadeia causal dos actos, o que o budista denomina o karma (não é um santo, um asceta), mas baralha-a, relança-a, até lhe perder o sentido. No *zen* japonês, chama-se a esta ruptura brusca (por vezes muito ténue) da nossa lógica causal (simplificando) um *satori*; por uma circunstância ínfima, mesmo significante, aberrante, bizarra, o sujeito *desperta* para uma negatividade radical, que já não é uma negação. Eu considero os «grafismos» de TW como outros tantos pequenos *satoris*: partidos da escrita (campo causal por excelência: escrevemos, diz-se, para comunicar), espécies de brilhos inúteis, que não chegam a ser cartas interpretadas, vêem suspender o ser activo da escrita, o tecido das suas motivações, mesmo estéticas: a escrita já não habita em lado algum, está absolutamente *a mais*. Não será neste limite extremo que começa verdadeiramente «a arte», «o texto», todo o «para nada» do homem, a sua perversão, a sua dissipação?

Cy Twombly ou nom multa sed multon

*

Alguém aproximou TW de Mallarmé. Mas o que serviu para a aproximação, a saber, uma espécie de estetismo superior que os uniria aos dois, não existe nem num nem noutro. Confrontar--se com a linguagem, como o fez Mallarmé, implica uma mira muito mais séria – muito mais perigosa – do que a estética. Mallarmé quis desmontar a frase, veículo secular, para a França, da ideologia. De passagem, por arrastamento, TW desmonta a escrita. *Desmontar* não quer forçosamente dizer tornar irreconhecível; nos textos de Mallarmé, a língua francesa é reconhecida, funciona aos pedaços, lá isso é verdade. Nos grafismos de TW a escrita é, também, reconhecida; ela aparece, apresenta-se como escrita. Contudo, as letras formadas já não fazem parte de nenhum código gráfico, como os grandes sintagmas de Mallarmé já não fazem parte de nenhum código retórico, nem mesmo do da destruição.

Sobre uma superfície de TW não há nada escrito, e contudo essa superfície aparece como o receptáculo de todo o escrito. Tal como a escrita chinesa nasceu, diz-se, das fendas duma concha superaquecida de tartaruga, assim aquilo que há de escrita na obra de TW nasce da própria superfície. Nenhuma superfície, por mais longe que se procure, é virgem: tudo é sempre, já, áspero, descontínuo, desigual, ritmado por qualquer acidente: há o grão do papel, depois as nódoas, as quadrículas, o entrelaçado de traços, os diagramas, as palavras. No termo desta cadeia, a escrita perde a sua violência; o que se impõe, não é esta ou aquela escrita, nem mesmo o ser da escrita, é a ideia de uma textura gráfica; «para escrever», diz a obra de TW, como se diz noutros lados: «para tomar», «para *comer*».

Cultura

Através da obra de TW os germes da escrita vão da maior raridade até à multiplicação louca: é como um prurido gráfico. Na sua tendência, a escrita torna-se então cultura. Quando a escrita urge, explode, se expande para as margens, aproxima-se

Roland Barthes

da ideia do livro. O Livro que está virtualmente presente na obra de TW é o velho Livro, o Livro anotado: uma palavra acrescentada invade as margens, as entrelinhas: é a glosa. Quando TW escreve e repete esta única palavra, *Virgil*, é já um comentário de Virgílio, porque o nome, inscrito à mão, invoca não só uma ideia (de resto vazia) da cultura antiga, mas também opera como que uma citação: a dum tempo de estudos antiquados, calmos, preguiçosos, discretamente decadentes: colégios ingleses, versos latinos, carteiras, lâmpadas, escritas finas a lápis. Tal é a cultura para TW: uma comodidade, uma recordação, uma ironia, uma postura, um gesto *dandy*.

Esquerda

Alguém disse: TW é como que desenhado, traçado com a mão esquerda. A língua francesa é direitista: aquilo que avança vacilando, aquilo que dá voltas; aquilo que é desajeitado, embaraçado, ela denomina-o *gauche*, e deste *gauche*, noção moral, juízo, condenação, ela fez um termo físico, de pura denotação, substituindo abusivamente a velha palavra «*sinistra*» e designando o que está à esquerda do corpo: aqui foi o subjectivo que, *ao nível da língua*, fundou o objectivo (da mesma maneira se vê, noutra parte da nossa língua, uma metáfora sentimental dar o seu nome a uma substância completamente física: apaixonado que se inflama, o amado, torna-se paradoxalmente o nome de qualquer matéria condutora de fogo: o amadou, o pavio). Esta história etimológica prova suficientemente que ao produzir uma escrita que parece *gauche* (ou desajeitada), TW perturba a moral do corpo, moral das mais arcaicas já que ela assimila a «anomalia» a uma deficiência e a deficiência a uma falta. Que os seus grafismos, as suas composições, sejam como que *gauches*, isso remete TW para o círculo dos excluídos, dos marginais – onde se encontra, bem entendido, com as crianças, com os enfermos: o «canhoto» (ou «esquerdino») é uma espécie de cego, não vê bem a direcção, o alcance dos seus gestos; só a sua mão o guia, o desejo da sua mão, não a sua aptidão instrumental; os olhos são a razão, a evidência, o empirismo, a

Cy Twombly ou nom multa sed multon

verosimilhança, tudo o que serve para controlar, para coordenar, para imitar, e, como arte exclusiva da visão, toda a nossa pintura passada se encontrou submetida por uma racionalidade repressiva. Duma certa maneira, TW liberta a pintura da visão, porque o «canhoto» (o «esquerdino») desfaz o elo entre a mão e os olhos: ele desenha sem luz (tal como fazia TW no exército).

*

TW, contrariamente à escolha de tantos pintores actuais, mostra o gesto. Não se pede para ver, pensar, ou saborear o produto, mas para rever, identificar, e, se assim se pode dizer, para «fruir» o movimento que resultou *nele*. Ora, durante o tempo que a humanidade praticou a escrita manual, com exclusão da imprensa, o trajecto da mão, e não a percepção visual da sua obra, tem sido o acto fundamental pelo qual as letras se definiam, se estudavam, se classificavam: este acto regulado é o que se chama em paleografia o *ductus*: a mão conduz o traço (de cima para baixo, da esquerda para a direita, virando, apoiando, interrompendo-se, etc.). Bem entendido que é na escrita ideográfica que o *ductus* tem mais importância: rigorosamente codificado, permite classificar os caracteres segundo o número e a direcção das pinceladas, funda mesmo a possibilidade do dicionário para uma escrita sem alfabeto. Na obra de TW reina o *ductus*: não a sua regra, mas os seus jogos, as suas fantasias, as suas explorações, as suas preguiças. É, em suma, uma escrita de que só restaria a inclinação, a cursividade; no grafismo antigo, o cursivo nasceu da necessidade (económica) de escrever depressa: levantar a pena custa caro. Aqui é exactamente o contrário: isto cai, isto chove finamente, isto deita-se como as ervas, isto rasura por fastio, como se se tratasse de tornar visível o tempo, a tremura do tempo.

*

Muitas composições lembram, disse-se, os *scrawls* das crianças. A criança é o infante, aquele que ainda não fala; mas a

Roland Barthes

criança que conduz a mão de TW, essa, já escreve, é um aluno da escola: papel quadriculado, lápis de cor, alinhados, letras repetidas; pequenas paletas de sombreados, como a fumaça que sai da locomotiva dos desenhos de crianças. Contudo, uma vez mais, o estereótipo («com o que é que isto se parece») vira-se subtilmente. A produção gráfica da criança nunca é ideal: ela congrega sem intermediário a marca objectiva do instrumento (um lápis, objecto comercial) e o *qualquer coisa* do pequeno eu que faz força, apoia, insiste sobre a folha. Entre o utensílio e a fantasia, TW interpõe a ideia: o lápis de cor torna-se a cor-lápis: a reminiscência (do aluno) faz-se signo total: do tempo, da cultura, da sociedade (isto é muito mais proustiano do que mallarmeano).

*

O uso da esquerda raramente é ligeiro: mais frequentemente, *entortar-se* é apoiar; a verdadeira inépcia insiste, obstina-se, quer fazer-se amar (tal como a criança quer *mostrar* aquilo que faz, o exibe triunfalmente à sua mãe). Pertence a TW muitas vezes modificar esta esquerdice muito retorcida de que falei: isso não apoia, pelo contrário, isso apaga-se pouco a pouco, esbate-se, conservando a delicada sujidade da apagadela da borracha: a mão traçou qualquer coisa como uma flor e depois pôs-se a divagar sobre este traço; a flor foi escrita, em seguida desescrita, mas os dois movimentos ficam vagamente sobre-impressos. É um palimpsesto perverso: três textos (se lhes juntarmos a espécie de assinatura, legenda ou citação: *Sesostris*) encontram-se reunidos, cada um tendendo a apagar os outros, mas dir-se-ia com o único fim de dar a ler este apagamento: verdadeira filosofia do tempo. Como sempre, é preciso que a vida (a arte, o gesto, o trabalho) testemunhe sem desespero o inelutável desaparecimento, ao engendrar-se (tal como os *a* encadeados segundo um único e contínuo movimento da mão, repetido, transladado), ao dar a ler o seu engendramento (foi outrora o sentido do *esboço*), as formas (pelo menos, de certeza, as de TW) não louvam mais as maravilhas da geração do que as mornas esterilidades da repeti-

Cy Twombly ou nom multa sed multon

ção; dir-se-ia que elas estão encarregadas de ligar num só estado o que aparece e o que desaparece; separar a exaltação da vida e o medo da morte, é irrelevante; a utopia, da qual a arte pode ser a linguagem, mas a que resiste toda a neurose humana, é produzir um só afecto: nem Eros, nem Tanatos, mas Vida-Morte, dum só pensamento, dum só gesto. Desta utopia não se aproximam nem a arte violenta, nem a arte gelada, antes, para o meu gosto, a arte de TW, inclassificável, porque reúne, num traço inimitável, a inscrição e o apagamento, a infância e a cultura, a deriva e a invenção.

Suporte?

Parece que TW é um «anticolorista». Mas o que é a cor? Uma fruição. Essa fruição existe em TW. Para o compreender é preciso lembrarmo-nos que a cor é *também* uma ideia (uma ideia sensual): para que haja cor (no sentido fruitivo do termo), não é necessário que a cor esteja submetida a modos enfáticos de existência; não é necessário que ela seja intensa, violenta, rica, ou mesmo delicada, refinada, rara, ou ainda ostensiva, pastosa, fluida, etc.; numa palavra, não é necessário que haja afirmação, *instalação* da cor. Basta que ela apareça, que esteja lá, que se inscreva como uma alfinetada no canto do olho (metáfora que nas *Mil e Uma Noites* designa a excelência duma narrativa), basta que ela dilacere qualquer coisa: que passe diante dos olhos, como uma aparição ou uma desaparição, porque a cor é como uma pálpebra que se fecha, um ligeiro desmaio. TW não pinta a cor: quando muito, dir-se-ia que ele dá um colorido; mas este colorido é raro, interrompido, e sempre sensível, como se se experimentasse o lápis. Este pouco de cor dá a ler, não um efeito (ainda menos uma verosimilhança), mas um gesto, o prazer de um gesto: ver nascer na ponta dos dedos, dos olhos, qualquer coisa que é simultaneamente esperada (eu sei que o lápis que seguro é azul) e inesperada (não somente não sei que azul vai sair, mas ainda que o soubesse ficaria sempre surpreendido, porque a cor, à semelhança do *acontecimento*, é sempre nova a cada toque: é precisamente o *toque* que faz a cor, como faz a fruição).

Roland Barthes

*

De resto, podemos duvidar, a cor *já* existe no papel de TW, na medida em que ele *já* está sujo, alterado, duma luminosidade inclassificável. Só o papel do escritor é branco, «limpo», e esse não é o menor dos seus problemas (dificuldade da página branca: muitas vezes este branco provoca um pânico: como sujá-lo?); a desgraça do escritor, a sua diferença (em relação ao pintor, e especialmente em relação ao pintor de escrita, como o é TW) é que o graffito lhe está interdito: TW é, em suma, um escritor que teria acesso ao *graffito* de pleno direito e à vista de toda a gente. Sabe-se que o que faz o graffito não é, a bem dizer, nem a

Cy Twombly ou nom multa sed multon

inscrição nem a sua mensagem, é a parede, o fundo da mesa: é porque o fundo existe plenamente, como um objecto que já viveu, que a escrita lhe aparece sempre como um suplemento enigmático: o que está *a mais* em excesso, fora do seu lugar, isso é que incomoda a ordem; ou melhor; é na medida em que o fundo *não está limpo* que ele é impróprio para o pensamento (ao contrário da folha branca do filósofo), e portanto muito própria para todo o resto (a arte, a preguiça, a pulsão, a sensualidade, a ironia, o gosto: tudo o que o intelecto pode sentir como outras tantas catástrofes estéticas).

*

Como numa intervenção cirúrgica de extrema subtileza, tudo se joga (na obra de TW) nesse momento infinitesimal em que a cera do lápis se aproxima do grão do papel. A cera, substância doce, adere às mínimas asperezas do campo gráfico, e é o traço deste ligeiro voo de abelhas que faz o traço de TW. Aderência singular, porque ela contradiz a própria ideia de aderência: é como um contacto a que só a lembrança daria finalmente o valor; mas este *passado* do traço pode ser tão definido como o seu futuro: o lápis, meio gordo, meio aguçado (não se sabe como ele rodará) vai tocar o papel: tecnicamente a obra de TW parece conjugar-se no passado ou no futuro, nunca verdadeiramente no presente; dir-se-ia que nunca há senão a recordação ou o anúncio do traço: sobre o papel – por causa do papel – o tempo está em perpétua incerteza.

*

Peguemos num desenho de um arquitecto ou de um engenheiro, o traçado de um aparelho ou de algum elemento imobiliário; nessa altura, de maneira nenhuma será a materialidade do grafismo que nós vemos; é o seu sentido, completamente independente da realização do técnico; em resumo, só vemos uma espécie de inteligibilidade. Desçamos agora um degrau na matéria gráfica: diante duma escrita traçada à mão, é ainda a inteligibi-

Roland Barthes

lidade dos signos que nós consumimos, mas elementos opacos, insignificantes – ou melhor: duma outra significância – retêm a nossa vista (e já o nosso desejo): a forma nervosa das letras, o jacto de tinta, o ímpeto das hastes, todos esses acidentes que não são necessários ao código gráfico e são por consequência, já, suplementos. Afastemo-nos ainda do sentido: um desenho clássico não dá a ler nenhum signo constituído; nenhuma outra mensagem funcional passa: eu invisto o meu desejo na realização da analogia, no sucesso da feitura, na sedução do estilo, numa palavra, no estado final do produto: é verdadeiramente um objecto que me foi dado a contemplar. Desta cadeia, que vai do esquema ao desenho e ao longo da qual o sentido se evapora pouco a pouco para dar lugar a um «lucro» cada vez mais inútil, TW ocupa o lugar extremo: signos, por vezes, mas empalidecidos, desajeitados (já o disseram), como se fosse completamente indiferente que os decifrassem, mas sobretudo, se assim se pode dizer, o último estádio da pintura, o seu tecto: o papel («TW confessa ter mais o sentido do papel que o da pintura»). E, contudo, dá-se uma reviravolta bem estranha: já que o sentido foi esgotado, já que o papel se transformou naquilo a que teremos de chamar o objecto do desejo, o papel pode reaparecer, isento de qualquer função técnica, expressiva ou estética; em certas composições de TW, o desenho do arquitecto, do marceneiro ou do medidor reaparece, como se se alcançasse livremente a origem da cadeia, expurgada, libertada daqui para a frente das razões que desde há séculos pareciam justificar a reprodução gráfica de um objecto *reconhecível*.

Corpo

O traço, qualquer traço inscrito numa folha, denega o corpo importante, o corpo carnudo, o corpo humoral; o traço não dá acesso nem à pele nem às mucosas; o que ele diz é o corpo na medida em que ele arranha, aflora (pode-se mesmo *dizer*: faz cócegas); pelo traço, a arte desloca-se; a sua sede já não é o objecto do desejo (o belo corpo imobilizado no mármore), mas o sujeito desse desejo: o traço, por mais fino, ligeiro ou incerto

Cy Twombly ou nom multa sed multon

que seja, remete sempre para uma força, para uma direcção; é um *energon*, um trabalho que dá a ler o traço da sua pulsão e do seu gasto. O traço é uma acção visível.

*

O traço de TW é inimitável (experimentem imitá-lo: o que farão não será nem dele nem vosso; será: *nada*). Ora, o que é inimitável, finalmente, é o corpo; nenhum discurso, verbal ou plástico a não ser o da ciência anatómica, bastante grosseiro, afinal de contas – pode reduzir um corpo a um outro corpo. A obra de TW dá a ler esta fatalidade: o meu corpo não será jamais o teu. Desta fatalidade, na qual se pode resumir uma certa infelicidade humana, só há um meio de escapar: a sedução: que o meu corpo (ou os seus substitutos sensuais, a arte, a escrita) seduza, arrebate ou incomode o outro corpo.

*

Na nossa sociedade, o menor traço gráfico, contando que seja proveniente deste corpo inimitável, deste corpo certo, vale milhões. O que é consumido (já que se trata de uma sociedade de consumo) é um corpo, uma «individualidade» (quer dizer: o que não pode ser mais dividido). Dito de outra maneira, na obra do artista é o seu corpo que é comprado: troca na qual só se pode reconhecer o contrato de prostituição. Será este contrato próprio da civilização capitalista? Poder-se-á dizer que ele define especificamente os costumes comerciais dos nossos meios artísticos (muitas vezes chocantes para muitos)? Na China popular, vi as obras de pintores populares (rurais), cujo trabalho estava em princípio desligado de qualquer troca; ora, verificava-se lá uma curiosa evolução: o pintor mais elogiado tinha feito um desenho correcto e vulgar (o retrato de um secretário da célula do Partido, a ler); no traço gráfico, nenhum corpo, nenhuma paixão, nenhuma preguiça, nada mais do que o traço de uma operação analógica (fazer parecido, fazer expressivo); pelo contrário, na exposição abundavam outras obras, de estilo dito *naif*, através das

Roland Barthes

quais, apesar dos seus temas realistas, o corpo louco do artista amador urgia, estoirava, fruía (pelo redondo voluptuoso dos traços, a cor desenfreada, a repetição inebriante dos motivos). Dito de outra maneira, o corpo excede sempre a troca na qual é apanhado: nenhum comércio no mundo, nenhuma virtude política pode esgotar o corpo: há sempre um ponto extremo em que ele se dá *por nada*.

*

Esta manhã, prática fecunda – em todo o caso agradável –: olho muito lentamente um álbum onde estão reproduzidas obras de TW e interrompo-me muitas vezes para tentar rapidamente, em fichas, alguns rascunhos; não o imito directamente (para quê?), imito o tracing que infiro, se não inconscientemente, pelo menos sonhadoramente, da minha leitura; não copio o produto, mas a produção. Ponho-me, por assim dizer, *nos passos da mão*.

*

Porque essa é (para o meu corpo, pelo menos) a obra de TW: uma *produção*, delicadamente aprisionada, encantada neste produto estético a que chamamos uma tela, um desenho, cuja colecção (álbum, exposição) nunca é mais do que uma antologia de *traços*. Esta obra obriga o leitor (digo: o leitor se bem que não haja ali nada a descodificar) a uma certa filosofia do tempo: ele tem de ver retrospectivamente um movimento, o percurso antigo da mão; mas desde então, revolução salutar, o produto (qualquer produto?) aparece como um logro: toda a arte, na medida em que é armazenada, consignada, publicada, é denunciada como *imaginária*: o real, para o qual vos chama sem cessar o traçado de TW, é a produção: a cada traço TW faz explodir o Museu.

*

Cy Twombly ou nom multa sed multon

Existe uma forma, se assim se pode dizer, sublime do traçado, por estar despojada de qualquer marca, de qualquer lesão: o instrumento traçador (pincel ou lápis) desce sobre a folha, aterra – ou aluna – sobre ela e é tudo: nem sequer há o rasto de uma mordidela, simplesmente algo *colocado*: à rarefacção quase oriental da superfície um pouco suja (é ela o objecto) responde o esgotamento do movimento: não apanha nada, larga, e está tudo dito.

*

Se a distinção entre *produto* e *produção*, sobre a qual, na minha opinião (como já vimos), se fundamenta toda a obra deTW, parece um pouco sofisticada, pensemos no esclarecimento decisivo que certas oposições terminológicas permitiram trazer a actividades psíquicas à primeira vista confusas: o psicanalista inglês D. W. Winnicott demonstrou bem que era falso reduzir o jogo da criança a uma pura actividade lúdica; e para isso lembrou a oposição do *game* (jogo estritamente regulado) e do *play* (jogo que se desenvolve livremente). TW, bem entendido, está do lado do *play* e não do do *game*. Mas não é tudo; numa segunda fase da sua demonstração, Winnicott passa do *play*, ainda demasiado rígido, para o playing, o real da criança – e do artista –, é o processo de manipulação, não o objecto produzido (Winnicott acaba por substituir sistematicamente os conceitos pelas formas verbais que lhes correspondem: *fantasying, dreaming, living, holding,* etc.,) Tudo isto é muito válido para TW: a sua obra não se relaciona com um conceito (o traço) mas com uma actividade (tracing); ou melhor ainda; de um campo (a folha), na medida em que uma actividade ai se desenrola. O jogo, para Winnicott, desaparece na criança em benefício da sua área; o «desenho», para TW, desaparece em beneficio da área que ele habita, mobiliza, trabalha, sulca – ou rarefaz.

Moralidade

O artista não tem moral, mas tem uma *moralidade*. Na sua obra, há estas questões: *que são os outros para mim? Como devo*

desejá-los? Como devo prestar-me ao seu desejo? Como devo comportar-me no meio deles? Enunciando de cada vez uma «visão subtil do mundo» (assim fala o Tao) o artista *compõe* o que é alegado (ou recusado) da sua cultura e o que insiste do seu próprio corpo: o que é evitado, *o que é evocado*, o que é repetido, ou ainda: interdito/ desejado: aí está o paradigma que, tal como as duas pernas, faz andar o artista, *na medida em que ele produz.*

Como fazer um traço que não seja estúpido? Não basta ondulá-lo um pouco para lhe dar vida: é preciso – já o dissemos – desajeitá-lo: há sempre um pouco de falta de jeito na inteligência. Vejam estas duas linhas paralelas traçadas por TW; acabam por juntar-se, como se o autor não tivesse podido *sustentar* até ao fim o afastamento obstinado que as define matematicamente. O que *parece* intervir no traço de TW e conduzi-lo à beira desta misteriosíssima *disgrafia* que constitui a sua arte é uma certa preguiça (que é um dos sinais mais puros do corpo). A preguiça: é precisamente ela que permite o «desenho», mas não a «pintura» (toda a cor solta, liberta, é violenta), nem a escrita (cada palavra nasce, inteira, voluntária, armada pela cultura). A «preguiça» de TW (refiro-me a um efeito, não a uma disposição) é, contudo, táctica: ela permite-lhe evitar a monotonia dos códigos gráficos, sem se prestar ao conformismo das destruições: ela é, em todos os sentidos da palavra, um *tacto*.

*

Cy Twombly ou nom multa sed multon

Coisa raríssima, o trabalho de TW não contém nenhuma agressividade (já se disse que é um traço que o diferencia de Paul Klee). Julgo ter encontrado a razão deste efeito, tão contrário a qualquer arte em que o corpo esteja comprometido: TW parece proceder como certos pintores chineses, que devem realizar o traço, a forma, a figura, à primeira vez, sem poder recomeçar, por causa da fragilidade do papel, de seda: é pintar *alla prima*. TW também parece traçar os grafismos *alla prima*; mas enquanto que o jacto chinês comporta um grande perigo, o de «falhar» a figura (não alcançando a analogia), o traçado de TW não comporta nenhum: não tem objectivo, não tem modelo, não tem instância; ele é sem *telos*, e por isso sem risco: para quê «recomeçar», já que não há mestre? Daí resulta que toda a agressividade é, de certa maneira, inútil.

*

O valor depositado por TW na sua obra pode resumir-se ao que Sade chamava o princípio da delicadeza («Respeito os gostos, as fantasias... acho-as respeitáveis... porque a mais bizarra de todas, bem analisada, provém sempre de um princípio de delicadeza»). Como princípio, a «delicadeza» não é nem moral, nem cultural; é uma pulsão (porque haveria a pulsão de ser por direito violenta, grosseira?), *uma certa procura do próprio corpo.*

*

24 *short pieces:* isto relaciona-se simultaneamente com Webern e com o *haiku* japonês. Nos três casos, trata-se de uma arte paradoxal, provocante mesmo (se não fosse delicada), pelo facto de que a concisão nela anula a profundidade. Em geral, o que é breve aparece amontoado: a raridade engendra a densidade e a densidade engendra o enigma. Em TW produz-se uma outra deriva: é certo que há um silêncio, ou, para ser mais justo, um murmúrio muito ténue da folha, mas esse fundo é ele próprio uma potência positiva; invertendo a relação habitual da feitura

Roland Barthes

clássica, poder-se-ia dizer que o traço, o sombreado, a forma, em resumo, o acontecimento gráfico é o que permite à folha existir, significar, fruir («O ser, diz o Tao, dá as possibilidades, é pelo não-ser que as utilizamos»). Daí que o espaço tratado deixe de ser enumerável, sem por isso deixar de ser plural: não será de acordo com esta oposição quase insustentável, já que ela exclui simultaneamente o número e a unidade, a dispersão e o centro, que é preciso interpretar a dedicatória que justamente Webern dirigia a Alban Berg: «Non multa, sed multum»?

*

Há pinturas excitadas, possessivas, dogmáticas; elas impõem o produto, dão-lhe a tirania de um conceito ou a violência de uma inveja. A arte de TW – e nisso reside a sua moralidade – e também a sua extrema singularidade histórica – *não quer agarrar nada*; mantém-se, flutua, deriva entre o desejo – que, subtilmente, anima a mão – e a educação, que a liberta; se esta *arte* necessitasse de alguma referência, só se poderia procurá-la muito longe, para além da pintura, para além do Ocidente, para além dos séculos históricos, no próprio limite do sentido, e dizer com o *Tao Te King*:

> *Ele produz sem se apropriar,*
> *Ele age sem esperar nada,*
> *Depois da obra terminada não se liga a ela*
> *e porque não se liga a ela,*
> *ela perdurará.*

Extraído de *Cy Twombly: catalogue
raisonné des oeuvres sur papier*,
por Yvon Lambert.
® 1979, Multipla Edizioni, Milan.

Leituras: a arte

SABEDORIA DA ARTE

Sejam quais forem os avatares da pintura, sejam quais forem o suporte e o quadro, põe-se sempre a mesma questão: o que é que se passa, ali? Tela, papel ou parede, trata-se de uma cena donde provém qualquer coisa (e se, em certas formas de arte, o artista quer deliberadamente que não se passe nada, essa é ainda uma aventura). Por isso é preciso encarar o quadro (conservemos este nome cómodo, embora antiquado) como uma espécie de teatro à italiana: o pano abre-se, nós olhamos, esperamos, recebemos, compreendemos; e quando a cena passou e o quadro desapareceu, recordamo-nos: já não somos os mesmos de antes: como no teatro antigo, fomos iniciados. Gostaria de interrogar Twombly sob a relação do Acontecimento.

O que se passa sobre a cena proposta por Twombly (tela ou papel) é qualquer coisa que participa de vários tipos de acontecimento, que os Gregos distinguiam muito bem no seu vocabulário: passa-se um facto (*pragma*), um acaso (*tyché*), uma saída (*telos*), uma surpresa (*apodeston*) e uma acção (*drama*).

Roland Barthes

1

Primeiramente, passa-se... o lápis, o óleo, o papel, a tela. O instrumento da pintura não é um instrumento. É um facto. Twombly impõe o material, não como o que vai servir para qualquer coisa, mas como uma matéria absoluta, manifestada na sua glória (o vocabulário teológico diz que a glória de Deus é a manifestação do seu Ser). O material é *materia prima*, como nos Alquimistas. A materia prima é o que existe anteriormente à divisão do sentido: paradoxo enorme, porque, na ordem humana, nada chega ao homem que não seja imediatamente acompanhado de um sentido, o sentido que os outros homens lhe deram, e assim sucessivamente, recuando até ao infinito. O poder demiúrgico do pintor é o de fazer existir o material como matéria; mesmo se do sentido surge a tela, o lápis e a cor continuam a ser «coisas», substâncias obstinadas, a que nada (nenhum sentido posterior) pode desfazer a obstinação de «estar ali»

A arte de Twombly consiste em fazer ver as coisas: não as que ele representa (isso é outro problema), mas as que ele manipula: este bocado de lápis, este papel quadriculado, esta parcela de rosa, esta mancha castanha. Esta arte possui o seu segredo, que é, de uma maneira geral, não o de espalhar a substância (carvão, tinta, óleo), mas o de a deixar arrastar-se. Poder-se-ia pensar que, para falar do lápis, é preciso carregar nele, reforçar-lhe a aparência, torná-lo intenso, negro, espesso. Twombly pensa o contrário: é contendo a pressão da matéria, deixando-a pousar-se distraidamente de maneira a que o seu grão se disperse um pouco, que a matéria vai mostrar a sua essência, dar-nos a certeza do seu nome: *é* lápis. Se quiséssemos filosofar um pouco, diríamos que o ser das coisas não está no seu peso, mas na sua leveza; o que seria talvez retomar uma frase de Nietzsche: «O que é bom é leve»: com efeito, nada de menos wagneriano do que Twombly.

Trata-se portanto de fazer aparecer, sempre, em todas as circunstâncias (em qualquer obra), a matéria como um facto (pragma). Para isso, Twombly tem, se não processos (e mesmo que os tivesse, em arte todo o processo é nobre), pelo menos

Sabedoria da Arte

hábitos. Não nos perguntemos se outros pintores tiveram esses hábitos: de qualquer forma, o que faz a originalidade de Twombly é a sua combinação, a sua repartição, o seu doseamento. As palavras, também elas, pertencem a toda a gente, mas a frase, essa pertence ao escritor: as «frases» de Twombly são inimitáveis.

Estes são, portanto, os gestos através dos quais Twombly enuncia (poder-se-ia dizer: soletra?) a matéria do traço: 1) a *arranhadela*; Twombly risca a tela com uns rabiscos de linhas (*Free Wheeler, Criticism, Olympia*); o gesto é o de um vaivém da mão, por vezes intenso, como se o artista «manejasse» o traçado, como alguém que se aborrecesse no decurso de uma reunião sindical e enchesse de traços aparentemente insignificantes o canto do papel que tem diante de si; 2) a mancha (*Commodus II*): não se trata de manchas: Twombly dirige a mancha, arrasta-a, como se interviesse com os dedos; o corpo está lá, contíguo, próximo da tela, não por projecção, mas, se assim se pode dizer, pelo toque, sempre leve, no entanto: não se trata de um esmagamento (por exemplo, *Bay of Naples*); por isso talvez fosse melhor falar de *macula* do que de «mancha»; porque a *macula* não é uma mancha qualquer; é (como nos diz a etimologia) a mancha sobre a pele, mas também a malha de uma rede, pelo que lembraria a pele malhada de certos animais; as *maculas* de Twombly são, com efeito, a ordem da rede; 3) a *sujidade*: designo desta forma as rasteiras, de cor ou de lápis, por vezes mesmo de matéria indefinível, com que Twombly parece cobrir outros traços, como se quisesse apagá-los sem verdadeiramente o querer, já que eles continuam a ver-se um pouco sob a camada que os envolve; é uma dialéctica subtil: o artista finge ter «falhado» uma parte da tela e querer apagá-la; mas também a emenda é falhada; os dois falhanços sobrepostos produzem uma espécie de palimpsesto; dão à tela a profundidade de um céu onde ligeiras nuvens passam umas pelas outras sem se anularem (*View, School of Athens*).

Poder-se-á notar que estes gestos, que têm como objectivo instalar a matéria como um facto, estão todos relacionados com a sujidade. Paradoxo: o facto, na sua pureza, define-se melhor

Roland Barthes

por não estar limpo. Peguem num objecto usual: não é o seu estado novo, virgem, que melhor dá conta da sua essência; é antes o seu estado curvado, um pouco usado, um pouco sujo, um pouco abandonado; é no dejecto que se lê a verdade das coisas. É no rasto que está a verdade do vermelho; é na postura solta de um traço que está a verdade do lápis. As Ideias (no sentido platónico) não são figuras metálicas e brilhantes, empertigadas como conceitos, antes máculas algo trémulas, ténues sobre um fundo vago.

Isto quanto ao facto pictural (*via di porre*). Mas há outros acontecimentos na obra de Twombly: acontecimentos escritos, Nomes. Também eles são factos: mantêm-se de pé sobre a cena, sem cenário, sem acessórios: *Virgil, Orpheus*. Mas também a sua glória nominalista (nada mais do que o nome) é impura; o grafismo é um pouco infantil; desajeitado; não tem relação alguma com a tipografia da arte conceptual; a mão que traça dá a estes nomes todas as dificuldades de alguém que tenta escrever; e por isso, talvez, ainda aqui, a verdade do Nome aparece melhor: será que o aluno não aprende melhor a essência da mesa ao copiar o seu nome com uma mão laboriosa? Ao escrever *Virgil* na sua tela foi como se Twombly condensasse na sua mão a própria enormidade do mundo virgiliano, todas as referências de que este nome é o depósito. É por isso que nos títulos de Twombly não se deve procurar nenhuma indução de analogia. Se a tela se chama *The Italians* não procurem os Italianos em qualquer outra parte além do seu nome. Twombly diz que o Nome tem um poder absoluto (e suficiente) de evocação: escrever os Italianos é ver todos os Italianos. Os Nomes são como os jarros de que falam *As Mil e Uma Noites* num daqueles contos: há génios fechados neles; abrindo ou partindo o jarro, o génio sai, eleva-se, deforma-se como fumo e enche todo o ar: partindo o título toda a tela se escapa.

Um funcionamento tão puro como este observa-se bem na dedicatória. Há algumas na obra de Twombly: *To Valery, To Tatlin*. Mais uma vez, aqui, nada mais além do acto gráfico de dedicar. Porque «dedicar» é um destes verbos a que os linguistas, na sequência de Austin, chamaram «performativos», porque o

Sabedoria da Arte

seu sentido se confunde com o próprio acto de os enunciar: «eu dedico» não tem outro sentido que o gesto efectivo pelo qual apresento o que fiz (a minha obra) a alguém que eu amo ou admiro. É isso que faz Twombly: não suportando mais do que a inscrição da dedicatória, a tela, de certa maneira, ausenta-se: só é dado o acto de dar – e esse pouco de escrita para o dizer. São telas-limite, não porque não comportem pintura alguma (outros pintores experimentaram este limite) mas porque a própria ideia da obra é suprimida – mas não a relação do pintor com quem ele ama.

2

Tyché, em grego, é o acontecimento, no aspecto do que acontece por acaso. As telas de Twombly parecem sempre comportar uma certa força de acaso, uma Boa Sorte. Pouco importa que a obra seja, com efeito, resultado de um cálculo minucioso. O que conta é o efeito de acaso, ou, para falar mais subtilmente (porque a arte de Twombly não é aleatória): o efeito de *inspiração*, essa força criativa que é como que a felicidade do acaso. Dois movimentos e um estado dão conta deste efeito.

Os movimentos são: primeiro, a impressão de «lançado» o material parece lançado através da tela, e lançar é um acto no qual se inscrevem simultaneamente uma decisão inicial e uma indecisão final: ao lançar, sei o que faço, mas não sei o que produzo. O «lançado» de Twombly é elegante, leve, «longo», como se diz nesses jogos em que se tem de lançar uma bola; depois – isto sendo a consequência daquilo – uma aparência da dispersão; numa tela (ou num papel de Twombly), os elementos estão separados uns dos outros pelo espaço, muito espaço; nisso têm alguma afinidade com a pintura oriental, de que, de resto, Twombly está próximo pelo recurso a uma mistura frequente de escrita e de pintura. Mesmo quando os acidentes – os acontecimentos – são fortemente marcados (*Bay of Naples*), as telas de Twombly continuam a ser espaços completamente arejados; e o seu arejamento não é só um valor plástico; é como uma energia subtil que permite respirar melhor: a tela produz em mim o que

Roland Barthes

o filósofo Bachelard chamava uma imaginação «ascensional»: flutuo no céu, respiro no ar (*School of Fontainebleau*). O estado que está ligado a estes dois movimentos (o «lançado» e a dispersão), e que é o de todas as telas de Twombly, é o *Raro*. *Rarus* quer dizer em latim: que apresenta intervalos ou interstícios, espalhado, poroso, esparso, e é isso mesmo o espaço de Twombly (ver em especial *Untitled*, 1959).

Como é que estas duas ideias, a de espaço vazio e a de acaso (Tyché), podem ter ligação entre si? Valéry, a quem um desenho de Twombly é dedicado, pode fazê-lo compreender. Num curso do Collège de France (5 de Maio de 1944), Valéry examina os dois casos em que se pode encontrar aquele que faz uma obra; no primeiro caso, a obra corresponde a um plano determinado; no outro, o artista mobila um rectângulo imaginário. Twombly mobila o seu rectângulo segundo o princípio do Raro, quer dizer do espaçamento. Esta noção é fundamental na estética japonesa, que não conhece as categorias kantianas da espaço e do tempo, mas outra, mais subtil, a do intervalo (em japonês: *Ma*). O *Ma* japonês é, no fundo, o *Rarus* latino, e é a arte de Twombly. *O Rectângulo Raro* remete desta maneira, para duas civilizações: por um lado, para o «vazio» das composições orientais, simplesmente acentuado, aqui e ali, por uma caligrafia; por outro, para um espaço mediterrânico, que é o de Twombly; curiosamente, com efeito, Valéry (mais uma vez ele) mostrou bem este espaço raro, não a propósito do céu ou do mar (em que pensaríamos primeiro), mas a propósito das velhas casas meridionais: «Estes grandes quartos do Midi [Sul de França], muito bons para uma meditação – os móveis grandes e perdidos. O grande vazio fechado – onde o tempo não conta. O espírito vem povoar tudo isto.» No fundo, as telas de Twombly são grandes quartos mediterrânicos, quentes e luminosos, de elementos perdidos (rari) que o espírito quer povoar.

3

Mars and the artist é uma composição aparentemente simbólica: ao alto, Marte, isto é, uma batalha de linhas e de vermelhos,

Sabedoria da Arte

em baixo, o Artista, isto é, uma flor e o nome dela. A tela funciona como um pictograma, onde se combinam os elementos figurativos e os elementos gráficos. Este sistema é muito claro, e, se bem que seja excepcional na obra de Twombly, a sua própria claridade remete-nos para o problema conjunto da figuração e da significação.

Se bem que a abstracção (mal designada, como se sabe) esteja em movimento desde há muito tempo na história da pintura (pelo menos, diz-se, desde o último Cézanne), todo o novo artista não consegue deixar de se debater com ela: em arte, os problemas de linguagem nunca estão resolvidos: a linguagem volta sempre a debruçar-se sobre si mesma. Portanto nunca é ingénuo (apesar das intimidações da cultura, e sobretudo da cultura especializada) perguntarmo-nos diante de uma tela *o que é que ela representa*. O sentido agarra-se ao homem: mesmo quando ele quer criar o não-sentido e o além-sentido, acaba por produzir o próprio sentido do não-sentido ou do além-sentido.

É tanto mais legítimo voltar insistentemente à questão do sentido quanto é precisamente esta questão que é obstáculo à universalidade da pintura. Se tantos homens (por causa das diferenças de cultura) têm a impressão de «não perceber nada» diante de uma tela, é porque eles querem um sentido, e porque a tela (pensam eles) não lhes dá esse sentido.

Twombly aborda francamente o problema, quanto mais não seja nisto: a maior parte das suas telas tem título. Pelo próprio facto de terem um título, elas estendem aos homens, que têm fome deles, o atractivo de uma significação. Porque na pintura clássica a legenda de um quadro (essa estreita linha de palavras que se estende por baixo da obra e sobre a qual os visitantes de um museu se precipitam imediatamente) dizia claramente o que representava o quadro: a analogia da pintura era duplicada pela analogia do título: a significação passava por exaustiva, a figuração estava esgotada. Ora, não é possível que ao ver uma tela intitulada de Twombly não tenhamos este início de reflexo: procuramos a analogia. *The Italians? Sahara?* Onde estão os Italianos? Onde está o Sara? Procuremos. Evidentemente, não encontramos nada. Ou, pelo menos, e é aí que começa a arte de

Roland Barthes

Twombly, o que encontramos – isto é, a própria tela, o Acontecimento, no seu esplendor e no seu enigma – é ambíguo: nada «representa» os Italianos, o Sara, nenhuma figura analógica destes referentes, e contudo, adivinhamo-lo vagamente, também nada nestas telas é contraditório com uma certa ideia natural do Sara, dos Italianos. Dito de outra forma, o espectador tem o pressentimento de uma outra lógica (o seu olhar começa a trabalhar): ainda que muito obscura, a tela tem uma saída; o que nela se passa tem a ver com um certo *telos* uma certa finalidade.

Esta saída não se encontra imediatamente. Num primeiro passo, o título, de certa forma, bloqueia o acesso à tela, porque, pela sua precisão, pela sua inteligibilidade, pelo seu classicismo (nada de estranho, nada de surrealista), arrasta-nos por uma estrada analógica, que rapidamente aparece barrada. Os títulos de Twombly têm uma função labiríntica: tendo percorrido a ideia por eles lançada, é-se obrigado a voltar atrás para partir noutra direcção. Contudo, alguma coisa fica, do seu fantasma, e impregna a tela. Eles constituem o momento negativo de toda a Iniciação. Esta arte de fórmula rara, simultaneamente muito intelectual e muito sensível, dá ininterruptamente prova da sua negatividade, à maneira desses místicos a quem chamamos «apofáticos» (negativos), porque impõem o percurso de tudo o que não existe, a fim de encontrar neste vazio uma luz que vacila, mas que também brilha, *porque ela não mente.*

O que produzem as telas de Twombly (o seu *telos*) é muito simples: é um «efeito». Esta palavra deve aqui entender-se no sentido muito técnico que teve nas escolas literárias francesas do fim do século XIX, do Parnaso ao Simbolismo. O «efeito» é uma impressão geral sugerida pelo poema – impressão eminentemente sensual e mais frequentemente visual. Isto é banal. Mas a característica do efeito é que a sua generalidade não pode ser verdadeiramente decomposta: não se pode reduzir a uma adição de detalhes localizáveis. Théophile Gautier escreveu um poema, «Sinfonia em branco maior», em que todos os versos concorrem, duma maneira insistente e difusa, para a instalação de uma cor, o branco, que se imprime em nós, independentemente dos objec-

Sabedoria da Arte

tos que a suportam. Da mesma forma, Paul Valéry, no seu período simbolista, escreveu dois sonetos, ambos intitulados «Magia», cujo efeito é uma certa cor; mas como, do Parnaso ao Simbolismo, a sensibilidade se refinou (sob a influência, de resto, dos pintores) esta cor não pode ser dita com um nome (como era o caso do branco em Gautier); sem dúvida, é o *prateado* que domina, mas este tom é apanhado por outras sensações que o diversificam e o reforçam: luminosidade, transparência, leveza, acuidade brusca, frieza; palidez lunar, seda das plumas, brilho do diamante, iridescência da madrepérola. O efeito não é pois um truque retórico: é uma verdadeira categoria da sensação, definida por este paradoxo: unidade indecomponível da impressão (da «mensagem») e complexidade das causas, dos elementos: a generalidade não é misteriosa (inteiramente confiada ao poder do artista), mas ela é, contudo: *irredutível*. É, de certa forma, uma lógica diferente, uma espécie de desafio lançado pelo poeta (e o pintor) às regras aristotélicas da estrutura.

Se bem que muitos elementos separem Twombly do simbolismo francês (a arte, a história, a nacionalidade), alguma coisa os aproxima: uma certa forma de cultura. Esta cultura é clássica: Twombly não só se refere directamente a factos mitológicos transmitidos pela literatura grega ou latina, mas ainda os «autores» (auctores quer dizer: os fiadores) que ele introduz na sua pintura são ou poetas humanistas (Valéry, Keats) ou pintores imbuídos de antiguidade (Poussin, Rafael). Uma cadeia única, ininterruptamente figurada, conduz dos deuses gregos até ao artista moderno – cadeia cujos elos são Ovídio e Poussin. Uma espécie de triângulo de ouro junta os antigos, os poetas e o pintor. É significativo que uma tela de Twombly seja dedicada a Valéry, e talvez mais ainda porque este encontro se deu, sem dúvida, sem o conhecimento de Twombly – que uma tela deste pintor e um poema deste escritor tenham o mesmo título: *Naissance de vénus*; e estas duas obras têm o mesmo «efeito»; o de aparecimento marítimo. Esta convergência, aqui exemplar, talvez dê a chave do «efeito» de Twombly. Parece-me que este «efeito», constante em todas as telas de Twombly, mesmo aquelas que antecederam a sua instalação em Itália (porque, como diz ainda

Roland Barthes

Valéry, acontece que o futuro seja causa do passado) é aquele, muito geral, que daria, em todas as dimensões possíveis, a palavra «Mediterrâneo, O Mediterrâneo é um enorme complexo de recordações e de sensações: as línguas, grega e latina, presentes nos títulos de Twombly, uma cultura, histórica, mitológica, poética, toda esta vida das formas, das cores e das luzes que se passa na fronteira dos lugares terrestres e da planície marítima. A arte inimitável de Twombly é ter imposto o efeito-Mediterrâneo a partir de um material (riscos, sujidades, rasteiras, pouca cor, nenhuma forma académica) que não tem nenhuma ligação analógica com o grande brilho mediterrânico.

Eu conheço a ilha de Prócida, em frente de Nápoles, onde Twombly viveu. Passei alguns dias na antiga casa onde habitou a heroína de Lamartine, Graziella. Lá reunem-se calmamente a luz, o céu, a terra, alguns vestígios de rochedo, um arco de abóbada. É Virgílio e é uma tela de Twombly: no fundo, não há nenhuma onde não haja este vazio do céu, água e algumas leves marcas terrestres (uma barca, um promontório) que nela flutuam (*apparent rari nantes*): o azul do céu, o cinzento do mar, o rosa da aurora.

4

O que é que se passa numa tela de Twombly? Uma espécie de efeito mediterrânico. Este efeito, contudo, não está «gelado» na pompa, no sério, no drapeado das obras humanistas (mesmo os poemas de um espírito tão inteligente como Valéry continuam prisioneiros de uma espécie de *decência* superior). No acontecimento, Twombly introduz muito frequentemente uma *surpresa* (*apodeston*). Esta surpresa toma o ar de uma incongruência, duma troça, de uma deflação, como se a ênfase humanista fosse bruscamente esvaziada. Na *Ode to Psyche*, um discreto escalonamento, num canto, vem «quebrar» a solenidade do título, o mais nobre possível. Em *Olympia*, há nalguns lugares um motivo escrevinhado «desajeitadamente», como os que fazem as crianças quando querem desenhar borboletas. Do ponto de vista do «estilo», alto valor que suscitou o respeito de todos os clás-

Sabedoria da Arte

sicos, o que há de mais afastado do *Véu de Orfeu* do que estas poucas linhas infantis de medidor aprendiz? Em *Untitled* (1969), que cinzento! Como é belo! Dois finos traços brancos estão suspensos de esguelha (sempre o *Rarus*, o *Ma* japonês); isto poderia ser muito *zen*; mas dois números que mal se lêem dançam por cima dos dois traços e remetem a nobreza deste cinzento para a irrisão muito ligeira de uma folha de cálculo.

A menos que... não seja precisamente por estas surpresas que as telas de Twombly encontrem o mais puro espírito *zen*. Com efeito, existe na atitude *zen* uma experiência, procurada sem método racional, que tem muita importância: é o *satori*. Traduz-se esta palavra muito imperfeitamente (por causa da nossa tradição cristã) por «iluminação»; por vezes, um pouco melhor, por «despertar»; trata-se, sem dúvida, tanto quanto os profanos como nós podem fazer uma ideia, de uma espécie de sacudidela mental que permite chegar, fora de todas as vias intelectuais conhecidas, à «verdade» budista; verdade vazia, desligada das formas e das causalidades. O importante para nós é que o *satori zen* é procurado com a ajuda de técnicas surpreendentes: não somente irracionais, mas também e sobretudo incongruentes, desafiando a seriedade que nós associamos às experiências religiosas: ora é uma resposta «sem pés nem cabeça» dada a uma alta questão metafísica, ora é um gesto surpreendente, que vem quebrar a solenidade de um rito (tal como o pregador *zen* que, no meio de um sermão, parou, descalçou-se, pôs a chinela na cabeça e saiu da sala). Tais incongruências, essencialmente irrespeitosas, têm ocasião de abalar o espírito de seriedade que empresta muitas vezes a sua máscara à boa consciência dos nossos hábitos mentais. Fora de toda a perspectiva religiosa (evidentemente), certas telas de Twombly contêm destas impertinências, destas sacudidelas, destes pequenos *satori*.

É preciso pôr no nível das surpresas suscitadas por Twombly todas as intervenções de escrita no campo da tela: cada vez que Twombly produz um grafismo, há uma sacudidela, abanadela do natural da pintura. Estas intervenções são de três espécies (digamo-lo para simplificar). Em primeiro lugar, há as marcas de escalonamento, os números, os pequenos algoritmos, tudo o que

Roland Barthes

produz uma contradição entre a inutilidade soberana da pintura e os signos utilitários do cálculo. Em seguida há as telas em que o único acontecimento é uma palavra manuscrita. Por fim, há, extensiva a estes dois tipos de intervenção, a «desabilidade» constante da mão; a letra, em Twombly, é exactamente o contrário de uma iluminura ou de um tipograma; parece feita sem aplicação; e contudo não é verdadeiramente infantil, porque a criança aplica-se, faz força, arredonda, estica a língua; trabalha duramente para atingir o código dos adultos; Twombly afasta-se dele, alarga, arrasta; a sua mão parece entrar em levitação; dir--se-ia que a palavra foi escrita com a ponta dos dedos, não por repulsa ou tédio, mas por uma espécie de fantasia que vem decepcionar o que se espera da «bela mão» de um pintor: é assim que se chamava no século XVII ao copista que tinha uma bela letra. E quem poderia escrever melhor do que um pintor?

Esta «desabilidade» da escrita (contudo inimitável: experimentem imitá-la) tem certamente em Twombly uma função plástica. Mas aqui, onde não se fala de Twornbly segundo a linguagem da crítica da arte, insistiremos na sua função crítica. Pelo rodeio do seu grafismo, Twombly introduz quase sempre uma contradição da sua tela: o «pobre», o «desajeitado», o «inábil», juntando-se ao «Raro», agem como forças que quebram a tendência da cultura clássica para fazer da antiguidade uma reserva de formas decorativas: a pureza apolínea da referência grega, sensível na luminosidade da tela, a paz auroral do seu espaço, são «sacudidas» (já que é esse o nome do *satori*) pela ingratidão dos grafismos. A tela parece conduzir uma acção contra a cultura, de quem abandona o discurso enfático e não deixa passar senão a beleza. Disse-se que ao contrário da de Paul Klee, a arte de Twombly não comporta nenhuma agressividade. É verdade se concebermos a agressividade num sentido ocidental, como a expressão excitada de um corpo constrangido que explode. A arte de Twombly é uma arte da sacudidela, mais do que da violência, e acontece muitas vezes que a sacudidela é mais subversiva que a violência: é precisamente a lição de certos modos orientais de conduta e de pensamento.

Sabedoria da Arte

5

Drama, em grego, está etimologicamente ligado à ideia de «fazer». *Drama* é simultaneamente o que se faz e o que se representa na tela: um «drama», sim, porque não? Pela minha parte, vejo na obra de Twombly duas acções, ou uma acção a dois graus.

A acção do primeiro tipo consiste numa espécie de encenação da cultura. O que se passa são «histórias» que vêm do saber e, como se disse, do saber clássico: cinco dias de Bacanais, o nascimento de Vénus, os Idos de Março, três diálogos de Platão, uma batalha, etc. Estas acções históricas não são representadas; elas são evocadas, pelo poder do Nome. Em suma, o que é representado é a própria cultura, ou, como se diz agora, o intertexto, que é a circulação dos textos anteriores (ou contemporâneos) na cabeça (ou na mão) do artista. Esta representação é realmente explícita quando Twombly toma obras passadas (e consagradas como altamente culturais) e as põe «em abismo» em algumas das suas telas: primeiro nos títulos (*A Escola de Atenas*, de Rafael), depois nas figurinhas, de resto dificilmente reconhecíveis, colocadas num canto, como imagens de que importa a referência e não o conteúdo (Leonardo, Poussin). Na pintura clássica, «o que se passa» é o «assunto» da tela; este assunto é muitas vezes sobre um episódio histórico (Judite cortando a cabeça a Holofernes); mas nas telas de Twombly, o «assunto» é um conceito: é o texto clássico «em si» – conceito na verdade estranho, já que é desejável, objecto de amor, talvez de nostalgia.

Temos em francês uma ambiguidade preciosa de vocabulário: o «assunto» duma obra tanto é o seu «objecto» (aquilo de que ela fala, o que ela propõe à reflexão, a *quaestio* da antiga retórica), como é o ser humano que aí está em cena, que aí figura como autor implícito do que é dito (ou pintado). Em Twombly, o «assunto» é, bem entendido, aquilo de que a tela fala; mas como este sujeito-objecto não é senão uma alusão (escrita), toda a carga do *drama* passa para aquele que a produz: o assunto é o próprio Twombly. A viagem do «assunto», contudo, não aca-

Roland Barthes

ba aí; por causa da arte de Twombly parecer comportar pouca sabedoria técnica (o que não é mais do que uma aparência, bem entendido), o «assunto» da tela é também aquele que a observa: vós, eu. A «simplicidade» de Twombly (o que eu analisei sob o nome de «Raro» ou de «Desajeitado») chama, atrai o espectador: ele quer alcançar a tela, não para a consumir esteticamente, mas para por sua vez a produzir (para a «reproduzir»), para se testar numa feitura de que a nudez e a inabilidade lhe dão uma inacreditável (e bem falsa) ilusão de facilidade.

É preciso talvez precisar que os sujeitos que observam a tela são diversos e que, destes tipos de sujeitos, depende o discurso que eles sustentam (interiormente) diante do objecto olhado (um «assunto» é o que a monotonia nos ensinou – só é constituído pela sua linguagem); naturalmente, todos estes sujeitos podem falar, se assim o podemos dizer, ao mesmo tempo diante de uma tela de Twombly (diga-se de passagem que a estética, como disciplina, poderia ser essa ciência que estuda, não a obra em si, mas a obra que tal como o espectador, ou o leitor, a faz falar em si mesmo: uma tipologia dos discursos, de certa maneira). Há portanto vários sujeitos que olham Twombly (e o murmuram em voz baixa, cada um na sua cabeça).

Há o sujeito da cultura, aquele que sabe como nasceu Vénus, que sabe quem são Poussin ou Valéry; este sujeito é facundo, pode falar abundantemente. Há o sujeito da especialidade, aquele que conhece bem a história da pintura e sabe discorrer sobre o lugar que nela ocupa Twombly. Há o sujeito do prazer, aquele que se alegra diante da tela, que sente, ao descobri-la, uma espécie de júbilo, que de resto ele não sabe bem exprimir; este sujeito é pois mudo; ele não poderia mais do que exclamar: «Como é belo!» e repeti-lo: é esse um dos pequenos tormentos da linguagem: nunca se pode explicar porque é que se acha tal coisa bela; o prazer origina uma certa preguiça da palavra, e se se quer falar de uma obra é preciso substituir a expressão da fruição por discursos torneados, mais racionais, na esperança de que o leitor sentirá nisso o prazer provocado pelas telas de que

Sabedoria da Arte

se fala. Um quarto sujeito é o da memória. Numa tela de Twombly, certa mancha parece-me de início apressada, mal formada, inconsequente; não a compreendo; mas esta mancha trabalha dentro de mim, contra a minha vontade; depois da tela abandonada, a mancha regressa, transforma-se em recordação e recordação tenaz: tudo mudou, a tela faz-me retroactivamente feliz. No fundo, aquilo que eu consumo com felicidade é uma ausência: proposição de modo algum paradoxal, se pensarmos que Mallarmé fez dela o próprio princípio da poesia: «Digo: uma flor e... musicalmente levanta-se, a própria ideia, e suave, a ausente de todos os ramos».

O quinto sujeito é o da produção: aquele que tem vontade de reproduzir a tela. Tal como, nessa manhã de 31 de Dezembro de 1978, ainda é noite, chove, tudo está silencioso quando me ponho à minha mesa de trabalho. Olho *Herodiade* (1960) e não tenho realmente nada a dizer, senão a mesma banalidade: que gosto dele. Mas de repente surge algo de novo, um desejo: *o desejo de fazer a mesma coisa*: de ir para uma outra mesa de trabalho (já não a da escrita), pegar em cores e pintar, riscar. No fundo, a questão da pintura é: «Tem vontade de pintar à Twombly?»

Como sujeito da produção, o espectador da tela vai então explorar a sua própria impotência – e ao mesmo tempo, bem entendido, como que em relevo, o poder do artista. Antes mesmo de ter experimentado traçar o que quer que seja, constato que nunca poderia obter este fundo (ou o que quer que seja que me dá a ilusão de ser um fundo): nem sequer sei como ele é feito. Aqui está *Age of Alexander*: oh, só este rasto cor-de-rosa...! Nunca poderia fazê-lo tão leve, rarefazer o espaço à volta dele; não podia *parar* de encher, de continuar, em resumo de *estragar*; e disso, do meu próprio erro, apreendo tudo o que há de sabedoria no acto do artista: ele contém-se de querer demais; o seu êxito ainda se relaciona com a erótica do *Tao*: um prazer intenso vem da contenção. O mesmo problema para *View* (1959): nunca podia *manejar* o lápis, quer dizer, ora carregá-lo ora aliviá-lo,

Roland Barthes

e não poderia mesmo aprender, porque esta arte não é regulada por nenhum princípio de analogia, e que o próprio *ductus* (o movimento pelo qual o copista da Idade Média conduzia cada traço da letra segundo um sentido que era sempre o mesmo) é aqui completamente livre. E o que é inacessível ao nível do traço ainda o é mais ao nível da superfície. Em *Panorama* (1955), todo o espaço crepita à maneira de um ecrã de televisão antes que uma imagem nele se reflicta; ora eu nunca saberia obter a irregularidade da repartição gráfica; porque, se me esforçasse por fazer desordenado só produziria uma desordem *estúpida*. E por isso compreendo que a arte de Twombly é uma incessante vitória sobre a estupidez dos traços: fazer um traço *inteligente,* é essa a última diferença do pintor. E em muitas outras telas, o que eu falharia obstinadamente, é a dispersão, o «lançado», o descentramento das marcas: nenhum traço parece dotado de uma direcção intencional, e contudo todo o conjunto está misteriosamente dirigido.

Para terminar, regresso a esta noção de «*Rarus*» («esparso»), que considero um pouco como a chave da arte de Twombly[29]. Esta arte é paradoxal, mesmo provocante (se não fosse delicada), pelo facto de a concisão não ser ela solene. Em geral o que é breve aparece amontoado: a raridade engendra a densidade e a densidade engendra o enigma. Em Twombly produz-se uma outra deriva: certamente que há um silêncio, ou, para ser mais justo, um murmúrio muito ténue da folha, mas esse fundo é ele próprio uma potência positiva; invertendo a relação habitual da feitura clássica, poder-se-ia dizer que o traço, o sombreado, a forma, em resumo, o acontecimento gráfico é o que permite à folha ou à tela existir, significar, fruir («O ser, diz o *Tao*, dá as possibilidades, é pelo não-ser que as utilizamos»). Daí que o espaço tratado deixe de ser enumerável, sem por isso deixar de ser plural: não será de acordo com esta oposição quase insustentável, já que ela exclui simultaneamente o número e a unidade, a dispersão e o centro, que é preciso interpretar a dedicatória

---

[29] Cf. Cy Twombly. *catálogue raisonné des oeuvres sur papier*, 1973--1976, Yvon Lambert, ed. Multipha, Milão, 1979.

Sabedoria da Arte

que justamente Webern dirigiu a Alban Berg: «*Non multa, sed multum*».

Há pinturas excitadas, possessivas, dogmáticas; elas impõem o produto, dão-lhe a tirania de um feitiço. A arte de Twombly – nisso reside a sua moralidade e também a sua grande singularidade histórica – *não quer agarrar nada*; mantém-se, flutua, deriva entre o desejo – que, subtilmente, anima a mão – e a educação, que é a despedida discreta dada a todo o desejo de captura. Se quiséssemos situar esta moralidade só, poderíamos ir procurá-la muito longe, para lá da pintura, para lá do Ocidente, para lá dos séculos históricos, no próprio limite do sentido, e dizer com o *Tao Te Ching*:

> *Ele produz sem se apropriar,*
> *Ele age sem esperar nada,*
> *Depois da obra terminada, não se liga a ela,*
> *E porque não se liga a ela,*
> *Ela perdurará.*

Extraído de Cy Twombly. Paintings and Drawings 54-77.
© 1979, Whitney Museum of American Art.

Roland Barthes

Wilhelm von Gloeden

Será que o barão von Gloeden é *camp*? Revisto por Wharol, talvez; mas, em si mesmo, é sobretudo *kitsch*. O *kitsch* implica, com efeito, o reconhecimento de um alto valor estético, mas acrescenta que esse gosto pode ser mau, e que dessa contradição nasce um monstro fascinante: É esse o caso de von Gloeden: interessa-nos, prende-nos, distrai-nos, espanta-nos, sentindo que todo o prazer vem de uma acumulação de contrários, como acontece em todas as festas do tipo do carnaval.

Estas contradições são «heterologias», contactos de linguagens diversas, opostas. Por exemplo, von Gloeden pega no código da Antiguidade, sobrecarrega-o, ostenta-o pesadamente (efebos, pastores, heras, palmas, oliveiras, parras, túnicas, colunas, estelas), mas (primeira distorção) mistura os símbolos da Antiguidade, combina a Grécia vegetal, a estatuária romana, e o «nu antigo» vindo das escolas de belas-artes: aparentemente sem ironia, toma a mais acalcanhada lenda por dinheiro sonante. Mas isso não é tudo: a Antiguidade assim ostentada (e por inferência o amor dos rapazes assim postulado) aparece povoada de corpos africanos. Talvez ele tenha razão: o pintor Delacroix dizia que o drapeado antigo só se reencontrava nos Árabes. Não obsta que a contradição seja deleitável entre todo este arsenal literário duma Antiguidade de versão grega e estes corpos negros de pequenos chulos de campo (se algum ainda for vivo, que me perdoe, isto não é uma injúria), de olhar pesado, sombrio até ao azul brilhante dos corseletes de insectos calcinados.

O meio a que recorre o barão, a fotografia, acentua até ao delírio este carnaval de contradições. É bastante paradoxal porque, no fim de contas, a fotografia é reputada como uma arte exacta, empírica, totalmente dedicada ao serviço dos fortes valores positivos, racionais, que são a autenticidade, a realidade, a objectividade: no nosso universo policial, não é a fotografia a *prova* invencível das identidades, dos factos, dos crimes? Além disso, a fotografia de von Gloeden é «artística» pela encenação (poses e cenários), mas de forma nenhuma pela técnica: poucos *flous*, poucas iluminações trabalhadas. O corpo está lá, simplesmente;

Sabedoria da Arte

nele se confundem a nudez e a verdade, o fenómeno e a essência: as fotografias do barão são do género *impiedoso*. Todo o *flou* sublime da lenda entra assim em colisão (é preciso esta palavra para mostrar o nosso espanto e talvez a nossa jubilação) com o realismo da fotografia; porque uma fotografia assim concebida mais não é do que uma imagem *onde se vê tudo*, uma colecção de detalhes sem hierarquia, sem «ordem» (grande princípio clássico). Estes pequenos deuses gregos (já contraditos pela sua negritude) têm, assim, mãos de camponês, um pouco sujas, com unhas grossas mal cortadas, pés gastos não muito limpos, prepúcios bem visíveis, inchados, e já não estilizados, quer dizer afilados e diminuídos: são incircuncisos, e não se vê mais do que isso: as fotografias do barão são simultaneamente sublimes e anatómicas.

É portanto por isso que a arte de von Gloeden é uma aventura do sentido: porque ele produz um mundo (dever-se-ia dizer um «hominário», já que há bestiários) simultaneamente verdadeiro e inverosímil, realista e falso (até gritar), um contra-onirismo, mais louco do que o mais louco dos sonhos. Deixo à vossa consideração o quanto uma tal tentativa, apesar do abismo «cultural», está próximo de certas experiências da arte contemporânea. Mas como a arte é um campo de recuperação (não há nada a fazer: a arte recupera a sua própria contestação e faz dela uma nova arte) é melhor reconhecer nas fotografias do barão menos uma arte do que uma força: esta força fina e dura, graças à qual ele resiste a todos os conformismos, os da arte, da moral e da política (não esqueçamos as confiscações fascistas), e a que se pode chamar a sua *ingenuidade*. Hoje, mais do que nunca, é uma grande audácia misturar simplesmente, tal como ele o fez, a cultura mais «cultural» e o erotismo mais luminoso. Sade, Klossowski fizeram-no. Von Gloeden trabalhou incansavelmente esta mistura *sem pensar nisso*. Daí a força da sua visão, que ainda agora nos espanta: as suas ingenuidades são grandiosas como proezas.

Extraído de *Wilhelm von Gloeden*.
© 1978, Amelio Editore.

Roland Barthes

Esta velha coisa, a arte...

Sabêmo-lo porque todas as enciclopédias o lembram, que nos anos cinquenta artistas do Institute of Contemporary Arts, em Londres, se fizeram os defensores da cultura popular dessa época: as bandas desenhadas, os filmes, a publicidade, a ficção científica, a música *pop*. Estas manifestações diversas não se relacionavam com o que geralmente se chama a Estética; eram simplesmente produtos da cultura de massas e de forma alguma pertenciam à arte; somente os artistas, os arquitectos e os escritores se interessavam por elas. Ao atravessar o Atlântico estes produtos forçaram a barreira da arte; tomados a cargo por artistas americanos, tornaram-se obra de arte, de que a cultura não mais constituía o ser, mas somente a referência: a origem apagava--se em benefício da citação. A arte *pop* tal como a conhecemos é o teatro permanente desta tensão: por um lado, a cultura popular da época está nela presente como uma força revolucionária que contesta a arte; por outro lado, a arte está nela presente como uma força muito antiga que retrocede, irresistivelmente, na economia das sociedades. Há duas vozes como numa fuga – uma diz: «Isto não é Arte», a outra diz ao mesmo tempo: «Eu sou Arte».

*

A arte é qualquer coisa que tem de ser destruída – proposta comum a muitas experiências da Modernidade.

A arte *pop* inverte os valores. «O que marca o *pop* é antes de tudo o uso que ele faz de tudo o que é desprezado» (Lichtenstein). As imagens de massa, tidas por vulgares, indignas de uma consagração estética, regressam à actividade do artista, a título de materiais pouco tratados. Gostaria de chamar a esta inversão o «complexo de Clóvis»: como São Remígio dirigindo--se ao chefe franco, o deus da arte *pop* diz ao artista: «Queima o que adoraste, adora o que queimaste». Por exemplo: a fotografia esteve muito tempo fascinada pela pintura, de quem passa ainda hoje por ser a parente pobre; a arte *pop* abana o precon-

Sabedoria da Arte

ceito: a fotografia torna-se muitas vezes a origem das imagens que ela apresenta: nem pintura de arte, nem fotografia de arte, mas um misto sem nome. Outro exemplo de inversão: nada de mais contrário à arte do que a ideia de ser o simples reflexo das coisas representadas; mesmo a fotografia não suporta este destino; a arte *pop*, essa, muito pelo contrário, aceita ser uma *imagística*, uma colecção de reflexos, constituídos pela reverberação simples do ambiente americano: banida da grande arte, a cópia regressa. Esta inversão não é caprichosa, não procede de uma simples negação de valor, duma simples recusa do passado; ela obedece a um impulso histórico regular; como o notara Paul Valéry (em *Peças sobre a Arte*), a aparição de novos meios técnicos (aqui, a fotografia, a serigrafia) modifica não somente as formas da arte, mas o seu próprio conceito.

A repetição é um traço de cultura. Quero dizer que nos podemos servir da repetição para propor uma certa tipologia das culturas. As culturas populares ou extra-europeias (ligadas a uma etnografia) admitem-na e extraem-lhe sentido e fruição (basta pensar, hoje, na música repetitiva e no *disco*); a cultura sábia do Ocidente, não (mesmo tendo recorrido a ela mais do que se pensa na época barroca). Quanto à arte *pop*, essa, repete espectacularmente: Warhol propõe séries de imagens idênticas (*White burning Car Twice*), ou que só diferem numa ínfima variação colorida (*Flores*, *Marylin*). O risco destas repetições (ou da Repetição como processo) não é somente a destruição da arte, mas também (uma coisa implica a outra) uma outra concepção do sujeito humano: a repetição abre acesso, com efeito, a uma temporalidade diferente: lá, onde o sujeito ocidental sente a ingratidão de um mundo onde o Novo – quer dizer, no fim de contas, a Aventura – é excluído, o sujeito warholiano (já que Warhol é useiro nestas repetições) abole nele o patético do tempo, porque esse patético está sempre ligado ao sentimento de qualquer coisa que apareceu, vai morrer, e que só se combaterá a sua morte transformando-a numa outra coisa que não se parece com a primeira. Para o *pop*, importa que as coisas estejam «acabadas» (limitadas: nada de evanescência), mas não importa acabá-las, dar à obra (será uma obra?) à organização interna de

Roland Barthes

um destino (nascimento, vida, morte). É pois preciso desaprender o tédio do «sem fim» (um dos primeiros filmes de Warhol, *Four Stars,* durava vinte cinco horas; *Chelsea Girls* dura três horas e meia). A repetição perturba a pessoa (essa entidade clássica) de uma outra maneira: multiplicando a mesma imagem, o *pop* retoma o tema do Duplo, do *Dopelgänger*; é um tema mítico (A Sombra, o Homem, a Mulher sem Sombra); contudo, nas produções da *pop art* o Duplo é inofensivo: perdeu todo o poder maléfico ou moral: não ameaça nem vigia: é Cópia e não Sombra: está *ao lado,* não por trás: é um Duplo raso, insignificante, portanto irreligioso.

A repetição do retrato implica uma alteração da pessoa (noção simultaneamente civil, moral, psicológica, e, bem entendido, histórica). A *pop art,* também foi dito, toma o lugar de uma máquina; serve-se com predilecção dos processos de reprodução mecânica; por exemplo, ela petrifica a vedeta (Marylin, Liz, Elvis) na sua imagem de vedeta: já não há alma, nada mais há do que um estatuto, propriamente imaginário, já que o ser da vedeta é o ícone. O próprio objecto, que, na civilização quotidiana, não cessamos de personalizar incorporando-o no nosso mundo individual, o objecto não é mais, segundo a *pop art,* do que o resíduo duma subtracção: tudo o que resta duma caixa de conserva quando, mentalmente, a amputámos de todos os seus temas e de todos os seus usos possíveis. A *pop art* sabe muito bem que a expressão fundamental da pessoa é o estilo. Buffon dizia (frase célebre, outrora conhecida de todos os estudantes franceses): «O estilo é o homem». Retirem o estilo, e não há mais do que o homem vulgar. A ideia do estilo, em todas as artes, esteve pois ligada, historicamente, a um humanismo da pessoa. Tome-se um exemplo inesperado, o do grafismo: a escrita manual, durante muito tempo impessoal (durante a Antiguidade e a Idade Média), começou a individualizar-se na Renascença, aurora da época moderna; mas hoje, quando a pessoa é uma ideia que morre, ou que pelo menos está ameaçada, sob a pressão das forças gregárias que animam a cultura de massa, a personalidade da escrita apaga-se. Há, na minha maneira de ver, uma certa ligação entre a *pop art* e aquilo que chamamos *script,* essa escrita anónima que por

Sabedoria da Arte

vezes se ensina às crianças disgráficas, porque ela se inspira nos traços neutros e como que elementares da tipografia. De resto, é preciso que nos entendamos: a *pop art* despersonaliza mas não torna anónimo: nada mais identificável do que Marylin, a cadeira eléctrica, um pneu ou um vestido, vistos pela *pop art*; aliás, não são mais do que isso: imediatamente e exaustivamente identificáveis, ensinando-nos dessa maneira que a identidade não é a pessoa: o mundo futuro está em risco de ser um mundo de identidades (pela generalização mecânica dos ficheiros da polícia), mas não um mundo de pessoas.

*

Último traço que liga a *pop art* às experiências da Modernidade: a conformidade simples da representação com a coisa representada. «Eu não quero», diz Rauschenberg «que uma tela se pareça com o que ela não é. Quero que ela se pareça com o que ela é». A proposta é agressiva na medida em que a arte se realizou sempre por um desvio inevitável pelo qual se tem de passar para dar a verdade da coisa. O que a *pop art* quer é dessimbolizar o objecto, dar-lhe o matiz e a insistência obtusa de um facto (John Cage: «O objecto é facto, não símbolo»). Dizer que o objecto é assimbólico é negar que ele dispõe de um espaço de profundidade e de avizinhamento, através do qual a sua aparição possa propagar vibrações de sentido: o objecto da *pop art* (isto é uma verdadeira revolução da linguagem) não é nem metafórico nem metonímico; ele dá-se separado dos seus antepassados e dos seus próximos; em particular, o artista não se mantém *detrás* da sua obra, e ele próprio é sem passado: ele não é mais do que a superfície dos seus quadros: nenhum significado, nenhuma intenção, nenhuma parte. Ora o facto, na cultura de massa, já não é um elemento do mundo natural; o que aparece como facto é o estereótipo: aquilo que toda a gente vê e consome. A *pop art* encontra a unidade das suas representações na conjunção radical destas duas formas, levadas cada uma ao extremo: o estereótipo e a imagem. *Taiti* é um facto, na medida em que uma opinião unânime e persis-

Roland Barthes

tente designa esse lugar como uma colecção de palmeiras, de flores na orelha, de longos cabelos, de fatos de banho e de longos olhares provocantes e langorosos (*Little Aloha*, de Lichtenstein). A *pop art* produz assim *imagens radicais*: à força de ser imagem, a coisa é desembaraçada de todo o símbolo. Esse é um movimento audacioso do espírito (ou da sociedade); já não é o facto que se transforma em imagem (o que é, falando correctamente, o movimento da metáfora, de que a humanidade fez durante séculos a Poesia), é a imagem que se transforma num facto. A *pop art* põe assim em cena uma qualidade filosófica das coisas, a que se chama a facticidade: o factício é o carácter de que existe enquanto facto e aparece desprovido de qualquer justificação: não somente os objectos representados pela arte *pop* são factícios, mas ainda incarnam o próprio conceito de facticidade – pelo que, apesar deles, recomeçam a significar: eles significam que não significam nada.

*

Porque o sentido é malicioso: expulsem-no, que ele volta a galope. A *pop art* quer destruir a arte (ou pelo menos passar sem ela), mas a arte volta a alcançá-la: é o contra-sujeito da nossa fuga.

Quis-se abolir o significado, e, por conseguinte, o signo; mas o significante subsiste, persiste, mesmo se não remete, parece, para nada. O significante, é o quê? Digamos, para simplificar: a coisa apercebida, aumentada de um certo pensamento. Ora, na *pop art*, este suplemento existe – como existe em todas as artes do mundo.

De início, frequentemente, a *pop art* muda o nível de percepção; ela diminui, engrandece, afasta, aproxima, estende o objecto multiplicado às dimensões de um painel ou aumenta-o como se fosse observado com uma lupa. Ora, desde que as proporções sejam alteradas, a arte surge (basta pensar na arquitectura, que é uma arte do *tamanho* das coisas): não é por acaso que Lichtenstein reproduz uma lupa e o que ela amplia: *Magnifying glass* é como que o emblema da *pop art*.

Sabedoria da Arte

E depois, em muitas das obras da *pop art*, o fundo sobre o qual se destaca o objecto, ou mesmo de que ele é feito, tem uma existência forte (um pouco como a tinham as nuvens na pintura clássica): tem uma importância da trama. Isso vem talvez das primeiras experiências de Warhol: as serigrafias jogam com o tecido (tecido e trama são a mesma coisa); dir-se-ia que a mais recente modernidade gosta desta manifestação da trama, que é ao mesmo tempo a consagração do material vulgar (o grão do papel na obra de Twombly) e mecanização da reprodução (linhas e microquadriculado dos retratos por computador). A trama é como uma obsessão (uma temática, teria dito outrora a crítica); ela é tomada em jogos variados: inverte-se o seu papel perceptivo (no aquário de Lichtenstein, a água é feita de grossos pontos); ela é aumentada de uma forma voluntariamente infantil (a esponja do mesmo Lichtenstein é feita de buracos, como um pedaço de *gruyère*); imita-se exemplarmente o cruzamento dos fios (*Large spool*, ainda de Lichtenstein). A arte aparece aqui na ênfase do que deveria ser insignificante.

Outra ênfase (e por consequência novo regresso da arte): a Cor. Lógico, todas as coisas, vindas da natureza e com mais forte razão ainda do mundo social, todas as coisas são coloridas; mas se devessem continuar a ser objectos fictícios, tal como o quereria uma verdadeira destruição da arte, seria preciso que a sua própria cor continuasse a ser *uma qualquer*. Ora não é esse o caso: as cores da *pop art* são *pensadas*, e pode-se mesmo dizer (verdadeira denegação): submetidas a um *estilo*; elas são pensadas em primeiro lugar porque são sempre as mesmas e porque têm por isso um valor temático; depois, porque este tema tem o valor de sentido: a cor *pop* é abertamente química; ela remete agressivamente para o artifício da química, na sua oposição à Natureza. E se admitirmos que no campo plástico a Cor é normalmente o lugar da pulsão, estes acrílicos, estes *aplats*, estas lacas, em resumo estas cores que nunca são tintas, já que a nuance foi delas banida, querem cortar cerce com o desejo, a emoção: poder-se-ia dizer, no limite, que elas têm um sentido moral, ou que pelo menos zombam sistematicamente de uma certa frustração. A Cor e mesmo a substância (laca, gesso) dão um sentido

Roland Barthes

à *pop art* e por consequência fazem dela uma Arte; podemos ter a certeza disso ao constatar que os artistas *pop* definem facilmente as suas telas pela cor dos objectos representados; *Black girl, blue wall, red door* (Segal), *Two blackisch robes* (Dine).

*

O pop é uma arte porque, no próprio momento em que parece renunciar a todo o sentido, não aceitando senão reproduzir as Coisas na sua vulgaridade, põe em cena, segundo processos que lhe são próprios e que formam um estilo, um objecto que não é nem a coisa nem o seu sentido, mas que é o seu significante, ou antes: o Significante. A arte, não importa qual, da poesia à banda desenhada ou ao erótico, a arte existe a partir do momento em que um olhar tem por objecto o Significante. Com certeza que nas produções de arte há normalmente significado (aqui, a cultura de massa), mas este significado, finalmente, vem em posição *indirecta*: enrolado, se assim se pode dizer; de tal forma é verdade que o sentido, os jogos do sentido, a sua abolição, o seu regresso, nunca são mais do que uma *questão de lugar*. De resto, não é só porque o artista *pop* põe em cena o significante que a sua obra tem a ver com a arte; é também porque esta obra é *olhada* (e não somente *vista*); por muito que o pop despersonalize o mundo, minimize os objectos, desumanize as imagens, substitua o artesanato tradicional da tela por uma maquinaria, continua a haver «sujeito». Que sujeito? O que olha, na falta daquele que faz, pode-se muito bem fabricar uma máquina, mas quem a contempla, esse, não o é: deseja, receia, frui, aborrece-se, etc. É o que acontece com a *pop art*.

*

E acrescento: o pop é uma arte da essência das coisas, é uma arte «ontológica». Vejam como Warhol conduz as suas repetições – concebidas de início como um processo destinado a destruir a arte –: ele repete a imagem de maneira a dar a ideia que ela é o objecto diante da objectiva ou do olhar; e se ele treme, diríamos,

Sabedoria da Arte

é porque ele se procura: procura a sua essência; dito de outra maneira, a tremura da coisa age (é esse o seu efeito-sentido) como uma pose: outrora, a pose, diante do aparelho do fotógrafo ou do cavalete do pintor, não seria uma afirmação duma essência de indivíduo? Marylin, Liz, Troy Donahue, verdeiramente falando, não são dados segundo a sua contingência, mas segundo a sua identidade eterna: eles têm uma «eidos», que o pop tem por missão representar. Vejamos agora Lichtenstein: ele não repete, mas a missão é a mesma: ele emagrece, purifica a imagem para captar (e dar) o quê? A sua essência retórica: todo o trabalho da arte consiste aqui, não como outrora em colar os artifícios estilísticos do discurso, mas, pelo contrário, em limpar a imagem de tudo o que nela não é retórico: o que é preciso expulsar, como um núcleo vital, é a essência de código. O sentido filosófico deste trabalho é que as coisas modernas não têm outra essência além do código social que as manifesta – de maneira que, no fundo, elas já nunca são «produzidas» (pela Natureza), mas imediatamente «reproduzidas»: a reprodução é o ser da Modernidade.

*

O anel fecha-se: não só o pop é uma arte, não só esta arte é ontológica, mas ainda a sua referência é finalmente – como nos mais belos tempos da arte clássica –: a Natureza; certamente já não a Natureza vegetal, paisagista, ou humana, psicológica: a Natureza, hoje, é o social absoluto, ou melhor ainda (porque não se trata directamente de política), o Gregário. Esta nova natureza, o pop encarrega-se dela e, mais do que isso, quer o queira quer não, ou melhor, quer o diga quer não, critica-a. Como? Impondo ao seu olhar (e portanto ao nosso) uma *distância*. Mesmo se nem todos os artistas do *pop* tiveram com Brecht uma relação privilegiada (como foi o caso de Warhol por volta dos anos sessenta), todos praticam em relação ao objecto, depositário da relação social, uma espécie de «distanciação» que tem valor crítico. Contudo, menos ingénuo ou menos optimista do que Brecht, o pop não formula nem resolve a sua crítica: pôr o

Roland Barthes

objecto «a toda a largura», é pôr o objecto à distância, mas é também recusar dizer como é que essa distância poderia ser corrigida. Uma inquietação fria é trazida à consistência do mundo gregário (mundo «de massa»); o desmoronar do olhar é tão «mate» como a coisa representada – e talvez por isso tanto mais terrível. Através de todas as (re-)produções do *pop* uma questão ameaça, interpela: «What do you mean?» (título de um poster de Allen Jones). É a questão milenária desta antiquíssima coisa: a Arte.

> Extraído do catálogo *Pop Art* para uma exposição no Palazzo Grassi de Veneza, 1980.

O corpo

RÉQUICHOT E O SEU CORPO

Não sei o que é que isso tem a ver comigo.

O corpo

Dentro.

Muitos pintores reproduziram o corpo humano, mas esse corpo era sempre o de outrem. Réquichot só pinta o seu próprio corpo: não esse corpo exterior que o pintor copia *olhando-se de través*, mas o seu corpo de dentro; o seu interior vem para fora, mas é um outro corpo, cujo ectoplasma, violento, aparece bruscamente pelo confronto destas duas cores: o branco da tela e o negro dos olhos fechados. Uma revulsão generalizada toma então posse do pintor; ela não dá à luz nem vísceras nem músculos, mas apenas uma maquinaria de movimentos repulsivos e desfrutadores; é o momento em que a matéria (o material) se absorve, se abstrai na vibração, pastosa ou sobreaguda: a pintura (utilizemos ainda esta palavra para todas as espécies de tratamentos) torna-se um ruído («O extremo agudo do ruído é uma forma de sadismo»). A este excesso da materialidade chama Réquichot o meta-mental. O meta-mental é o que denega a oposição teológica do corpo e da alma: é o corpo sem oposição, e logo, por assim dizer, privado de sentido: é o *interior* vibrado como uma bofetada no *íntimo*.

Roland Barthes

A partir daí a representação turva-se, a gramática também: o verbo «pintar» recupera uma curiosa ambiguidade: o seu objecto (o que se pinta) é o que é olhado (o modelo), ora o que é coberto (a tela): Réquichot não aceita nenhum objecto: interroga-se ao mesmo tempo que se altera: pinta-se à maneira de Rembrandt, pinta-se à maneira do pele-vermelha. O pintor é ao mesmo tempo um artista (que representa alguma coisa) e um selvagem (que pintalga e escarifica o seu corpo).

Os relicários.

Contudo, sendo caixas no fundo das quais *há alguma coisa para se ver*, os Relicários parecem-se com máquinas endoscópicas. Não será o magma interno do corpo que aí está colocado, sob o nosso olhar, como um campo profundo? Um pensamento fúnebre e barroco não determinará a exposição do corpo anterior, *aquele antes do espelho*? Os Relicários não serão ventres abertos, túmulos profanados («O que nos toca de muito perto não pode tornar-se público sem profanação»)?

Não. Esta estética da visão e esta metafísica do secreto turvam-se de imediato se soubermos que Réquichot tinha repugnância em mostrar a sua pintura, e, sobretudo, que ele levava anos a fazer um Relicário. Isto quer dizer que para ele a caixa não era o quadro (reforçado) de uma exposição, antes uma espécie de espaço temporal, a cerca onde o seu corpo trabalhava, se trabalhava: se entrincheirava, se reunia, se enrolava, se expunha, se desoprimia: fruia: a caixa é o relicário, não dos ossos de santos ou de frango, mas da fruição de Réquichot. Por isso, na costa do Pacífico, encontram-se antigos túmulos peruanos onde vemos o morto rodeado de estatuetas de terracota: estas não representam nem os seus familiares, nem os seus deuses, mas unicamente as suas maneiras preferidas de fazer amor: o que o morto leva não são os seus bens, como em muitas outras religiões, mas as marcas da sua fruição.

Roland Barthes

A língua.

Em certas colagens (por volta de 1960), os focinhos, as goelas, as línguas dos animais surgem com abundância: angústia respiratória, diz um crítico. Não, a língua é a linguagem: não a fala civilizada, pois essa passa pelos dentes (uma pronúncia dentalizada é um sinal de distinção: os dentes vigiam a fala), mas a linguagem visceral, eréctil; a língua é o falo que fala. Num conto de Poe, é a língua do morto magnetizado, não a sua dentadura, que diz a fala indizível: «Estou morto»; os dentes cortam a fala, tornam-na precisa, em pedaços, intelectual, verídica, mas sobre a língua, porque ela se estende e se arqueia como um trampolim, tudo passa, a linguagem pode explodir, pular, já não é controlável; é sobre a língua do cadáver hipnotizado que os gritos de «Morto! Morto» explodem sem que o magnetizador possa reprimi-los e fazer parar o pesadelo deste morto que fala; e é também, no corpo, ao nível da língua, que Réquichot põe em cena a linguagem total: nos seus poemas letristas e nas suas colagens de focinhos.

O «roi-de-rats».

A pesquisa de Réquichot incide num movimento do corpo que já tinha fascinado Sade (mas não o Sade sádico), e que é a *repugnância*: o corpo começa a existir onde repugna, onde repele, porém quer devorar o que o enoja e explora esse gosto do nojo, abrindo-se assim a uma vertigem (a vertigem é o que não acaba: desprende o sentido, adia-o para mais tarde).

A forma fundamental da repugnância é o aglomerado; não é gratuitamente, por simples pesquisa técnica, que Réquichot chega à colagem; as suas colagens não são decorativas, não justapõem, amontoam, espalham-se sobre vastas superfícies, adensam-se em volumes; numa palavra, a sua verdade é etimológica, tomam à letra a cola que está na origem do seu nome; o que produzem é o glutinoso, o pez alimentar, luxuriante e nauseabundo, em que se anula o corte, isto é, a nomeação.

Circunstância enfática: o que as colagens de Réquichot aglomeram são animais. Ora, parece que o conglomerado de animais

O corpo

provoca em nós o paroxismo da repugnância: amontoado de vermes, ninhos de serpentes, enxames de vespas. Um fenómeno fabuloso (Será ainda certificado cientificamente? Não sei.) Resume todo o horror dos aglomerados de animais: é o *roi-de-rats*: «Em liberdade, os ratos – diz um antigo dicionário zoológico – são algumas vezes sujeitos a uma doença das mais curiosas. Uma grande quantidade pega-se pela cauda e forma assim aquilo a que o vulgo nomeou o *roi-de-rats*... A causa deste facto curioso ainda nos é desconhecida. Julga-se que é uma exsudação própria da cauda que mantém estes órgãos colados juntamente. Em Altenburg, conserva-se um *roi-de-rats* formado por vinte e sete espécimes. Em Bona, em Schnepfenthal, em Francoforte, em Erfurt, em Lindenau, junto de Leipzig, encontraram-se grupos semelhantes». Este *roi-de-rats* foi o que Réquichot metaforicamente sempre pintou, colando sempre essa colagem que nem sequer nome tem; porque o que existe, para Réquichot, não é o objecto, nem mesmo o seu efeito, mas o seu rasto: compreendamos esta palavra no seu sentido locomotor: brotando do tubo de cor, o verme é o seu próprio rasto, bem mais repulsivo do que o seu corpo.

A erecção.

O nojo é uma erecção pânica: é todo o corpo-falo que incha, endurece e desincha. E é o que faz a pintura: retesa. Talvez tenhamos aqui uma diferença irredutível entre a pintura e o discurso: a pintura é repleta: a voz, pelo contrário, põe no corpo uma distância, um vazio; toda a voz é *branca*, não consegue colorir-se senão por artifícios lamentáveis. Temos, pois, de tomar à letra esta declaração de Réquichot ao descrever o seu trabalho, não como um acto erótico (o que seria banal) mas como um movimento eréctil *e o que se segue*: «Falo desse ritmo simples que faz com que para mim uma tela começasse lentamente, depois se tornasse progressivamente mais atraente e por um crescendo apaixonante, me conduzisse à efervescência da ordem da fruição. Neste clímax, a pintura abandonava-me, a menos que fosse eu mesmo, nos confins do meu poder, que a deixasse fugir. Se, então,

Roland Barthes

eu sabia que a minha pintura estava terminada, a minha necessidade de pintar, essa não o estava e este paroxismo era seguido de uma grande decepção.» A obra de Réquichot é essa *debandada* do corpo (a que ele chama, por vezes, o mesmo nome com que alguns designam a pulsão: a deriva).

As duas fontes da pintura

Escrita e cozinha.

No final do século XVIII, os pintores neoclássicos representavam assim o nascimento da pintura: apaixonada, a filha de um oleiro coríntio reproduz a silhueta do seu amante gravando a carvão numa parede os contornos da sua sombra. Substituamos esta imagem romântica, que, de resto, não é de modo algum falsa visto que ela alega o desejo, por um outro mito, ao mesmo tempo mais abstracto e mais trivial; concebamos, à margem de toda a história, uma dupla origem da pintura.

A primeira seria a escrita, o traçado dos signos futuros, o exercício da ponta (do pincel, da mina, do buril, do que escava e estria – mesmo se é sob o artifício de uma linha colocada pela cor). A segunda seria a cozinha, isto é, toda a prática que visa transformar a matéria segundo a escala completa das suas consistências, através de operações múltiplas como o amolecimento, o engrossamento, a fluidificação, a granulação, a lubrificação, produzindo aquilo a que se chama em gastronomia o caramelizado, o engrossado, o aveludado, o cremoso, o estaladiço, etc. Freud opõe, assim, a escultura – *via di levare* – à pintura – *via di porre*; mas é na própria pintura que a oposição se desenha: a da incisão (do «traço») e da unção (do «molho»).

Estas duas origens estariam ligadas aos dois gestos da mão, que, ora raspa, ora alisa, ora escava, ora desamarrota; numa palavra, ao dedo e à palma, à unha e ao monte de Vénus. Esta mão dupla partilharia todo o império da pintura, porque a mão é a verdade da pintura, não os olhos (a «representação», ou a figuração, ou a cópia, não seria, afinal de contas, senão um acidente derivado e incorporado, um álibi, um transparente colo-

O corpo

cado sobre a rede dos traços e dos molhos, uma sombra projectada, uma miragem não essencial). É possível uma outra história da pintura, que não é a das obras e dos artistas, mas a dos utensílios e das matérias; durante muito tempo, mesmo muito tempo, o artista, no nosso país, não recebeu nenhuma individualidade do seu utensílio: era uniformemente o pincel; quando a pintura entrou na sua crise histórica, o utensílio multiplicou-se, e o material também: houve uma viagem infinita dos objectos que traçam e dos suportes: os limites do utensílio pictural recuaram sem cessar (no próprio Réquichot: a navalha de barba, a pá de carvão, as argolas de polistereno). Uma consequência (a explorar) é que o utensílio, já não sendo codificado, escapa em parte ao comércio: o armazém de abastecimento transbordou: já não distribui as suas mercadorias senão a sábios amadores; é no Printemps [centro comercial], nos quiosques de revistas domésticas que Réquichot vai procurar os seus materiais: o comércio está *pilhado* (pilhar quer dizer: roubar sem usufruto). A pintura perde então a sua especificidade estética, ou antes, esta especificidade – secular – revela-se falaciosa: por detrás da pintura, por detrás da sua soberba individualidade histórica (a arte sublime da figuração colorida), há *outra coisa*: os movimentos da garra, da glote, das vísceras, uma projecção do corpo, e não apenas um domínio da vista.

Réquichot segura nas mãos as rédeas selvagens da pintura. Como pintor original (falamos sempre aqui de uma origem mítica: nem teológica, nem psicológica, nem histórica: pura ficção), regressa incessantemente à escrita e à alimentação.

A cozinha

Os alimentos.

Já alguma vez viu preparar a *raclette*, esse prato suíço? Um hemisfério de um grande queijo é mantido verticalmente por cima da grelha; espuma, arqueia, crepita pastosamente; a faca raspa suavemente essa inchação líquida, esse suplemento baboso da forma; cai, qual bosta branca; coagula-se, amarelece no prato; com a faca, alisa-se a secção amputada; e recomeça-se.

Roland Barthes

Isto é estritamente uma operação de pintura. Pois na pintura, como na cozinha, é preciso deixar cair alguma coisa em qualquer sítio: é nesta queda que a matéria se transforma (se deforma): que a gota se espalha e o alimento se amacia: há produção de uma matéria nova (o movimento cria a matéria). Na obra de Réquichot, todos os estados da substância alimentar (ingerida, digerida, evacuada) estão presentes: o cristalizado, o raiado, o fibroso, a pasta granulosa, o excremento seco, terroso, o ondeado untuoso, a chaga, o salpico, a víscera. E para coroar este espectro do bolo digestivo nas grandes colagens, nos últimos Relicários a origem material é francamente alimentar, retirada das revistas domésticas: a Sobremesa «Franco-Russe», as massas, as costoletas, os morangos, as salchichas (misturadas a tranças de cabelos, a focinhos de cão); mas é a confusão que é culinária (e pictural): o queijo fresco, o entrançado, o guisado (de uma maneira simétrica, o sukiyaki japonês é uma pintura desenvolvida no tempo).

Réquichot repõe uma das origens míticas da pintura: metade desta pertence à ordem nutritiva (visceral). Para matar o sensualismo alimentar da coisa pintada, é preciso despedir a própria pintura: não podem comer nem vomitar *Thing* de Joseph Kossuth; mas também já não há nenhuma pintura (nenhum molho, nenhuma arranhadela): a mão do pintor e a da cozinheira são amputadas ao mesmo tempo. Réquichot, esse, é ainda um pintor: ele come (ou não come), digere-se, vomita-se; o seu desejo (de pintura) é a imensa encenação de uma necessidade.

Sem metáfora.

Poder-se-á sempre dizer que a alimentação é o centro nevrálgico de Réquichot (ele não gostava de carne de vaca e deixava-se morrer de fome), mas este centro não é certo. Porque a partir do momento em que a alimentação é imaginada no seu trajecto, do alimento ao excremento, da boca (a que come, mas também a que é comida, o focinho) ao ânus, a metáfora desloca-se e surge um outro centro: a cavidade, a bainha interior, o réptil intestinal é um imenso falo. Assim, para terminar, a pesquisa

O corpo

temática torna-se vã: compreendemos que Réquichot só diz uma coisa, que é a própria denegação de toda a metáfora: todo o corpo está no interior; este *interior* é, pois, simultaneamente erótico e digestivo. Uma anatomia desumana regula a fruição e a obra: essa anatomia encontra-se nos últimos objectos abstractos produzidos por Réquichot: são (toda a abstracção se assemelha com alguma coisa) mariscos, unindo em si o grafismo da espiral (tema de escrita) e a animalidade digestiva, pois estes moluscos (lapas, pequenas fissuras, vermes anelados providos de cordas locomotoras) são gastrópodes: se andassem, seria com o estômago: é o interior (não o íntimo) que faz mexer.

O dejecto.

Por volta de 1949, mesmo no início do seu trabalho, Réquichot desenha a carvão um sapato; os buracos da gáspea estão vazios: há apenas um pedaço de atacador; apesar das suas formas bastante delicadas, este sapato é um objecto posto de lado. Assim, começa em Réquichot uma longa epopeia do *dejecto*. (Era de esperar que o calçado estivesse na origem desta epopeia: querendo inverter a ordem civilizada, Fourier faz do chinelo, dejecto maior tal como o esfregão e o lixo, um objecto flamejante.) O que é o dejecto? É o nome daquilo que já teve um nome, é o nome do denominado; podíamos desenvolver aqui o que diremos mais tarde: o trabalho da denominação, de que a obra de Réquichot é a cena; mais vale neste momento ligar o dejecto ao alimento. O dejecto desfigura o alimento porque excede a sua função: é o que não é ingerido; é o alimento colocado para além da fome. A natureza, isto é, os arredores das quintas, está cheia de dejectos, desses mesmos que fascinavam Réquichot e que ele pôs em algumas das suas composições (ossos de frango, de coelho, penas de criação, tudo o que lhe veio dos «encontros de campo»). As coisas que entram na pintura de Réquichot (as próprias coisas, não os seus simulacros) são sempre dejectos, suplementos desviados, partes abandonadas: o que *decaiu* da sua função: aletrias de pintura lançadas na tela tal como na panela a partir da saída do tubo, fotografias de revista recortadas, desfiguradas, desori-

Roland Barthes

ginadas (vocação do jornalismo para o dejecto), crostas (de pão, de pintura). O dejecto é o único excremento que pode permitir-se o que sofre de anorexia.

O azeite.

O azeite é a substância que aumenta o alimento sem o retalhar: que o engrossa sem o endurecer: magicamente, com a ajuda de um fio de azeite, a gema cresce, e isto *infinitamente*; é deste modo que o organismo cresce, por intuscepção. Ora, o azeite ou o óleo é essa mesma substância que serve para a alimentação e para a pintura. Abandonar o óleo, para um pintor, é sacrificar a própria pintura, o gesto culinário que, miticamente, a fundamenta e a mantém. Réquichot viveu a agonia histórica da pintura (ele podia fazê-lo, pois era pintor). Isto quer dizer que, por um lado, ele foi muito longe fora do óleo (nas colagens, nas esculturas de anéis, nos desenhos a esferográfica), mas que, por outro, era incessantemente tentado a regressar a ele, como a uma substância vital: o meio ancestral do alimento. As suas colagens sem óleo obedecem elas próprias ao princípio da proliferação ligada (a da *mayonnaise* infinita); durante anos, Réquichot acrescenta os seus Relicários como se desenvolve um corpo organizado por ingestão lenta de um suco.

A escrita

A espiral.

Donde vêm as letras? Para a escrita ideográfica é simples: vêm da «natureza» (de um homem, de uma mulher, da chuva, de uma montanha); mas precisamente: são então de repente palavras, semantemas, não letras. A letra (a letra fenícia, a nossa) é uma forma privada de sentido: é a sua primeira definição. A segunda é que a letra não é pintada (registada), mas raspada, cavada, polida; a sua arte de referência (e de origem) não é a pintura, mas a glíptica.

O *corpo*

Na obra de Réquichot, a semiografia aparece sem dúvida por volta de 1956, quando ele desenha à pena (notemos o instrumento) cachos de traços enrolados: o signo, a escrita, vêm com a espiral, que não mais abandonará a sua obra; o simbolismo da espiral é oposto ao do círculo; o círculo é religioso, teológico; a espiral, como círculo deportado ao infinito, é dialéctica: sobre a espiral, as coisas regressam, *mas a um outro nível*: há regresso na diferença, não repisar na identidade (para Vico, pensador audacioso, a história do mundo seguia uma espiral). A espiral regula a dialéctica do antigo e do novo; graças a ela, não somos levados a pensar: *tudo está dito*, ou: nada foi dito, antes nada é primeiro e contudo tudo é novo. É o que faz à sua maneira a espiral de Réquichot: ao repetir-se, ela engendra um deslocamento. A mesma coisa se passa na língua poética (quero dizer: prosódica e/ ou métrica): como os signos desta língua são em número muito limitado e a combinatória livre infinita, a novidade, mais do que em qualquer outro domínio, é aí feita de repetições muito cerradas. Do mesmo modo, as composições espiraladas de Réquichot (podemos tomar como exemplo *A Guerra dos Nervos*) explodem por toda a parte a partir de um elemento repetido e deslocado, a espira (aqui ligada a traços, a caules, a poças), têm o mesmo modo de engendramento explosivo da frase poética. A espiral foi para Réquichot visivelmente um signo novo, a partir do qual, uma vez descoberto, pôde elaborar uma nova sintaxe, uma nova língua. Contudo, esta língua – e nisto é uma escrita – está sempre *em vias de se fazer*: a espiral é, sem dúvida, o signo em si, mas este signo tem necessidade, para existir, de um movimento, que é o da mão: na escrita, a sintaxe, fundadora de todo o sentido, é essencialmente a pesagem do músculo – do meta-músculo, diria Réquichot: é no momento em que ele *pesa* (mesmo que com a maior ligeireza) que o pintor se torna inteligente; sem *este peso que avança* (a que se chama «traçar»), o traço pictural (ou gráfico) permanece estúpido (o traço estúpido é aquele que se faz *para se assemelhar* ou aquele que se faz *para não se assemelhar*: por exemplo, a linha que se ondula para que não se assemelhe a uma simples recta). O que faz a escrita, em definitivo, não é o signo (abstracção analítica), mas, muito mais

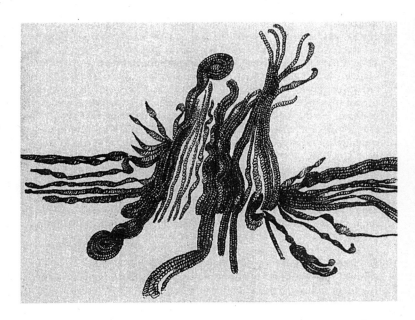

paradoxalmente, *a cursividade do descontínuo* (o que é repetido é forçosamente descontínuo). Façamos um círculo: produzimos um signo; mas translademo-lo, deixando a mão colocada na mesma sobre a superfície receptora: engendramos uma escrita: a escrita é a mão que pesa e avança ou se arrasta, *sempre no mesmo sentido*, a mão que cava, em suma (donde a metáfora rural que designa a escrita bustrofédon segundo o vaivém dos bois ao longo do campo). O sentido corporal da espiral repetida é que a mão nunca abandona o papel até que uma certa fruição esteja extenuada (o sentido é deportado para a figura geral: cada desenho de Réquichot é novo).

Ilegível.

Em 1930, o arqueólogo Persson descobriu num túmulo micénico um jarro com grafismos no rebordo; imperturbavelmente, Persson traduziu a inscrição, na qual reconhecera palavras que se assemelhavam ao grego; mas mais tarde, um outro arqueólogo, Ventris, estabeleceu que não se tratava de modo nenhum de uma

O corpo

escrita: simples garatujas; de resto, numa das suas extremidades, o desenho acabava em curvas puramente decorativas. Réquichot faz o caminho inverso (mas é o mesmo): uma composição espiralada de Setembro de 1956 (esse mês em que ele constituiu a reserva das suas formas ulteriores) termina (em baixo) por uma linha de escrita. Assim, nasce uma semiografia especial (já praticada por Klee, Ernst, Michaux e Picasso): a escrita ilegível. Quinze dias antes da sua morte, Réquichot escreve em duas noites seis textos indecifráveis e que o serão para sempre; ninguém duvida, contudo, que, enterrados por algum cataclismo futuro, estes textos pudessem encontrar um Persson para os traduzir; pois só a História funda a legibilidade de uma escrita; quanto ao ser da escrita, vem-lhe, não do seu sentido (da sua função comunicativa), mas da raiva, da ternura ou do rigor com que são traçadas as suas pernas e as suas curvas.

Testamento ilegível, as últimas cartas de Réquichot dizem várias coisas: em primeiro lugar, que o sentido é sempre contingente, histórico, *inventado* (por algum arqueólogo demasiado confiante): nada separa a escrita (que acreditamos que comunica) da pintura (que acreditamos que exprime): ambas são feitas do mesmo tecido, que é talvez muito simplesmente, como nas moderníssimas cosmogonias: a velocidade (as escritas ilegíveis de Réquichot são tão violentas como algumas das suas telas). Outra coisa: o que é ilegível não é senão o *que foi perdido*: escrever, perder, reescrever, instalar o jogo infinito do por baixo e do por cima, aproximar o significante, fazer dele um gigante, um monstro de presença, diminuir o significado até ao imperceptível, desequilibrar a mensagem, guardar na memória a sua forma, não o seu conteúdo, realizar o impenetrável *definitivo*, numa palavra, pôr toda a escrita, toda a arte em palimpsesto, e que este palimpsesto seja inesgotável, regressando incessantemente o que foi escrito no que se escreve para o tornar sobrelegível – isto é, ilegível. Em suma, foi por um movimento idêntico que Réquichot escreveu as suas cartas ilegíveis e praticou num e noutro sítio o palimpsesto pictural, cortando e cosendo telas umas sobre as outras, despregando e voltando a macular as suas pinturas de

Roland Barthes

manchas, introduzindo o Livro, pelas suas páginas em branco entre a capa e o título, nas suas gandes composições de Papéis Escolhidos. Todo este sobreescrito, rabiscos do nada, abre para o esquecimento: é a memória impossível: «Desenterra-se nas ilhas da Noruega, diz Chateaubriand, algumas urnas gravadas com caracteres indecifráveis. A quem pertencem estas cinzas? Os ventos nada sabem.»

A representação

A matéria.

Em cima da mesa de trabalho de Réquichot (indescernível de uma bancada de cozinha), a granel, argolas de cortinado compradas no *Printemps*: farão, mais tarde, a Escultura de plástico, anéis colados.

Geralmente (isto é, se nos referirmos à história da arte), a obra vem de um material puro: que ainda não serviu para nada (pó, terra argilosa, pedra); é, pois, classicamente, o primeiro grau de transformação da matéria bruta. O artista pode, então, identificar-se miticamente com um demiurgo, que extrai algo de nada: é a definição aristotélica da arte (a *techné*) e é também a imagem clássica do criador titânico: Miguel Ângelo cria a obra como o seu Deus cria o homem. Toda esta arte diz a Origem.

As argolas de Réquichot, quando as usa, são *já* objectos habituais (manufacturados), que se encontram apenas desviados da sua função: a obra parte então de um passado anterior, o mito da Origem é abalado, a crise teológica da pintura está aberta (a partir das primeiras colagens, os *ready made*). Isto aproxima a obra pictural (ou escultural: a deslocação do material obrigará em breve a um nome diferente) do Texto (dito literário); porque o Texto, também ele, toma palavras habituais, usadas e como que manufacturadas em vista da comunicação corrente, para produzir um objecto novo, fora do uso e, logo, fora da troca.

A consequência última (talvez ainda imprevisível) deste desvio é acentuar a natureza materialista da arte. Não é a própria matéria que é materialista (uma pedra encaixilhada não é senão um

O corpo

puro feitiço), é, se assim se pode dizer, a infinitude das suas transformações; um pouco de simbolismo leva à divindade, mas o simbolismo desvairado que regula o trabalho do artista afasta--o dela: ele sabe que a matéria é infalivelmente simbólica: em perpétuo deslocamento; a sua função (social) é dizer, lembrar, ensinar a toda a gente que *a matéria nunca está no seu lugar* (nem no lugar da sua origem, nem no do seu uso) – o que é talvez uma maneira de sugerir (afirmação essencialmente materialista): não há matéria.

(A matéria tratada pelo artista não encontra um lugar senão no momento em que a encaixilha; a expõe, a vende: é o lugar fixado pela alienação: lá onde acaba o infinito deslocamento do símbolo.)

A lupa.

Assim como, pelo palimpsesto, a escrita está na escrita, assim há num «quadro» (pouco importa aqui que a palavra seja justa) vários quadros: não apenas (em Réquichot) porque as telas são reescritas ou colocadas de novo a título de objectos parciais em novos conjuntos, mas porque há tantas obras como níveis de percepção: isolemos, olhemos, aumentemos e tratemos um pormenor, criamos uma obra nova, atravessamos séculos, escolas, estilos, com o velhíssimo fazemos novíssimo. Réquichot praticou esta técnica consigo mesmo: «Ao olhar um quadro de muito perto, acontece-me ver quadros futuros: acontece-me cortar em bocados grandes fatias, procurando assim isolar partes que me parecem interessantes». O instrumento virtual da pintura (para esta parte de si mesma – talvez mínima – que diz respeito à vista e não à mão), esse instrumento seria a lupa, ou, com todo o rigor, o tamborete, que permite mudar o objecto fazendo-o girar (Réquichot utilizou assim goelas de cão intactas, sem nenhuma adjunção, mas fazendo-as girar: tudo isto, não para ver melhor ou ver mais completamente, mas para ver outra coisa: o tamanho é um objecto em si: não será ele suficiente para fundamentar uma arte maior, a arquitectura? A lupa e o cavalete produzem esse complemento, que perturba o sentido, isto é, o

Roland Barthes

reconhecimento (compreender, ler, receber uma língua, é reconhecer; o signo é o que é reconhecido; Réquichot pertenceria a essa raça de artistas *que não reconhecem*).

Mudar o nível de percepção: trata-se de um solavanco que abala o mundo classificado, o mundo nomeado (o mundo reconhecido) e, por conseguinte, liberta uma verdadeira energia alucinatória. Com efeito, se a arte (empreguemos ainda esta palavra cómoda, para designar toda a actividade disfuncional) não tivesse como objectivo fazer ver melhor não seria mais do que uma técnica de análise, um *ersatz* de ciência (o que pretendeu a arte realista); mas ao procurar produzir a outra coisa que está na coisa, é toda uma epistemologia que ela subverte: ela e esse trabalho *ilimitado* que nos desembaraça de uma hierarquia corrente: em primeiro lugar, a percepção («verdadeira»), depois, a nomeação, por fim a associação (a parte «nobre», «criadora» do artista); para Réquichot, pelo contrário, não há privilégio concedido à primeira percepção: a percepção é *imediatamente* plural – o que, uma vez mais, dispensa a classificação idealista; o mental não é senão o *corpo levado a um outro nível de percepção*: aquilo a que Réquichot chama o «meta-mental».

O nome.

Tomemos dois tratamentos modernos do objecto. No *ready made*, o objecto é real (a arte só começa no contorno, na moldura, na museografia) – e por isso se pôde falar a seu respeito de realismo pequeno burguês. Na arte dita conceptual, o objecto é nomeado, enraizado no dicionário – por isso, valia mais dizer «arte denotativa» em vez de «arte conceptual». No *ready made*, o objecto é tão real que o artista pode permitir-se a excentricidade ou a incerteza da denominação; na arte conceptual, o objecto é tão exactamente nomeado que já não tem necessidade de ser real: pode reduzir-se a um artigo de dicionário *(Thing*, de Joseph Kossuth). Estes dois tratamentos, em aparência opostos, dependem de uma mesma actividade: a classificação.

Na filosofia hindu a classificação tem um nome ilustre: é o *Maya*: já não o mundo das «aparências», o véu que esconderia

O corpo

alguma verdade íntima, mas o princípio que faz com que todas as coisas sejam classificadas, medidas pelo homem, não pela natureza; a partir do momento em que surge uma oposição (a Oposição), há *Maya*: a rede das formas (os objectos) é *Maya*, o paradigma dos nomes (a linguagem) é *Maya* (o brâmane não nega o *Maya*, não o opõe o Um ao Múltiplo, não é de modo nenhum monista – porque reunir é também *Maya*; o que ele procura é o fim da oposição, a prescrição da medida; o seu projecto não é o de se deportar para fora de toda a classe, mas para fora da própria classificação).

O trabalho de Réquichot não é *Maya*: ele não quer nada nem do objecto nem da linguagem. O que ele visa é desfazer o Nome; de obra para obra, procede a uma ex-nomeação generalizada do objecto. Este é um projecto singular que retira Réquichot das seitas do seu tempo. Este projecto não é simples: a ex-nomeação do objecto passa necessariamente por uma fase de sobrenomeação exuberante: é preciso exceder o *Maya* antes de o extenuar: é o momento *temático* que, hoje, está fora de moda. Uma crítica temática de Réquichot é não só possível, mas inevitável; as suas formas «assemelham-se» a alguma coisa, invocam um cortejo de nomes, segundo o processo da metáfora; ele próprio o sabia: «Quanto à minha pintura: podemos encontrar nela cristais, troncos, grutas, algas, esponjas..» A analogia é aqui irreprimível (como uma fruição precoce), mas do ponto de vista da linguagem ela já é ambígua: é porque a forma traçada (pintada ou composta) não tem nome, que lhe procuramos e lhe impomos vários; a metáfora é a única maneira de nomear o inominável (ela torna-se então muito justamente uma catacrese): a cadeia dos nomes vale pelo nome que falta. O que passa na analogia (pelo menos aquela que Réquichot pratica), não é o seu termo, o seu significado suposto («esta mancha significa uma esponja»), é a tentação do nome, seja qual for: a polissemia arrebatada é o primeiro episódio (iniciático) de uma ascese: a que conduz para fora do léxico, para fora do sentido.

A temática sugerida por Réquichot é enganadora porque, de facto, é indomável: *a metáfora não pára*, o trabalho de nomeação prossegue inexoravelmente, obrigado a continuar sempre, a nun-

Roland Barthes

ca se fixar, destruindo sem cessar os nomes encontrados e não chegando a parte alguma, a não ser a uma ex-nomeação perpétua: porque isto se assemelha, não a tudo, mas *sucessivamente* a alguma coisa, isto não se assemelha a nada. Ou ainda: isto assemelha-se, sim, mas a quê? A «alguma coisa que não tem nome». A analogia cumpre assim a sua própria denegação e a abertura do nome mantém-se infinitamente: *o que é isto?*

Esta questão (que foi a questão colocada pela Esfinge a Édipo) é sempre um grito, a pergunta de um desejo: depressa, um Nome, para que eu sossegue! Que o *Maya* deixe de ser rasgado, que se reconstitua e se restaure na linguagem reencontrada: que o quadro me dê o seu Nome! Mas – definindo isto exactamente Réquichot – o Nome nunca é dado: só usufruímos do nosso desejo, nunca do nosso prazer.

Talvez seja isto verdadeiramente a abstracção: não essa pintura produzida por certos pintores à volta da ideia de *linha* (a opinião corrente quer que a linha seja abstracta, apolínea; a imagem de um magma abstracto, como em Réquichot, parece incongruente), mas esse debate perigoso entre o objecto e a linguagem, com que Réquichot assegurou a narrativa: criou *objectos* abstractos: *objectos* porque à procura de um nome e abstractos porque inomináveis: a partir do momento em que o objecto está lá (e não a linha), ele quer nascer com um nome, quer produzir uma filiação, a da linguagem: não será a linguagem o que nos é legado por uma ordem anterior? No seu trabalho, Réquichot procede a um deserdar do objecto, separa a herança do nome. A própria matéria do significante tira toda a origem: estes «acidentes» (com que são tecidas algumas das suas colagens) o que são? Telas pintadas há muito tempo, depois enroladas e penduradas: deserdadas.

O projecto de Réquichot é duplamente determinado (embora indeterminável). Por um lado, no xadrez da vanguarda, aprofunda a crise da linguagem, sacode, até romper, a denotação, a formulação; por outro, prossegue *pessoalmente* a definição do seu próprio corpo e descobre que esta definição começa onde o Nome acaba, isto é, *dentro* (só os médicos podem nomear, longe de toda a realidade, o interior do corpo – esse corpo que não é

O *corpo*

senão o seu interior). Toda a pintura de Réquichot pode levar este exergo, escrito pelo próprio pintor: «Não sei o que é que isso tem a ver comigo.»

A representação.

Como é que o pintor sabe que a obra está acabada? Que deve parar, largar o objecto, passar a uma outra obra? Durante todo o tempo em que a pintura foi estritamente figurativa, o acabado era concebível (era mesmo um valor estético), visto que se tratava de atingir uma semelhança (ou, para sermos rigorosos, um efeito); atingido isto (a ilusão), posso largar aquilo (a tela); mas na pintura posterior, a perfeição (perfazer quer dizer *acabar*) deixa de ser um valor: a obra é infinita (como já o era a obra prima desconhecida de Balzac), e contudo, a determinada altura, pára-se (para mostrar ou para destruir): a medida da obra já não reside na sua finalidade (o produto acabado que ela constitui), mas no trabalho que ela expõe (a produção para a qual quer arrastar o leitor): à medida que a obra se vai fazendo (e se vai lendo), o fim transforma-se. Ora, é um pouco o que se passa na cura psicanalítica: é a própria ideia de «cura», inicialmente muito simples, que se complica pouco a pouco, se transforma e se torna distante: a obra é interminável, como a cura: nos dois casos, trata-se menos de obter um resultado do que de modificar um problema, isto é, um sujeito: desapegá-lo da finalidade à qual ele reduz o seu ponto de partida.

Como se vê, a dificuldade de acabar – que muitas vezes Réquichot mostrou – põe em causa a própria representação, a menos que não seja a abolição da figura, conduzida por um jogo de determinações históricas, que obriga a irrealizar o *fim* (finalidade e termo) da arte. Todo o debate reside, talvez, nos dois sentidos da palavra «representação». No sentido corrente, que é aquele de que depende a obra clássica, a representação designa uma cópia, uma ilusão, uma figura analógica, um produto semelhante; mas, no sentido etimológico, a representação não é senão o regresso daquilo que se apresentou; nela, o presente revela o seu paradoxo, que é o de *já* ter tido lugar (visto que não escapa ao código): assim, o que é mais irreprimível no artista (neste caso, em Réquichot), a saber, a girândola da fruição, só se constitui com a ajuda desse *já* que está na linguagem, que é a linguagem; e é aqui que, a despeito da guerra aparentemente inexpiável entre o Antigo e o Novo, os dois sentidos se ligam: de uma ponta à outra da sua história, a arte não é senão o debate variado entre a imagem e o nome: ora (no pólo figurativo), o Nome exacto reina e o signo impõe a sua lei ao significante; ora (no pólo «abstracto» – o que é não falar com rigor), o Nome foge, o significante, ao explodir constantemente, procura desfazer este significado teimoso que quer regressar para formar um signo (a originalidade de Réquichot reside no facto de, ao superar a solução abstracta, ter compreendido que, para desfazer o Nome, o *Maya*, era preciso aceitar esgotá-lo: a assemia passa por uma polissemia exuberante, desvairada: *o nome não permanece no lugar*).

Em suma, há um momento, um nível da teoria (do Texto, da arte) em que os dois se misturam; é possível afirmar que a mais figurativa das pinturas nunca representa (nunca copia) nada, mas procura apenas um Nome (o nome da cena, do objecto); mas também é possível (embora hoje mais escandaloso) dizer que a menos figurativa das «pinturas» representa sempre alguma coisa: ou a própria linguagem (é, se assim se pode dizer, a posição da vanguarda canónica), ou o dentro do corpo, o corpo como dentro, ou melhor, a fruição: é o que faz Réquichot (como pintor da fruição, Réquichot é hoje singular: fora de moda – pois a vanguarda não é muitas vezes fruidora).

O artista

Ultrapassar o quê?

Será preciso situar de novo Réquichot na história da pintura? O próprio Réquichot viu a vaidade desta questão: «Pensar que Van Gogh ou Kandinsky estão ultrapassados não é grande coisa, nem mesmo desejar ultrapassá-los: isso não é senão ultrapassagem histórica dos outros...» Aquilo a que se chama a «história da

O corpo

pintura» não é senão uma continuação natural e toda a continuação participa de uma História imaginária: a continuação é mesmo o que constitui o imaginário da nossa História. Não será, no fundo, um automatismo bastante singular colocar o pintor, o escritor, no seguimento dos seus congéneres? Imagem filial que, uma vez mais, assimila imperturbavelmente a antecedência à origem: é preciso encontrar, para o artista, Pais e Filhos, para que ele possa reconhecer uns e matar os outros, unir dois belos papéis: a gratidão e a independência. A isso se chama: «ultrapassar».

Contudo, há muitas vezes num único e mesmo pintor toda uma história da pintura (basta mudar os níveis de percepção: Nicolas de Stäel está em 3 cm² de Cézanne). Na continuação das suas obras, Réquichot praticou este andamento devorador: não saltou nenhuma imagem, ao tornar-se ele próprio histórico a toda a velocidade, por uma acumulação de desinvestimentos bruscos; atravessou muitos pintores que o precederam, envolveram e até seguiram; mas esta aprendizagem não era artesanal, não visava nenhuma mestria última; era infinita, não por insatisfação mística, mas por regresso obstinado do desejo.

Talvez seja assim que se deva ler a pintura (pelo menos a de Réquichot): fora de toda a continuação cultural. Desse modo temos alguma hipótese de realizar esta quadratura do círculo: por um lado, retirar a pintura da dúvida ideológica que marca hoje toda a obra *antes-da-última* e, por outro, deixar-lhe a marca da sua responsabilidade histórica (da sua inserção numa crise da História), que é, no caso de Réquichot, participar na agonia da pintura. Pela adição destes dois movimentos contraditórios, produz-se, com efeito, um *resto*. *O que resta é o nosso direito à fruição da obra.*

O amador.

Desfigurando a palavra, gostaríamos de poder dizer que Réquichot era um *amador*. O amador não é necessariamente definido por um saber menor, uma técnica imperfeita (neste caso Réquichot não é um amador), mas antes por isto: ele é aquele

Roland Barthes

que não mostra, aquele que não se faz ouvir. O sentido desta ocultação é o seguinte: o amador não procura produzir senão a sua própria fruição (mas nada proíbe que ela se torne a nossa *por acréscimo*, sem que ele o saiba), e esta fruição não é derivada para nenhuma histeria. Para lá do amador, acaba a fruição pura (retirada de toda a neurose) e começa o imaginário, isto é, o artista: o artista frui, sem dúvida, mas a partir do momento em que se mostra e se faz ouvir, a partir do momento em que tem um público, a sua fruição deve estar conforme com uma *imago*, que é o discurso que o Outro sustenta sobre o que ele faz. Réquichot não mostrava as suas telas (elas são ainda amplamente desconhecidas): «Todo o olhar sobre as minhas criações é uma usurpação do meu pensamento e do meu coração... O que eu faço não é feito para ser visto... As vossas apreciações e elogios parecem-me intrusos que perturbam e maltratam a génese, a inquietude, a percepção delicada do mental onde algo germina e tenta crescer...» A singularidade de Réquichot é a de ter levado a sua obra simultaneamente ao mais alto e ao mais baixo: como o arcano da fruição e como um modesto *hobby* que não se mostra.

Fausto.

O artista (já não o opomos aqui ao amador): que palavra antiquada! Porque será que, se a aplicamos a Réquichot, ela perde o bafio romântico e burguês? Em primeiro lugar, devido a isto: a pintura de Réquichot parte do seu corpo: o dentro do corpo trabalha-se nela sem nenhuma censura; disso resulta este paradoxo: esta obra é *expressiva*, ela exprime Réquichot (Réquichot exprime-se aí, no sentido literal, imprime na tela o suco violento da sua cinestesia interior), e parece, pois, num primeiro movimento, participar de uma estética idealista do sujeito (estética hoje asperamente contestada). Mas num segundo movimento, como este sujeito trabalha precisamente para a abolição do contraste secular ente a «alma» e a «carne», como se extenua a pôr em cena uma nova substância, um corpo inaudito, transtornado, *desorganizado* (nem órgãos, nem músculos, nem

O corpo

nervos, nada a não ser vibrações de dor e de fruição), é o próprio sujeito (o da ideologia clássica) *que já não está lá*: o corpo despede o sujeito e a pintura de Réquichot junta-se então à extrema vanguarda: *aquela que não é classificável* e da qual a sociedade denuncia o carácter psicótico porque pelo menos assim ela pode nomeá-la.

E depois, outra razão para não se apagar nele o «artista», Réquichot concebeu a sua obra, o seu trabalho – todo o seu trabalho – como uma experiência, um risco. («É preciso pintar, não para fazer uma obra, mas para saber até onde uma obra pode ir.») Esta experiência não tinha nada de humanista, não se tratava de experimentar os limites do homem em nome da humanidade; ela era voluntariamente autárquica, no fim permanecia sempre a fruição dolorosa; e contudo ainda, não era uma experiência individualista, pois ela implicava – embora por acréscimo – a ideia de uma certa totalidade: totalidade do fazer, em primeiro lugar, Réquichot completando e revendo todas as técnicas da modernidade, não repugnando incorporar-se numa certa *Mathésis* da pintura e não negligenciando de modo nenhum o que lhe podiam ensinar os seus antecessores; concorrência das artes, em seguida: assim como os pintores do Renascimento eram *também,* muitas das vezes, engenheiros, arquitectos, hidráulicos, Réquichot utilizou um outro significante, a escrita: escreveu poemas, cartas, um diário íntimo e um texto, precisamente intitulado *Faustus*: pois Fausto é ainda o herói epónimo desta raça de artistas: o seu saber é apocalíptico: eles levam por diante a exploração do fazer e da destruição catastrófica do produto.

O sacrifício.

Ser moderno é saber o *que já não é possível.* Réquichot sabia que a «pintura» não pode regressar (senão, talvez, um dia, a um outro lugar, isto é, em *espiral*), e ele participou na sua destruição (pelas colagens, pelas esculturas). Contudo, Réquichot era pintor (fruindo com a espessura do óleo, com o espalhar de uma tinta, com o traçado de um risco, aceitando atravessar os pintores passados, entrar no intertexto do cubismo, da abstracção, da

Roland Barthes

pintura feita de manchas). Condenado, pela necessidade histórica e por aquilo a que se poderia chamar a pressão de uma fruição responsável, a matar, se não o que amava, pelo menos o que conhecia e *sabia fazer*, ele trabalhou em estado de sacrifício. Contudo, este sacrifício nada tinha de oblativo; Réquichot não oferecia o apocalipse do seu saber, do seu fazer, da sua «cultura» a ninguém, a nenhuma ideia, a nenhuma lei, a nenhuma história, a nenhum progresso, a nenhuma fé. Trabalhou em vão; sabia que não podia *atingir* o espectador do mesmo modo como ele tinha sido tocado; praticou, pois, uma economia propriamente suicidária e decidiu que toda a comunicação da sua obra (comunicação irrisória) não o compensaria de nada do que ele tinha investido. Se agora, devido aos cuidados de um amigo, podemos ver Réquichot, pelo menos é preciso saber que essa enorme perda de violência e de fruição não era feita para nós. Réquichot quis perder para nada: contestou a troca. Historicamente, é uma obra sumptuária, inteiramente subjugada à perda incondicional de que falou Bataille.

Em leilão.

Toda a estética (mas é assim destruir essa mesma ideia) se resume a esta questão: *em que condições a obra, o texto, encontram comprador?* Fundamentada (hoje) numa subversão da troca, a obra (ainda hoje) não escapa à troca, e é nisso que, desvairada por liquidar todo o significado, ela possui, contudo, um *sentido*. No leilão da arte, quem comprará Réquichot? O seu valor não é protegido nem pela tradição, nem pela moda, nem pela vanguarda. De um certo ponto de vista, a sua obra é «nula» (duas peças no Museu de Arte Moderna, das quais só uma está exposta). E é por isso que ela é um dos lugares onde realiza *a última subversão*: desta obra, a História nada pode recuperar, senão a sua própria crise.

Falar da pintura?

Comparemos, ao acaso, Réquichot com uma das seitas que o seguiram. Na arte dita conceptual (arte reflexiva), não há, em

O corpo

princípio, nenhum lugar para a deleitação; estes artistas sabem bem, à falta de melhor, que para lavar definitivamente a gangrena ideológica, é o desejo em si que deve ser cortado, pois o desejo é sempre feudal. A obra (se ainda o podemos dizer) já não é formal, mas somente visual, articulando simples e directamente uma percepção e uma nomeação (a forma é aquilo que está *entre* a coisa e o nome, é aquilo que retarda o nome) é por isso que valia mais dizer que esta arte é denotativa, de preferência a conceptual. Ora, eis a consequência desta purificação: a arte já não é fantasmática; há sim argumento (visto que há exposição), mas este argumento não tem sujeito: o operador e o leitor já não podem colocar-se numa composição conceptual, assim como o utente da língua não pode colocar-se num dicionário. De repente, é toda a crítica que cai, pois ela já não pode tematizar, poetizar, interpretar nada; a literatura é excluída no próprio momento em que já não há pintura. A arte vem então agarrar a sua própria teoria; já só pode falar-se, reduzindo-se à fala que ela *poderia* utilizar sobre ela própria, se ela consentisse existir: expulso o desejo, o discurso regressa em força: a arte torna-se *tagarela*, no próprio momento em que deixa de ser erótica. A ideologia e a sua falta são afastadas, sem dúvida; mas o preço que se teve de pagar é a *afánise*, a perda do desejo, numa palavra, a castração.

A via de Réquichot é oposta: ele extenua o idealismo da arte, não pela redução da forma, mas pela sua exasperação; ele não lava a fantasia, sobrecarrega-a até à ruptura; não colectiviza o trabalho do artista (indiferente mesmo quanto a expô-lo), sobreindividualiza-o, procura esse ponto extremo em que a violência da expulsão vai fazer tremer a consistência neurótica do sujeito nessa *outra coisa* que a sociedade assinala do lado da psicose. A arte conceptual (tomemos simplesmente como exemplo uma arte contrária à de Réquichot) quer estabelecer uma espécie de *aquém* da forma (o dicionário); Réquichot, esse, quer atingir o *além* da língua; para isso, em vez de depurar o simbólico, radicaliza-o: *desloca*, e é nisso que ele está do lado do símbolo. («As ditas manchas das minhas pinturas, não faço com que caiam em lugar certo; espero antes que caiam em lugar errado.»)

Roland Barthes

A partir daí, é ainda possível falar de Réquichot; a sua arte pode ser dita: erótica (porque é o seu corpo que ele desloca), ou má, ou violenta, ou suja, ou elegante, ou pastosa, ou cortante, ou obcecada, ou poderosa; em resumo, pode receber a marca linguística do fantasma, tal como é lida pelo Outro, a saber o *adjectivo*. Pois é o meu desejo que, permitindo ao Outro falar de mim, funda de um mesmo movimento o adjectivo e a crítica.

A assinatura

Réquichot

Eis que escrevo agora desde algum tempo, não sobre Réquichot, mas à volta dele; este nome de «Réquichot» tornou-se o emblema da minha escrita corrente; não oiço nele senão o som familiar do meu próprio trabalho; digo *Réquichot*, como disse *Michelet, Fourier* ou *Brecht*. E contudo, despertado do seu uso, este nome (como todo o nome) é estranho: tão francês, rural mesmo, há nele, pela pronúncia, pela terminação diminutiva, algo de guloso (o bolo), de fazendeiro (a galocha) e de amigável (o pequenote): é um pouco o nome de um bom camarada de classe. Esta instabilidade do significante maior (o nome próprio), podemos transportá-la para a assinatura. Para abalar a lei da assinatura, não há necessidade de a suprimir, de imaginar uma arte anónima; basta deslocar o seu objecto: *quem assina o quê?* Onde pára a minha assinatura? Em que suporte? Na tela (como na pintura clássica)? No objecto (como no ready-made)? No acontecimento (como no *happening*)? Réquichot viu bem este infinito da assinatura, que o leva a desatar o laço apropriativo, pois quanto mais o suporte se alarga, mais a assinatura se desmarca do sujeito: assinar é então apenas trinchar, trinchar-se a si próprio, trinchar o outro. Porquê, pensava Réquichot, não poderia assinar, além da minha tela, a folha enlameada que me emocionou, ou até o carreiro onde a vi colada? Porque não pôr o meu nome nas montanhas, nas vacas, nas torneiras, nas chaminés das fábricas (*Faustus*)? A assinatura já não é senão a fulguração, a inscrição do desejo: a imaginação utópica e acariciadora de uma

O *corpo*

sociedade sem artistas (pois o artista será sempre *humilhado*), onde cada um, contudo, assinaria os objectos da sua fruição. Réquichot, muito só, prefigurou por um instante esta sociedade sublime de *amadores*. Reconhecer a assinatura de Réquichot não é admiti-lo no panteão cultural dos pintores, é dispor de um signo suplementar na confusão do Texto imenso que se escreve sem descanso, sem origem e sem fim.

Extraído de *Bernard Réquichot*, por Roland Barthes,
Marcel Billot, Alfred Pacquement.
© 1973, La connaissance, s.a. Bruxelas.

2

O CORPO DA MÚSICA

ESCUTA

Ouvir é um fenómeno fisiológico; *escutar* é um acto psicológico. É possível descrever as condições físicas da audição (os seus mecanismos), pelo recurso à acústica e à fisiologia do ouvido; mas a escuta só pode definir-se pelo seu objecto, ou, se preferirmos, pelo seu desígnio. Ora, ao longo da escala dos vivos (a *scala viventium* dos antigos naturalistas) e ao longo da história dos homens, o objecto da escuta, considerado no seu tipo mais geral, varia ou variou. Por isso, para simplificarmos até ao extremo, proporemos três tipos de escuta.

Segundo a primeira escuta, o ser vivo orienta a sua audição (o exercício da sua faculdade de ouvir) para *indícios*; nada, a este nível, distingue o animal do homem: o lobo escuta um ruído (possível) de caça, a lebre um ruído (possível) de agressor, a criança, o apaixonado, escutam os passos de quem se aproxima e que são, talvez, os passos da mãe ou do ser amado. Esta primeira escuta é, se assim se pode dizer, um *alerta*. A segunda é uma *descodificação*; aquilo que se tenta captar pela orelha são *signos*; aqui, sem dúvida, o homem começa: escuto como leio, isto é, segundo certos códigos. Finalmente, a terceira escuta, cuja abordagem é completamente moderna (o que não quer dizer que suplante as duas outras), não visa – ou não espera – signos determinados, classificados: não o que é dito, ou emitido, mas quem fala, quem emite: supõe-se que ela se desenvolve num espaço intersubjectivo, onde «eu escuto» quer dizer também «escuta-me»; aquilo de que ela se apodera para o transformar e o lançar infinitamente no jogo da transferência, é uma «significância» geral, que já não é concebível sem a determinação do inconsciente.

1

Não há sentido que o homem não partilhe com o animal. Contudo, é bem evidente que o desenvolvimento filogenético e, no próprio interior da história humana, o desenvolvimento técnico modificaram (e modificarão ainda) a hierarquia dos cinco sentidos. Os antropólogos notam que os comportamentos nutritivos do ser vivo estão ligados ao tacto, ao gosto, ao olfacto, e os comportamentos afectivos, ao tacto, ao olfacto e à visão; a audição, essa, parece essencialmente ligada à avaliação da situação espácio-temporal (o homem acrescenta-lhe a visão, o animal, o olfacto). Construída a partir da audição, a escuta, de um ponto de vista antropológico, é o próprio sentido do espaço e do tempo, pela captação dos graus de afastamento e dos regressos regulares da excitação sonora. Para o mamífero, o seu território está escalonado em odores e sons; para o homem – coisa muitas vezes subestimada – a apropriação do espaço é ela também sonora: o espaço caseiro, o da casa, do apartamento (equivalente aproximativo do território animal) é um espaço de ruídos familiares, *reconhecidos*, cujo conjunto forma uma espécie de sinfonia doméstica: bater diferenciado das portas, clamores, ruídos de cozinha, de canos, rumores exteriores: Kafka descreveu com exactidão (não será a literatura uma reserva incomparável de saber?) esta sinfonia familiar, numa página do seu diário: «Estou sentado no meu quarto, isto é, no quartel-general do ruído de todo o apartamento; oiço bater todas as portas, etc.»; e é conhecida a angústia da criança hospitalizada que já não ouve os ruídos familiares do abrigo materno. É sobre este fundo auditivo que a escuta se levanta, como o exercício de uma função de *inteligência*, isto é, de selecção. Se o fundo auditivo invade todo

Escuta

o espaço sonoro (se o ruído ambiente é demasiado forte), a selec-ção, a inteligência do espaço já não é possível, a escuta é lesada; o fenómeno ecológico a que se chama hoje a poluição – e que está em vias de se tornar um mito negro da nossa civilização técnica – não é mais do que a alteração insuportável do espaço humano, enquanto o homem lhe pede para *nele se reconhecer*: a poluição fere os sentidos pelos quais o ser vivo, do animal ao homem, reco-nhece o seu território, o seu *habitat*: visão, olfacto, audição. Há, em relação ao que nos interessa aqui, uma poluição sonora, que toda a gente percebe (através dos mitos naturalistas), do *hippy* ao reformado, ser um atentado à própria inteligência do ser vivo, que, *stricto sensu*, outra coisa não é que o seu poder de comunicar bem com o seu *Umwelt*: a poluição impede que se escute.

É sem dúvida a partir desta noção de território (ou de espaço apropriado, familiar, arrumado, caseiro), que nos apercebemos melhor da função da escuta, na medida em que o território pode definir-se essencialmente como o espaço da segurança (e, como tal, votado a ser defendido): a escuta é esta atenção prévia que per-mite captar tudo o que pode vir perturbar o sistema territorial; é um modo de defesa contra a surpresa; o seu objecto (isso para que ela se orienta) é a ameaça, ou, pelo contrário, a necessidade; o material da escuta é o indício, quer revele o perigo, quer pro-meta a satisfação da necessidade. Desta dupla função, defensiva e predadora, restam vestígios na escuta civilizada; quantos filmes de terror, cuja mola é a escuta do estranho, a espera desvairada do ruído irregular que virá transtornar o conforto sonoro, a segurança da casa: a escuta, neste estádio, tem por comparsa essencial o insólito, isto é, o perigo ou o ganho inesperado; e, ao invés, quan-do a escuta se dirige para o apaziguamento do fantasma, torna-se muito rapidamente alucinada: julgo realmente ouvir o que me daria prazer ouvir como promessa do prazer.

Morfologicamente, isto é, o mais perto possível da espécie, a orelha parece ser feita para essa captação do indício que passa: ela está imóvel, fixa, erguida, como um animal numa emboscada, como um funil orientado do exterior para o interior, recebe o maior número possível de impressões e canaliza-as para um centro de vigilância, de selecção e de decisão; as pregas, as cur-

Roland Barthes

vas do seu pavilhão parecem querer multiplicar o contacto do indivíduo com o mundo, e contudo reduzir esta multiplicidade submetendo-a a um percurso de triagem: porque é preciso – é esse o papel dessa primeira escuta – que o que era confuso e indiferenciado se torne distinto e pertinente, e que toda a natureza tome a forma particular de um perigo ou de uma presa: a escuta é a própria operação desta metamorfose.

2

Muito antes que a escrita tivesse sido inventada, muito antes mesmo que a figuração parietal fosse praticada, algo foi produzido que talvez distinga fundamentalmente o homem do animal: a reprodução intencional de um ritmo; encontram-se sobre certos tabiques do período musteriano incisões rítmicas – e tudo leva a pensar que estas primeiras representações rítmicas coincidem com a aparição das primeiras habitações humanas. Evidentemente, nada se sabe, senão miticamente, sobre o nascimento do ritmo sonoro; mas seria lógico imaginar (não recusemos o delírio das origens) que ritmar (incisões ou golpes) e construir casas são actividades contemporâneas: a característica operatória da humanidade é precisamente a percussão rítmica longamente repetida, como são disso testemunha os topos de calhau lascado, e as bolas poliédricas marteladas: pelo ritmo, a criatura pré-antrópica entra na humanidade dos Australopitecos.

Também pelo ritmo, a escuta deixa de ser pura vigilância para se tornar criação, Sem o ritmo, nenhuma linguagem é possível: o signo é fundado sobre um ir e vir, o do *acentuado* e do *não--acentuado*, a que se chama paradigma. A melhor fábula que dá conta do nascimento da linguagem é a história da criança freudiana, que mima a ausência e a presença da mãe sob a forma de um jogo no decurso do qual lança e retoma uma bobine ligada a uma guita: cria assim o primeiro jogo simbólico, mas cria também o ritmo. Imaginemos esta criança vigilante, escutando os ruídos que podem anunciar-lhe o regresso desejado da mãe: está então na primeira escuta, a dos indícios; mas quando deixa de vigiar directamente a aparição do indício e se põe ela própria

Escuta

a mimar o seu regresso regular, faz do indício esperado um signo: passa à segunda escuta, que é a do sentido: o que é escutado, já não é o possível (a presa, a ameaça ou o objecto do desejo que passa sem prevenir), é o segredo: aquilo que, enterrado na realidade, não pode vir à consciência humana senão através de um código, que serve ao mesmo tempo para cifrar essa realidade e para decifrá-la.

A escuta está desde então ligada (sob mil formas variadas, indirectas) a uma hermenêutica: escutar é pôr-se em postura de descodificar o que é obscuro, confuso ou mudo, para fazer aparecer na consciência o «abaixo» do sentido (o que é vivido, postulado, intencionalizado como escondido). A comunicação que é implicada por esta segunda escuta é religiosa: *liga* o sujeito que escuta ao mundo escondido dos deuses, que, como cada um sabe, falam uma língua da qual apenas alguns estilhaços enigmáticos chegam aos homens, apesar de, cruel situação, ser vital para eles compreender esta língua. *Escutar* é o verbo evangélico por excelência: é na escuta da palavra divina que a fé se restabelece, pois é por esta escuta que o homem está ligado a Deus: a Reforma (por Lutero) fez-se em grande parte em nome da escuta: o templo protestante é exclusivamente um lugar de escuta, e a própria Contra-Reforma, para não ficar atrás, colocou a cadeira do orador no centro da igreja (nos edifícios jesuítas) e fez dos fiéis «os que escutam» (um discurso que ressuscita, ele próprio, a antiga retórica como arte de «força», a escuta).

Com um único movimento, esta segunda escuta é religiosa e descodificadora: intencionaliza ao mesmo tempo o sagrado e o secreto (escutar para decifrar cientificamente, a história, a sociedade, o corpo, é ainda, sob pretextos laicos, uma atitude religiosa). Então, o que é que a escuta procura decifrar? Essencialmente, segundo parece, duas coisas: o futuro (enquanto este pertence aos deuses) ou o erro (enquanto este nasce do olhar de Deus).

Pelos seus ruídos, a natureza vibra de sentido: pelo menos era assim, no dizer de Hegel, que os antigos Gregos a escutavam. Os carvalhos de *Dodona*, pelo rumor da sua folhagem, transmitiam profecias, e noutras civilizações também (que dependem mais directamente da etnografia) os ruídos foram os materiais

Roland Barthes

directos de uma mântica, a cledonomancia: escutar é, de um modo institucional, procurar saber o que se vai passar (inútil fazer o levantamento de todos os vestígios desta finalidade arcaica na nossa vida secular).

Mas também, a escuta é o que sonda. A partir do momento em que a religião se interioriza, o que é sondado pela escuta é a intimidade, o segredo do coração: o Erro. Uma história e uma fenomenologia da interioridade (que talvez nos falte) se devia unir aqui a uma história e a uma fenomenologia da escuta. Porque no próprio interior da civilização do Erro (a nossa civilização, judaico--cristã, diferente das civilizações da Vergonha), a interioridade desenvolveu-se constantemente. Aquilo que os primeiros cristãos escutam são ainda vozes exteriores, as dos demónios ou a dos anjos; só pouco a pouco é que o objecto da escuta se interioriza a ponto de se tornar pura consciência. Durante séculos, não se exigia ao culpado, cuja penitência devia passar pela confissão dos seus erros, senão uma confissão pública: a escuta privada por um único padre era considerada um abuso, vivamente condenado pelos bispos. A confissão auricular, da boca para a orelha, no segredo do confessionário, não existia na época patrística; nasceu (por volta do século VII) dos excessos da confissão pública e dos progressos da consciência individualista: «para erro público, confissão pública, para erro privado, confissão privada»: a escuta limitada, murada e como que clandestina («a sós») constitui, pois, um «progresso» (no sentido moderno), visto que assegurou a protecção do indivíduo (dos seus direitos a ser um indivíduo) contra a dominação do grupo; a escuta privada do erro desenvolveu--se assim (pelo menos na sua origem) nas margens da instituição eclesiástica: nos monges, sucessores dos mártires, acima da Igreja, se assim se pode dizer, ou nos heréticos como os cátaros, ou ainda nas religiões pouco institucionalizadas, como o budismo, onde a escuta privada, «de irmão para irmão», se pratica regularmente.

Assim formada pela própria história da religião cristã, a escuta põe em relação dois sujeitos; mesmo quando é toda uma multidão (uma assembleia política, por exemplo) a quem se pede que se ponha em situação de escuta («Escutai!»), é para receber a mensagem de uma única pessoa, que quer fazer ouvir a singu-

Escuta

laridade (a ênfase) dessa mensagem. A injunção de escutar é a interpelação total de um sujeito por um outro: coloca, acima de tudo, o contacto quase físico desses dois sujeitos (pela voz e a orelha): cria a transferência: «escute-me» quer dizer: *toque-me, saiba que existo*; na terminologia de Jakobson, «escute-me» é um fático, um operador de comunicação individual; o instrumento arquético da escuta moderna, o telefone, reúne os dois comparsas numa intersubjectividade ideal (até mesmo intolerável, de tal modo é pura), porque este instrumento abole todos os sentidos, à excepção da audição: a ordem de escuta que inaugura toda a comunicação telefónica convida o outro a concentrar todo o corpo na voz e anuncia que eu próprio me encontro por completo na minha orelha. Assim como a primeira escuta transforma o ruído em indício, esta segunda escuta metamorfoseia o homem em sujeito dual: a interpelação conduz a uma interlocução, na qual o silêncio do que escuta será tão activo como a palavra do locutor: *a escuta fala*, poder-se-ia dizer: é neste estádio (ou histórico ou estrutural) que a escuta psicanalítica intervém.

3

O inconsciente, estruturado como uma linguagem, é o objecto de uma escuta ao mesmo tempo específica e exemplar, a do psicanalista.

«O inconsciente do psicanalista», escreve Freud, «deve comportar-se em relação ao inconsciente que emerge do doente como o receptor telefónico em relação ao sinal de chamada. Assim como o receptor transforma de novo em ondas sonoras as vibrações telefónicas que emanam das ondas sonoras, assim o inconsciente do médico consegue, com a ajuda dos derivados do inconsciente do doente que chegam até ele, reconstituir esse inconsciente donde surgem as associações fornecidas.»[30] Com efeito, é de inconsciente para inconsciente que se exerce a escuta psicanalítica, de um inconsciente que fala a um outro que se

---

[30] Conselhos aos médicos, in *La Téchnique psycanalytique,* Paris, PUF, 1970, p. 66.

Roland Barthes

pressupõe estar a ouvir. O que é assim falado emana de um saber inconsciente que é transferido para um outro sujeito, cujo saber se pressupõe. É a este último que Freud se dirige ao tentar estabelecer algo que considera como «a inclinação à regra psicanalítica fundamental imposta ao psicanalisado»: «Não devemos atribuir importância particular a nada do que ouvimos e convém que prestemos a tudo a mesma atenção "flutuante" segundo a expressão que adaptei. Economiza-se, assim, um esforço de atenção... e escapa-se também ao perigo inseparável de toda a atenção voluntária, o de escolher entre os materiais fornecidos. Com efeito, é o que acontece quando se fixa por decisão própria a atenção; o analista grava na sua memória um certo aspecto que lhe chamou a atenção, elimina outro, e esta escolha é ditada por expectativas e tendências. É precisamente o que é preciso evitar; ao conformar a escolha à expectativa, corre-se o risco de só se encontrar o que já se sabia antecipadamente. Ao obedecer às suas próprias inclinações, o praticante falsifica tudo o que lhe é oferecido. Nunca esqueçamos que a significação das coisas ouvidas não se revela, muitas vezes, senão mais tarde.»

«A obrigação de nada distinguir particularmente no decurso das sessões encontra o seu equivalente, vê-se, na regra imposta à análise de nada omitir do que lhe vem à cabeça, renunciando a qualquer crítica e a qualquer escolha. Ao comportar-se diferentemente, o médico reduz a nada a maioria das vantagens que a obediência do paciente à "regra psicanalítica fundamental" fornece. Eis como se deve enunciar a regra imposta ao médico: evitar que se deixe exercer sobre a sua faculdade de observação seja que influência for e confiar-se inteiramente à sua "memória incondicional" ou, em linguagem técnica simples, escutar sem se preocupar em saber se vai reter algo.»[31]

Regra ideal, à qual é difícil, se não impossível, ater-se. O próprio Freud a infringe: quer por cuidado de experimentação de uma parcela de teoria da qual procura firmar a descoberta, como é o caso de Dora (Freud, ao querer provar a importância das relações incestuosas com o pai, negligencia o papel represen-

---

[31] Freud, *op. cit.*, p. 62.

Escuta

tado pelas relações homossexuais de Dora com Mme. K...). Foi igualmente uma preocupação teórica que influiu no desenrolar da cura do Homem dos lobos, em que a espera de Freud era tão imperiosa (tratava-se de fornecer provas complementares num debate que o opunha a Jung) que todo o material que dizia respeito à cena primitiva foi obtido sob a pressão de uma data limite que ele próprio fixara. Quer as suas próprias representações inconscientes interferissem na conduta da cura (no Homem dos lobos, Freud associa a cor das asas de uma borboleta à de um trajo de mulher... usado por uma rapariga da qual ele próprio estivera enamorado aos dezassete anos).

A originalidade da escuta psicanalítica reside nisto: ela é esse movimento de vaivém que liga a neutralidade e o compromisso, a suspensão da orientação e a teoria: «o rigor do desejo inconsciente, a lógica do desejo só se revelam àquele que respeita simultaneamente estas duas exigências, aparentemente contraditórias, da ordem e da singularidade» (S. Leclaire). Deste deslocamento (que lembra o movimento donde sai o som) nasce para o psicanalista algo como uma ressonância que lhe permite «pôr-se à escuta» do essencial: sendo o essencial que não falte (e não se faça faltar ao paciente) «o acesso à insistência singular e quantas vezes sensível de um elemento maior do seu inconsciente». O que assim é designado como um elemento maior que se dá à escuta do psicanalista é um termo, uma palavra, um conjunto de letras que remetem para um movimento do corpo: um significante.

Nesta hospedaria do significante, onde o sujeito pode ser ouvido, o movimento do corpo é antes de mais aquele a partir do qual se origina a voz. A voz é, em relação ao silêncio, como a escrita (no sentido gráfico) sobre o papel branco. A escuta da voz inaugura a relação com o outro: a voz, pela qual se reconhece os outros (como a letra num envelope), indica-nos a sua maneira de ser, a sua alegria ou sofrimento, o seu estado; ela veicula uma imagem do corpo e, além disso, toda uma psicologia (fala-se de voz quente, de voz branca, etc.). Por vezes, a voz de um interlocutor atinge-nos mais do que o conteúdo do seu discurso e damos por nós a escutar as modulações e as harmonias

Roland Barthes

dessa voz sem ouvir o que ela nos diz. Esta dissociação é, sem dúvida, responsável em parte pelo sentido de estranheza (por vezes de antipatia) que cada um tem ao escutar a sua própria voz: chegando-nos deformada depois de ter atravessado as cavidades e as massas da nossa anatomia, ela fornece-nos de nós próprios uma imagem deformada, como se nos olhássemos de perfil graças a um jogo de espelhos.

«O acto de ouvir não é o mesmo, consoante vise não só a coerência da cadeia verbal, nomeadamente a sua sobredeterminação a cada instante pelo fora de tempo da sua sequência, mas também a suspensão a cada instante do seu valor no aparecimento de um sentido sempre pronto para devolução, ou conforme se acomoda na palavra à modulação sonora, a tal fim de análise acústica: tonal ou fonética, até mesmo de potência musical.»[32] A voz que canta, esse espaço muito preciso onde uma língua encontra uma voz e deixa ouvir, a quem sabe levar até lá a sua escuta, aquilo a que se pode chamar o «grão»: a voz não é o sopro, mas sim essa materialidade do corpo surgida da goela, lugar onde o metal fónico se endurece e se segmenta.

Corporeidade do falar, a voz situa-se na articulação do corpo e do discurso e é nesse a dois que o movimento de vaivém da escuta poderá efectuar-se. «Escutar alguém; ouvir a sua voz, exige da parte daquele que escuta uma atenção aberta ao a dois do corpo e do discurso e que não se crispa nem sobre a impressão da voz nem sobre a expressão do discurso. O que se dá a partir daí a ouvir a esta escuta é propriamente aquilo que o sujeito que fala não diz: a trama inconsciente que associa o corpo como lugar ao discurso: trama activa que reactualiza na fala do sujeito a totalidade da sua história» (Denis Vasse). É esse o propósito da psicanálise: reconstruir a história do sujeito na sua fala. Deste ponto de vista, a escuta do psicanalista é uma postura voltada para as origens, por muito que estas origens não sejam consideradas históricas. O psicanalista, ao esforçar-se por captar os significantes, aprende a «falar» a língua que é o inconsciente do seu paciente, tal como a criança, mergulhada no banho de

---

[32] J. Lacan, *Écrits*, Paris, Seuil, 1966, p. 532.

Escuta

língua, capta os sons, as sílabas, as consonâncias, as palavras e aprende a falar. A escuta é este jogo da apanhada dos significantes pelo qual o *infans* se torna ser falante.

Ouvir a linguagem que é o inconsciente do outro, ajudá-lo a reconstruir a sua história, pôr a nu o seu desejo inconsciente: a escuta do psicanalista conduz a um reconhecimento: o do desejo do outro. A escuta comporta então um risco: não pode fazer-se ao abrigo de um aparelho teórico, o analisado não é um objecto científico perante o qual o analista, do alto do seu sofá, se possa premunir de objectividade. A relação psicanalítica desenvolve--se entre dois sujeitos. O reconhecimento do desejo do outro não poderá pois de modo nenhum estabelecer-se na neutralidade, na benevolência ou no liberalismo: reconhecer este desejo implica que se entre nele, que se oscile nele, que se acabe por se encontrar nele. A escuta só existirá na condição de aceitar o risco e se este tiver de ser afastado para que haja análise, não é de modo nenhum com a ajuda de um escudo teórico. O psicanalista não pode, tal como Ulisses preso ao mastro, «gozar o espectáculo das sereias sem riscos e sem aceitar as consequências... Havia algo de maravilhoso nesse canto real, canto comum, secreto, canto simples e quotidiano que era preciso que eles reconhecessem imediatamente... canto do abismo que, uma vez ouvido, abria em cada fala um abismo e convidava fortemente a nele desaparecer».([33]) O mito de Ulisses e das Sereias não diz o que poderia ser uma escuta conseguida; podemos desenhá-la como em negativo entre os escolhos que o navegador-psicanalista deve evitar a qualquer preço: tapar os ouvidos como os homens da equipagem, usar de manha e dar provas de covardia como Ulisses, ou responder ao convite das sereias e desaparecer. O que assim se revela é uma escuta já não imediata mas diferida, levada para o espaço de uma outra navegação «feliz, infeliz, que é a da narrativa, o canto já não imediato mas contado». A narrativa, construção mediata, retardada: Freud não faz outra coisa ao escrever os seus «casos». O presidente Schreiber e Dora, o pequeno Hans e o Homem dos lobos são outras tantas narrativas (pôde-se

---

([33]) M. Blanchot, *Le livre à venir*.

Roland Barthes

mesmo falar de «Freud romancista»); Freud, ao escrevê-las assim (as observações propriamente médicas não são redigidas sob a forma de narrativa), não agiu por acaso, mas segundo a própria teoria da nova escuta: ocupou-se de imagens.

Nos sonhos, a audição nunca é solicitada. O sonho é um fenómeno estritamente visual e é pela vista que será captado o que se dirige ao ouvido: trata-se, se assim se pode dizer, de imagens acústicas. Assim, no sonho do Homem dos lobos, as «orelhas (dos lobos) estavam erguidas como os cães quando estes estão atentos a uma coisa». Essa «uma coisa» para a qual se erguem os pavilhões dos lobos, é evidentemente um som, um ruído, um grito. Mas, para lá desta «tradução» operada pelo sonho, entre escuta e olhar, desenvolvem-se laços de complementaridade. Se o pequeno Hans tem medo dos cavalos, não é apenas por recear ser mordido: «Tive medo – diz ele – porque fez barulho com os pés.» O «barulho» (em alemão: *Krawall*) é não só a desordem dos movimentos que o cavalo, deitado no chão, faz ao escoicear, mas também todo o ruído que estes movimentos ocasionam. (A palavra alemã *Krawall* traduz-se por «tumulto, motim, algazarra», outras tantas palavras que associam imagens visuais e acústicas.)

4

Era necessário fazer este breve trajecto na companhia da psicanálise, sem a qual não compreenderíamos em que é que a escuta moderna não se assemelha completamente àquilo a que se chamou aqui a escuta dos indícios e a escuta de signos (mesmo que estas escutas subsistam concorrentemente). Pois a psicanálise, pelo menos no seu desenvolvimento recente, que a afasta tanto de uma simples hermenêutica como da determinação de um trauma original, substituto fácil do Erro, modifica a ideia que podemos ter da escuta.

Em primeiro lugar, enquanto durante séculos a escuta pôde definir-se como um acto intencional de audição (escutar é *querer* ouvir, conscientemente), reconhece-se-lhe hoje o poder (e quase a função) de varrer espaços desconhecidos: a escuta inclui no seu

Escuta

campo não só o inconsciente, no sentido tópico do termo, mas também, se assim se pode dizer, as suas formas laicas: o implícito, o indirecto, o suplementar, o retardado: há abertura da escuta a todas as formas de polissemia, de sobredeterminações, de sobreposições, há esboroamento da Lei que prescreve a escuta recta, única; por definição, a escuta era *aplicada*; hoje, aquilo que se lhe pede de bom grado é que *deixe surgir*; deste modo, volta-se, mas num outro ponto da espiral histórica, à concepção de uma escuta *pânica*, como os Gregos, pelo menos os Dionisíacos, tiveram a ideia.

Em segundo lugar, os papéis implicados pelo acto de escuta não têm a mesma fixidez que antigamente; já não há de um lado aquele que fala, se abandona, confessa, e de outro aquele que escuta, se cala, julga e sanciona; isto não quer dizer que o analista, por exemplo, fale tanto como o seu paciente; é que, como se disse, a sua escuta é activa, ela assume tomar o seu lugar no jogo do desejo, de que toda a linguagem é o teatro: é preciso repeti-lo, a escuta fala. Desse facto esboça-se um movimento: os lugares de fala são cada vez menos protegidos pela instituição. As sociedades tradicionais conheciam dois lugares de escuta, ambos alienados: a escuta arrogante do superior, a escuta servil do inferior (ou dos seus substitutos); este paradigma é contestado hoje, de um modo, é certo, ainda grosseiro e talvez inadequado: julga-se que para libertar a escuta basta que cada um tome a palavra, – enquanto uma escuta livre é essencialmente uma escuta que circula, que permuta, que desagrega, pela sua mobilidade, a rede fixa dos papéis da palavra: não é possível imaginar uma sociedade livre, se aceitarmos antecipadamente preservar nela os antigos lugares de escuta: os do crente, do discípulo e do paciente.

Em terceiro lugar, o que é escutado aqui e acolá (principalmente no campo da arte, cuja função é muitas vezes utopista) não é a vinda de um significado, objecto de um reconhecimento ou de uma decifração, é a própria dispersão, a cintilação dos significantes, incessantemente introduzidos na corrida de uma escuta que produz incessantemente novos significantes, sem nunca parar o sentido: a este fenómeno de cintilação chama-se a

Roland Barthes

significância (distinta da significação): ao «escutar» um trecho de música clássica, o auditor é chamado a «decifrar» esse trecho, isto é, a reconhecer-lhe (pela sua cultura, aplicação, sensibilidade) a construção, tão bem codificada (predeterminada) como a de um palácio numa certa época; mas ao «escutar» uma composição (é preciso tomar a palavra no seu sentido etimológico) de Cage, é cada som, um após outro, que escuto, não na sua extensão sintagmática, mas na sua significância bruta e como que vertical: ao desconstruir-se, a escuta exterioriza-se, obriga o sujeito a renunciar à sua «intimidade». Isto vale, *mutatis mutandis*, para muitas outras formas da arte contemporânea, da «pintura»» ao «texto»; e isto, bem entendido, não acontece sem dilaceramento; porque nenhuma lei pode obrigar o sujeito a fruir o seu prazer onde ele não quer ir (sejam quais forem as razões da sua resistência), nenhuma lei está em condições de coagir a nossa escuta: a liberdade de escuta é tão necessária como a liberdade de palavra. É por isso que esta noção aparentemente modesta (a escuta não figura nas enciclopédias passadas, não pertence a nenhuma disciplina reconhecida) é finalmente como um pequeno teatro onde se confrontam essas duas deidades modernas, uma má e outra boa: o poder e o desejo.

Enciclopédia Einaudi, artigo redigido em colaboração com Roland Havas, em 1976.

MÚSICA PRÁCTICA

Há duas músicas (pelo menos sempre o pensei): aquela que se escuta, e aquela que se toca. Estas duas músicas são duas artes inteiramente diferentes, possuindo cada uma propriamente a sua história, a sua sociologia, a sua estética, a sua erótica: um mesmo autor pode ser menor se o escutarmos, imenso se o tocarmos (mesmo mal), como Schumann.

A música que se toca depende de uma actividade pouco auditiva, sobretudo manual (logo, num certo sentido muito mais sensual): é a música que vós ou eu podemos tocar, sozinhos ou entre amigos, sem outro auditório a não ser os seus participantes (isto é, todo o risco de teatro, toda a tentação histórica são afastados); é uma música muscular; o sentido auditivo não tem aí senão uma parte de sanção: é como se o corpo ouvisse – e não «a alma»; esta música não se toca «de cor»; frente ao teclado ou à estante de música, o corpo comanda, conduz, coordena, é preciso transcrever-lhe o que se lê: fabrica som e sentido: é escritor, e não receptor, captador. Esta música desapareceu; em princípio ligada à classe ociosa (aristocrática), tornou-se insípida como rito mundano no advento da democracia burguesa (o piano, a jovem, o salão, o nocturno); depois apagou-se (quem toca hoje piano?). Para encontrar no Ocidente música prática, é pre-

Roland Barthes

ciso ir procurar junto de um outro público, de um outro reportório, de um outro instrumento (os jovens, a canção, a guitarra).
A par disto, a música passiva, receptiva, a música sonora tornou-
-se a música (a de concerto, do festival, do disco, da rádio):
tocar já não existe; a actividade musical deixou de ser manual,
muscular, amassadora, apenas líquida, efusiva, «lubrificante»,
para utilizar uma palavra de Balzac. O próprio executante também mudou. O amador, papel definido por um estilo muito mais
do que por uma imperfeição técnica, já não se encontra em lado
nenhum; os profissionais, puros especialistas cuja formação é
completamente esotérica para o público (quem conhece ainda os
problemas de pedagogia musical?) já não apresentam mais esse
estilo de amador perfeito do qual ainda se podia reconhecer o
alto valor num Lipati, num Panzéra, porque ele fazia vibrar em
nós não a satisfação, mas o desejo, o de *fazer* aquela música. Em
suma, houve, em primeiro lugar, o actor de música, depois o
intérprete (a grande voz romântica), por fim o técnico, que alivia
o auditor de toda a actividade, mesmo procuradora, e abole na
ordem musical o próprio pensamento do *fazer*.

A obra de Beethoven parece-me ligada a este problema histórico, não como expressão simples de um momento (a passagem
do amador ao intérprete), mas como género poderoso de um
mal-estar de civilização, do qual Beethoven reuniu os elementos
e desenhou ao mesmo tempo a solução. Esta ambiguidade é a
dos dois papéis históricos de Beethoven: o papel mítico que todo
o século XIX lhe fez representar e o papel moderno que o nosso
século começa a reconhecer-lhe (refiro-me aqui ao estudo de
Boucourechliev).

Para o século XIX, se exceptuarmos algumas imagens imbecis,
como a de Vincent d'Indy que faz mais ou menos de Beethoven
uma espécie de carola reaccionário e anti-semita, Beethoven foi
o primeiro homem *livre* da música. Pela primeira vez, vangloriou-
-se um artista por ter várias *maneiras* sucessivas; reconheceu-se-
-lhe o direito de metamorfose; podia estar insatisfeito consigo
mesmo, ou, mais profundamente, com a sua língua, podia, no
decurso da vida, mudar os códigos (é o que diz a imagem ingénua e entusiasta que Lenz deu das três maneiras de Beethoven);

Música Prática

e a partir do momento em que a obra se torna o rasto de um movimento, de um itinerário, ela apela para a ideia de destino; o artista procura a sua «verdade», e esta procura torna-se uma ordem em si mesma, uma mensagem globalmente legível, a despeito das variações do seu conteúdo, ou pelo menos cuja legibilidade se alimenta de uma espécie de totalidade do artista: a sua carreira, os seus amores, as suas ideias, o seu carácter, os seus propósitos tornam-se traços de sentido: uma biografia beethoveniana nasceu (devia poder-se dizer: uma bio-mitologia); o artista é produzido como um herói completo, dotado de um discurso (facto raro para um músico), de uma lenda (uma boa dezena de anedotas), de uma iconografia, de uma raça (a dos Titãs da Arte: Miguel Ângelo, Balzac) e de um mal fatal (a surdez daquele que criava para o prazer dos nossos ouvidos). Traços propriamente estruturais vieram integrar-se nesse sistema de sentidos que é o Beethoven romântico (traços ambíguos, ao mesmo tempo musicais e psicológicos); o desenvolvimento paroxístico dos contrastes de intensidade (a aposição significante dos *piano* e dos *forte*, cuja importância histórica é talvez mal reconhecida, visto que, em suma, ela apenas marca uma porção ínfima da música universal e corresponde à invenção de um instrumento cujo nome é bastante significativo, o piano forte), o desabrochar da melodia, recebido como o símbolo da inquietação e da efervescência criadora, a redundância enérgica dos golpes e das cláusulas (imagem ingénua do destino que castiga), a experiência dos limites (abolição ou inversão das partes tradicionais do discurso), a produção de quimeras musicais (a voz que surge da sinfonia): tudo isto que podia ser facilmente transformado metaforicamente em valores pseudofilosóficos, receptível contudo musicalmente, visto que planando sempre sob a autoridade do código fundamental do Ocidente: a tonalidade.

Ora, esta imagem romântica (de que um certo *discord* é em suma o sentido) produz um mal-estar de execução: o amador não pode dominar a música de Beethoven, não tanto devido às dificuldades técnicas como devido ao próprio enfraquecimento do código da *musica practica* anterior; segundo este código, a imagem fantasmática (isto é, corporal) que guiava o executante

Roland Barthes

era a de um canto (que se «tece» interiormente); com Beethoven, a pulsão mimética (não consistirá a fantasia musical em nos situarmos a nós próprios, como sujeito, no argumento da execução?) torna-se orquestral; ela escapa, pois, ao fetichismo de um único elemento (voz ou ritmo): o corpo quer ser total; através disso, a ideia de um *fazer* intimista ou familiar é destruída: *querer* tocar Beethoven, será projectar-se em chefe de orquestra (sonho de quantas crianças? sonho tautológico de quantos chefes que conduzem sujeitos aos signos da posse pânica?). A obra beethoveniana abandona o amador e parece, num primeiro momento, chamar a nova deidade romântica, o intérprete. Contudo, aqui, nova decepção: quem (qual solista, qual pianista?) tocará bem Beethoven? Dir-se-ia que esta música só dá a escolher entre um «papel» e a sua ausência, a demiurgia ilusória e a chateza sensata, sublimada sob o nome de despojamento.

Talvez haja na música de Beethoven algo de *inaudível* (não sendo a audição o lugar *exacto*). Chegamos aqui ao segundo Beethoven. Não é possível que um músico seja surdo por pura contingência ou por um destino pungente (é a mesma coisa). A surdez de Beethoven designa a falha onde se aloja toda a significação: faz apelo a uma música não abstracta ou interior, mas dotada, se assim se pode dizer, de um inteligível sensível, do inteligível como sensível. Esta categoria é propriamente revolucionária, não a podemos pensar nos termos da antiga estética; a obra que a ela se submete não pode ser recebida segundo a pura sensualidade, que é sempre cultural, nem segundo uma ordem inteligível que seria a do desenvolvimento (retórico, temático); sem ela, nem o texto moderno, nem a música contemporânea podem ser aceites. Sabemos desde as análises de Boucourechliev que este Beethoven é exemplarmente o das *Variações Diabelli*. A operação que permite captar este Beethoven (e a categoria que o inaugura) já não pode ser nem a execução nem a audição, mas a leitura. Isto não quer dizer que seja preciso colocarmo-nos perante uma partitura de Beethoven e obter dela uma audição interior (que seria ainda tributária do antigo fantasma animista); isto quer dizer que, captada abstracta ou sensualmente, pouco importa, é preciso que nos coloquemos perante esta música no

Música Prática

estado, ou melhor, na actividade de um *interprete*, que sabe deslocar, agrupar, combinar, agenciar, numa palavra (no caso de não estar demasiado gasta): estruturar (o que é muito diferente de construir ou reconstruir, no sentido clássico). Assim como a leitura do texto moderno (pelo menos tal como a podemos postular, interrogar) não consiste em receber, em conhecer ou em experimentar esse texto, mas em escrevê-lo de novo, em atravessar a sua escrita com uma nova inscrição, assim, ler esse Beethoven é operar a sua música, atraí-la (ela presta-se a isso) para uma *praxis* desconhecida.

Podemos assim encontrar, modificada segundo o movimento da dialéctica histórica, uma certa *musica practica*. Para que serve compor, se é para confinar o produto aos limites do concerto ou à solidão da recepção radiofónica? Compor é, pelo menos tendencialmente, *dar a fazer*, não dar a ouvir, mas dar a escrever: o lugar moderno da música não é a sala, mas a cena onde os músicos transmigram, num jogo muitas vezes deslumbrante, de uma fonte sonora para uma outra: somos nós que tocamos, o que é também verdade por procuração; mas podemos imaginar que – mais tarde? – o concerto seja exclusivamente um *atelier*, do qual nada, nenhum sonho nem nenhum imaginário, numa palavra nenhuma «alma», transbordaria e onde todo o fazer musical seria aborvido numa práxis *sem resto*. É esta utopia que um certo Beethoven, que não é tocado, nos ensina a formular – e por isso é possível pressentir nele um músico de futuro.

1970, *L'Arc.*

O GRÃO DA VOZ

A língua, no dizer de Benveniste, é o único sistema semiótico capaz de *interpretar* um outro sistema semiótico (contudo, sem dúvida, podem existir obras limites, ao longo das quais um sistema finge interpretar-se a si próprio: a Arte da fuga). Então, como se desembaraçará a língua quando tem de interpretar a música? Infelizmente, parece que muito mal. Se examinarmos a prática corrente da crítica musical (ou das conversas «sobre» a música: muitas vezes é a mesma coisa), vemos bem que a obra (ou a sua execução) nunca é traduzida senão sob a mais pobre categoria linguística: o adjectivo. A música é, por inclinação natural, aquilo que recebe imediatamente um adjectivo. O adjectivo é inevitável: esta música é *isto*, esta execução é aquilo. Sem dúvida, desde o momento em que fazemos duma arte um assunto (de artigo, de conversa), nada mais nos resta do que predicá--la; mas no caso da música, esta predicação toma fatalmente a forma mais fácil, mais trivial: o epíteto. Naturalmente, este epíteto, ao qual se volta incessantemente por fraqueza ou por fascínio (pequeno jogo de sociedade: falar de uma música sem nunca empregar um só adjectivo) este epíteto tem uma função económica: o predicado é sempre o amparo com que o imaginário do sujeito se protege da perda com que está ameaçado: o

Roland Barthes

homem que se apetrecha ou que apetrecham com um adjectivo ora é ferido, ora é gratificado, mas sempre *constituído*; há um imaginário da música, cuja função é acalmar, é constituir o sujeito que o escuta (será que a música é perigosa – velha ideia platónica? Abrindo à fruição, à perda? Muitos exemplos etnográficos e populares parecem tender a prová-lo), e esse imaginário vem imediatamente até à linguagem por meio do adjectivo. Um *dossier* histórico deveria ser aqui reunido, porque a crítica adjectiva (ou a interpretação predicativa) tomou ao longo dos tempos certos aspectos institucionais: o adjectivo musical torna-se, com efeito, legal, sempre que se postula um *ethos* da música, quer dizer, sempre que se lhe atribui um modo regular (natural ou mágico) de significação: entre os antigos Gregos, para quem era a língua musical (e não a obra contingente), na sua estrutura denotativa, que era imediatamente adjectiva, cada modo estando ligado a uma expressão codificada (rude, austero, orgulhoso, viril, grave, majestoso, belicoso, educativo, altaneiro, faustoso, dolente, decente, dissoluto, voluptuoso); e entre os românticos, de Schumann a Debussy, que substituem ou acrescentam à simples indicação dos movimentos (*allegro, presto, andante*) predicados emotivos, poéticos, cada vez mais refinados, dados em língua nacional, de maneira a diminuir a marca do código e a desenvolver o carácter livre da predicação (*sehr kräftig, sehr präcis, spirituel et discret, etc.*).

Estaremos nós condenados ao adjectivo? Estaremos encurralados no dilema: o predicável ou o inefável? Para saber se há meios (verbais) de falar da música sem adjectivos, seria preciso olhar de perto toda a crítica musical, o que, creio, nunca foi feito e que, todavia, não temos nem a intenção nem os meios de fazer aqui. O que podemos dizer é isto: não é lutando contra o adjectivo (derivar o adjectivo que vos vem à língua para qualquer perífrase substantiva ou verbal) que se tem qualquer hipótese de exorcizar o comentário musical e de o libertar da fatalidade predicativa; em vez de experimentar mudar directamente a linguagem sobre a música, valia mais mudar o próprio objectivo musical, tal como ele se oferece à palavra: modificar o seu nível

O *grão da voz*

de percepção ou de intelecção: deslocar a franja de contacto da música e da linguagem.

É esse deslocamento que eu quereria esboçar, não a propósito de toda a música mas somente de uma parte da música cantada (*lied* ou melodia): espaço (género) muito preciso onde *uma língua encontra uma voz*. Vou dar imediatamente um nome a este significante ao nível do qual, creio, a tentação do *ethos* pode ser liquidada – e portanto o adjectivo dispensado: será o grão: o grão da voz, quando esta se encontra em dupla postura, em dupla produção: de língua e de música.

O que vou tentar dizer do «grão» não será, bem entendido, senão o lado aparentemente abstracto, o relatório impossível duma fruição individual que experimento continuamente ao escutar cantar. Para desembaraçar este «grão» dos valores reconhecidos da música vocal, servir-me-ei de uma dupla oposição: a teórica, do fenotexto e do genotexto (Julia Kristeva), e a paradigmática, de dois cantores dos quais gosto muito de um (se bem que já não se oiça) e muito pouco do outro (se bem que só se oiça ele): Panzéra e Fischer-Diskau (que serão apenas, bem entendido, cifras: não divinizo o primeiro e de forma alguma quero mal ao segundo).

*

Escutem um baixo russo (da Igreja, porque na ópera é um género onde a voz por inteiro se passou para o lado da expressividade dramática; uma voz com grão pouco significante): algo está lá, manifesto e insistente (só se ouve *isso*), que está para além (ou para aquém) do sentido das palavras, da sua forma (a litania), do melismo, e mesmo do estilo de execução: qualquer coisa que é directamente o corpo do cantor, levado de um mesmo movimento aos vossos ouvidos, do fundo das cavernas, dos músculos, das mucosas, das cartilagens, e do fundo da língua eslava, como se uma mesma pele cobrisse a carne interior do executante e a música que ele canta. Esta voz não é pessoal: ela não exprime nada do cantor, da sua alma; ela não é original (todos os cantores russos têm de um modo geral a mesma voz),

Roland Barthes

e ao mesmo tempo ela é individual: ela faz-nos escutar um corpo que, certamente, não tem estado civil, «personalidade», mas que mesmo assim é um corpo separado; e sobretudo esta voz transporta *directamente* o simbólico, por cima do inteligível do expressivo: aí está lançado diante de nós, como um pacote, o Pai, a sua estatura fálica. O «grão», seria isso: a materialidade do corpo falando a sua língua maternal: talvez a letra; quase seguramente a significância.

Portanto, no canto (esperando alargar esta distinção a toda a música) aparecem os dois textos de que Julia Kristeva falou. O fenocanto (se quisermos aceitar esta transposição) cobre todos os fenómenos, todos os traços que provêm da estrutura da língua cantada, das leis do género, da forma codificada do melismo, do idiolecto do compositor, do estilo da interpretação: em resumo, tudo o que, na execução está ao serviço da comunicação, da representação, da expressão: aquilo de que se fala vulgarmente, aquilo que forma o tecido dos valores culturais (matéria dos gostos confessados, das modas, dos discursos críticos), aquilo que se articula directamente sobre os alibis ideológicos de uma época (a «subjectividade», a «expressividade», o «dramatismo», a «personalidade» de um artista). O genocanto é o volume da voz que canta e que diz, o espaço onde as significações germinam «de dentro da língua e na sua própria materialidade»; é um jogo significativo estranho à comunicação, à representação (dos sentimentos), à expressão; é esta ponta (ou este fundo) da produção onde a melodia trabalha verdadeiramente a língua – não o que ela diz, mas a voluptuosidade dos seus sons-significantes, das suas letras explora como a língua trabalha e identifica-se com este trabalho. É, numa palavra muito simples mas que é preciso tomar a sério: a *dicção* da língua.

Do ponto de vista do fenocanto, Fischer-Diskau é, sem dúvida, um artista irrepreensível; tudo, da estrutura (semântica e lírica), é respeitado; e contudo, nada seduz, nada conduz à fruição; é uma arte excessivamente expressiva (a dicção é dramática, as cesuras, as opressões e as libertações de folgo intervêm como sismos de paixão) e por isso mesmo nunca excede a cultura: aqui é a alma que acompanha o canto, não é o corpo: que o corpo

O grão da voz

acompanha a dicção musical, não por um movimento de emoção mas por um «gesto-opinião»([34]), isso é que é difícil; daí que toda a pedagogia musical ensine, não a cultura do «grão» da voz, mas os modos emotivos da sua emissão: é o mito do fôlego. Quantos professores de canto não ouvimos nós profetizar que toda a arte do canto estava no domínio, na boa condução, do fôlego! O fôlego é a *pneuma*, é a alma que se enche ou que se quebra, e toda a arte exclusiva do fôlego tem a oportunidade de ser uma arte secretamente mística (de um misticismo reduzido à medida da massificação do vinil). O pulmão, órgão estúpido (o mole dos gatos!), enche-se mas não estica: é na faringe, lugar onde o metal fónico se endurece e se recorta, é na máscara que a significância explode, faz surgir não a alma, mas a fruição. Em F. D. só me parece escutar os pulmões, nunca a língua, a glote, os dentes, as paredes, o nariz. Toda a arte de Panzéra, pelo contrário, estava nas letras, não no fole (simples traço técnico: não o *ouvíamos respirar*, mas somente *segmentar* a frase). Um pensamento extremo regulava a prosódia da enunciação e a economia fónica da língua francesa; os preconceitos (provenientes geralmente da dicção oratória e eclesiástica) eram derrubados. As consoantes, das quais se pensa com demasiada facilidade que formam a armação da nossa língua (que no entanto não é uma língua semítica) e que se impõem sempre que sejam «articuladas», realçadas, enfatizadas, *para satisfazer à claridade do sentido*. Panzéra recomendava, pelo contrário, em muitos casos, que sejam *polidas*, que lhes seja dado o desgaste de uma língua que vive, funciona e trabalha há muito tempo, de fazer delas o simples trampolim da admirável vogal: a «verdade» da língua estava lá, e não a sua funcionalidade (clareza, expressividade, comunicação); e o jogo das vogais recebia toda a significância (que é o sentido naquilo em que ele pode ser voluptuoso): a oposição dos *é* e dos *è* (tão necessária na conjugação), a pureza, eu diria quase

---

([34]) «É por isso que a melhor maneira de me ler é acompanhar a leitura com certos movimentos corporais apropriados. Contra o escrito não-falado, contra o falado não-escrito. A favor do gesto-opinião.» (Philippe Sollers, *Lois*. p. 108).

Roland Barthes

electrónica, de tal forma o seu som era retesado, alteado, exposto, sustentado, da mais francesa das vogais, o *ü*, que a nossa língua não herdou do latim; do mesmo modo, P. conduzia os seus *r* para lá das normas do cantor – sem renegar estas normas: o seu *r* era certamente rolado, como em toda a arte clássica do canto, mas este rolamento não tinha nada de camponês ou de canadiano; era um rolamento artificial, o estado paradoxal duma letra-som ao mesmo tempo inteiramente abstracta (pela brevidade metálica da vibração) e inteiramente material (pelo enraizamento manifesto na faringe em movimento). Esta fonética (serei o único a detectá-la? Será que ouço vozes na voz? – Mas não será a verdade da voz ser alucinada? O espaço inteiro da voz não será um espaço infinito? Sem dúvida era o sentido do trabalho de Saussure sobre os anagramas), esta fonética não esgota a significância (ela é inesgotável); pelo menos impõe uma paragem às tentativas de *redução expressiva* operadas por toda uma cultura sobre o poema e a sua melodia.

Esta cultura, não seria preciso muito para a datar, para a especificar historicamente. F. D. reina hoje quase exclusivamente sobre todo o disco de vinil; ele gravou tudo: se gosta de Schubert e não gosta de F. D., hoje em dia Schubert está-lhe interdito: exemplo desta censura positiva (pelo cheio) que caracteriza a cultura de massa sem que nunca lho censurem; talvez seja porque a sua arte, expressiva, dramática, *sentimentalmente clara*, transmitida por uma voz sem «grão», sem peso significativo, corresponde bem à exigência duma cultura *média*; esta cultura, definida pela extensão da escuta e o desaparecimento da prática (já não há amadores), deseja a arte, a música, contanto que esta arte, esta música sejam claras, contanto que elas «traduzam» uma emoção e representem um significado (o «sentido» do poema): arte que vacina a fruição (reduzindo-a a uma emoção conhecida, codificada) e reconcilia o sujeito com o que, na música, *pode ser dito*: aquilo que delas dizem, predicativamente, a Escola, a Crítica, a Opinião. Panzéra não pertence a esta cultura (ele não teria podido, tendo cantado antes do aparecimento do disco de vinil; de resto duvido que se ele cantasse hoje, a sua arte fosse reconhecida, ou mesmo simplesmente *apercebida*); o seu reinado,

O *grão da voz*

enorme, entre as duas guerras, foi o de uma arte exclusivamente burguesa (isto é, de forma alguma pequeno-burguesa), acabando de realizar o seu futuro interno, separada da História – por uma distorsão bem conhecida; e é talvez, precisamente e menos paradoxalmente do que parece, porque esta arte já era marginal, mandarinal, que podia ter traços de significância, escapar à tirania da significação.

*

O «grão» da voz não é – ou não é só – o seu timbre; a significância que ele abre não pode precisamente definir-se melhor que pela própria fricção da música e de outra coisa, que é a língua (e nunca a mensagem). É preciso que o canto fale, ou melhor ainda, *escreva*, porque aquilo que é produzido ao nível do genocanto é, em última análise, escrita. Esta escrita cantada da língua é, na minha opinião, o que a melodia francesa tentou algumas vezes realizar. Sei bem que o *lied* alemão esteve também ele intimamente ligado à língua alemã por intermédio do poema romântico; sei que a cultura poética de Schumann era imensa e que este mesmo Schumann dizia de Schubert que se tivesse vivido até velho teria posto toda a literatura alemã em música; mas mesmo assim creio que o sentido histórico do *lied* deve ser procurado do lado da música (quanto mais não fosse por causa das suas origens populares). Pelo contrário, o sentido histórico da melodia francesa é uma certa cultura da língua francesa. É sabido que a poesia romântica do nosso país é mais oratória do que textual; mas o que a nossa poesia não pôde fazer sozinha, fê-lo por vezes a melodia com ela; ela trabalhou a língua através do poema. Esse trabalho (na especificidade que se lhe reconhece aqui) não é visível na massa corrente da produção melódica, demasiado complacente para com os poetas menores do tipo da romança pequeno-burguesa e das práticas de salão; mas é indiscutível em algumas obras: antologicamente (digamos: um pouco ao acaso) em certas melodias de Fauré e de Cuparc, maciçamente no último Fauré (prosódico) e na obra vocal de Debussy (mesmo se *Pelléas* é muitas vezes mal cantado: dramaticamente). O que

Roland Barthes

está aplicado nestas obras é muito mais do que um estilo musical, é uma reflexão prática (se assim se pode dizer) sobre a língua; há a assunção progressiva da língua pelo poema, do poema pela melodia e da melodia pela sua execução. Isto quer dizer que a melodia (francesa) deriva muito pouco da história da música e muito da teoria do texto. O significante tem de ser, ainda aqui, redistribuído.

Comparemos duas mortes cantadas – ambas muito célebres, a de Boris e a de Melisanda. Quaisquer que tenham sido as intenções de Moussorgski, a morte de Boris é expressiva, ou, se preferirmos, histérica; ela está sobrecarregada de conteúdos afectivos, históricos; todas as execuções desta morte só podem ser dramáticas: é o triunfo do fenotexto, o abafamento da significância sob o significado da alma. Melisanda, pelo contrário, só morre *prosodicamente*; dois extremos estão ligados, entrançados: a inteligibilidade perfeita da denotação, e o puro recorte prosódico da enunciação: entre os dois um vazio benéfico, que satisfazia Boris: o *pathos*, isto é, segundo Aristóteles (e porque não?), a paixão *tal como os homens a falam, a imaginam*, a ideia recebida da morte, a morte *endoxal*. Melisanda morre *sem ruído*; entendamos esta expressão no sentido cibernético: nada vem perturbar o significante, e portanto nada obriga à redundância; há produção de uma língua-música cuja função é impedir o cantor de ser expressivo. Como para o baixo russo, o simbólico (a morte) é imediatamente lançada (sem mediação) diante de nós (isto para prevenir a ideia recebida de que o que não é expressivo só pode ser frio, intelectual; a morte de Melisanda «comove»; isto quer dizer que ela mexe qualquer coisa na cadeia do significante).

A melodia francesa desapareceu (podemos dizer que ela se afunda) por muitas razões, ou pelo menos esta desaparição tomou muitos aspectos; sem dúvida sucumbiu sob a imagem da sua origem de salão, que é um pouco a forma ridícula da sua origem de classe; a «boa» música de massa (disco, rádio) não se encarregou dela, preferindo ou a orquestra, mais patética (sorte de Mahler) ou instrumentos menos burgueses do que o piano (o cravo, o trompete). Mas sobretudo esta morte acompanha um

O *grão da voz*

fenómeno histórico muito mais vasto e que tem pouca ligação com a história da música ou a do gosto musical: os Franceses abandonam a sua língua, não certamente como conjunto normativo de valores nobres (clareza, elegância, correcção) – ou pelo menos não nos preocupamos com isso, porque são valores institucionais –, mas como espaço de prazer, de fruição, espaço onde a língua se trabalha *para nada*, quer dizer na perversão (recordemos aqui a singularidade – a solidão – do último texto de Philippe Sollers, *Lois*, que repõe em cena o trabalho prosódico e métrico da língua).

*

O «grão» é o corpo na voz que canta, na mão que escreve, no membro que executa. Se apreendo o «grão» duma música e se atribuo a este «grão» um valor teórico (é a assunção do texto na obra), nada mais posso do que fazer-me uma nova tabela de avaliação, individual sem dúvida, já que estou decidido a escutar a minha relação com o corpo daquele ou daquela que canta ou que toca e que esta relação é erótica, mas de forma alguma «subjectiva» (não está em mim o «sujeito» psicológico que escuta; a fruição que ele espera não vai reforçá-lo exprimi-lo –, pelo contrário perdê-lo). Esta avaliação far-se-á sem lei: ela frustrará a lei da cultura, mas também a da anticultura; ela desenvolverá para além do sujeito todo o valor que se esconde por detrás de «eu amo» ou «eu não amo». Os cantores e as cantoras, nomeadamente, virão colocar-se em duas categorias que poderíamos dizer prostitutivas já que se trata de escolher o que não me escolhe: exaltarei portanto em liberdade tal artista pouco conhecido, secundário, esquecido, morto talvez, e afastar-me-ei de tal vedeta consagrada (não demos exemplos, não teriam sem dúvida mais do que um valor biográfico), e transportarei a minha escolha para todos os géneros de música vocal, inclusive a popular, onde não terei dificuldade alguma em encontrar a distinção do fenocanto e do genocanto (certos artistas têm nisso um «grão» que outros, por mais conhecidos que sejam, não têm). Muito mais, para além da voz, na música instrumental, o «grão» ou a sua

Roland Barthes

falta persiste; porque se já lá não existe língua para abrir a significância na sua amplitude extrema, há pelo menos o corpo do artista que de novo me impõe uma avaliação: não julgarei uma execução segundo as regras da interpretação, os constrangimentos do estilo (bem ilusórios de resto), que pertencem quase todos ao fenocanto (não me extasiarei diante do «rigor», do «brilhante», do «calor», do «respeito por aquilo que está escrito», etc.), mas segundo a imagem do corpo (a figura) que me é dada: ouço com certeza – a certeza do corpo, da fruição – que o cravo de Wanda Landowska vem do seu corpo interno, e não do tricotadilho de dedos de tantos cravistas (a ponto de se tornar num outro instrumento); e quanto à música de piano, sei imediatamente qual é a parte do corpo que toca: se é o braço, muitas vezes, infelizmente, musculado como a barriga da perna de um bailarino, a unha (apesar dos redondos dos punhos), ou se, pelo contrário, é a única parte erótica de um corpo de pianista: a almofadinha dos dedos, de que tão raramente se ouve o «grão» (será preciso lembrar que parece haver hoje em dia, sob a pressão da massificação do disco de vinil, uma desvalorização da técnica; esta desvalorização é paradoxal: todas as execuções são desvalorizadas *na perfeição:* nada mais há do que fenotexto).

Tudo isto é dito a propósito da música «clássica» (em sentido lato); mas é evidente que a simples consideração do «grão» musical poderia trazer uma história da música diferente daquela que nós conhecemos (essa é puramente fenotextual): se conseguirmos afinar uma certa estética da fruição musical, daríamos sem dúvida menos importância à formidável ruptura tonal realizada pela modernidade.

1972, *Musique en jeu.*

A MÚSICA, A VOZ, A LÍNGUA

As reflexões que vos vou apresentar têm qualquer coisa de paradoxal: com efeito, têm como objecto uma prestação única e particular: a de um cantor de melodias francesas de quem gostei muito, Charles Panzéra. Como será possível que eu tenha a ousadia de entreter os auditores de um Colóquio, cujo tema é muito geral, com aquilo que não passa talvez de um gosto muito pessoal, o gosto por um cantor desaparecido da cena musical há vinte e cinco anos pelo menos, que morreu no ano passado e sem dúvida, por isso mesmo, ignorado da maior parte de vós?

Para justificar ou pelo menos desculpar um *parti pris* tão egoísta, e sem dúvida pouco conforme com os hábitos dos colóquios, queria lembrar isto: toda a interpretação, parece-me, todo o discurso da interpretação assenta numa posição de valores, numa avaliação. Contudo, a maior parte das vezes ocultamos este fundamento: quer por idealismo, quer por cientismo, disfarçamos a avaliação fundamental: nadamos no «elemento *indiferente* [= sem diferença] *daquilo que vale em si,* ou daquilo que vale para todos» (Nietzsche, Deleuze).

A *música* acorda-nos desta *indiferença* dos valores. Sobre a música, nenhum outro discurso pode ser mantido senão o da

Roland Barthes

diferença – da avaliação. A partir do momento em que nos falam da música – ou de uma música – como de um valor *em si*, ou pelo contrário – mas é a mesma coisa –, a partir do momento em que nos falam da música como de um valor *para todos* – isto é, a partir do momento em que nos dizem que é preciso gostar de todas as músicas –, sentimos uma espécie de chapa ideológica cair sobre a matéria mais preciosa da Avaliação, a música: é o «comentário». Porque o comentário é insuportável, vemos que a música nos força à Avaliação, nos impõe a Diferença – a não ser que sucumbamos no discurso vão, no discurso da música em si ou da música para todos.

É pois muito difícil falar da música. Muitos escritores falaram bem da pintura; nenhum, creio, falou bem da música, nem mesmo Proust. A razão é que é muito difícil conjugar a linguagem, que é da ordem do geral, com a música, que é da ordem da diferença.

Se, pois, por vezes, nos podemos arriscar a falar de música, como o faço hoje, não deve ser para «comentar», cientificamente ou ideologicamente, isto é, geralmente – segundo a categoria do geral – mas para afirmar abertamente, activamente, um valor e produzir uma Avaliação. Ora, a minha Avaliação da música passa pela voz, e muito precisamente pela voz de um cantor que conheci e cuja voz permaneceu na minha vida o objecto de um amor constante e de uma meditação recorrente que me arrastou muitas vezes, para além da música, para o Texto e para a Língua – a língua francesa.

A voz humana é, com efeito, o lugar privilegiado (eidético) da diferença: um lugar que escapa a toda a ciência, pois não há nenhuma ciência (fisiologia, história, estética, psicanálise) que esgote a voz: classifiquem, comentem historicamente, sociologicamente, esteticamente, tecnicamente a música, haverá sempre um resto, um suplemento, um *lapsus*, um não dito que se designa ele próprio: a voz. Este objecto sempre *diferente* é colocado pela psicanálise na prateleira dos objectos do desejo enquanto faltam, a saber, objectos (a): *não há* nenhuma voz humana no mundo que não seja objecto de desejo – ou de repulsa: não há voz neutra e se por vezes esse neutro, esse branco da voz acon-

A *música, a voz, a língua*

tece, é para nós um grande terror, como se descobríssemos com horror um mundo petrificado, onde o desejo estaria morto. Toda a relação com uma voz é forçosamente amorosa, e é por isso que é na voz que explode a diferença da música, o seu constrangimento de avaliação, de afirmação.

Eu próprio tenho uma relação amorosa com a voz de Panzéra: não pela sua voz bruta, física, mas pela sua voz enquanto passa sobre a língua, sobre a nossa língua francesa, como um desejo: nenhuma voz é bruta; toda a voz se penetra do que ela diz. Eu gosto desta voz – gostei dela toda a minha vida. Com vinte e dois ou vinte e três anos, querendo aprender canto, não conhecendo nenhum professor, com intrepidez dirigi-me ao melhor dos cantores de melodias dessa época de entre as duas guerras, a Panzéra. Este homem fez-me trabalhar com generosidade, até que a doença me impediu de prosseguir com a aprendizagem do canto. A partir daí, não deixei de escutar a sua voz através de discos raros, imperfeitos tecnicamente: a infelicidade histórica de Panzéra é a de ter reinado na melodia francesa entre as duas guerras, sem que nenhum testemunho desse reinado nos possa ser transmitido directamente: Panzéra deixou de cantar no próprio advento do disco de vinil; não temos dele senão 78 rotações ou transplantações imperfeitas. Todavia, esta circunstância conserva a sua ambiguidade: porque, se a escuta dos seus discos se arrisca hoje a ser para vós decepcionante, é ao mesmo tempo porque esses discos são imperfeitos, mas mais amplamente talvez porque a própria história modificou o nosso gosto, fazendo cair esta maneira de cantar na indiferença do fora de moda, mas também, mais topicamente, porque esta voz faz parte da minha afirmação, da minha avaliação, e é, pois, possível que seja eu o único a gostar dela.

*

Falta-nos, creio, uma sociologia histórica da melodia francesa, dessa forma específica de música que se desenvolveu, de uma maneira geral, de Gounod a Poulenc, mas cujos heróis epónimos são Fauré, Duparc e Debussy. Esta melodia (o termo não é mui-

Roland Barthes

to bom) não é exactamente o equivalente francês do *lied* alemão: pelo romantismo, o *lied*, por muito cultivada que seja a sua forma, participa de um ser alemão que era ao mesmo tempo popular e nacional. A ecologia, se assim se pode dizer, da melodia francesa é diferente: o seu meio de nascimento, de formação e de consumo, não é popular, e só é nacional (francês) porque as outras culturas não se preocupam com isso; esse meio é o salão burguês.

Seria fácil, devido a esta origem, rejeitar hoje a melodia francesa, ou pelo menos desinteressarmo-nos dela. Mas a História é complexa, dialéctica, sobretudo se passarmos ao plano dos valores: o que Marx já tinha visto ao destacar o «milagre grego» do arcaísmo social da Grécia, ou o realismo balzaquiano das convicções teocráticas de Balzac. Temos de fazer a mesma coisa com a melodia francesa: procurar em que é que ela nos pode interessar, a despeito da sua origem. Pela minha parte, definiria assim a melodia francesa: é o campo (ou o canto) de celebração da língua francesa culta. Na época em que Panzéra canta essas melodias, essa celebração aproxima-se do fim: a língua francesa já não é um *valor*; ela entra em mutação (cujos caracteres não estão ainda estudados, nem mesmo conscientemente captados); uma nova língua francesa nasce hoje, não exactamente sob a acção das classes populares, mas sob a de uma classe de idade (as classes marginais tornaram-se hoje realidades políticas), os jovens; há, separado da nossa língua, um falar jovem, cuja expressão musical é o *pop*.

Na época de Panzéra, a relação da música com a antiga língua francesa está no seu requinte extremo, que é o seu último requinte. Uma certa língua francesa vai morrer: é o que ouvimos no canto de Panzéra: é o perecível que brilha neste canto, de uma maneira dilacerante; pois toda a arte de dizer a língua se refugiou aí: a dicção pertence aos cantores, e não aos comediantes, submetidos à estética pequeno-burguesa da Comédie-Française, que é uma estética da *articulação*, e não da *pronunciação*, como foi a de Panzéra (voltaremos a isso).

A fonética musical de Panzéra comporta, parece-me, os seguintes traços: 1. a pureza das vogais, especialmente sensível na

A *música, a voz, a língua*

vogal francesa por excelência; o *ü*, vogal anterior, *exterior* poder-
-se-ia dizer (dir-se-ia que ela chama a outra para entrar na minha
voz) e no *é fechado* que nos serve, semanticamente, para opor o
futuro ao condicional, o imperfeito ao *passé simple*; 2. a beleza
franca e frágil dos *a*, a mais difícil das vogais, quando é preciso
cantá-la; 3. o grão das nasais, um pouco áspero, e como que
temperado; 4. o *r*, rolado, evidentemente, mas que não segue de
modo nenhum o rolamento um pouco abundante do falar camponês, pois ele é tão puro, tão breve, que é como se não desse
do rolamento senão a ideia, e cujo papel simbólico – é de virili-
zar a doçura – sem a abandonar; 5. por fim o polimento de
certas consoantes, em certos momentos: consoantes que são
então, se assim se pode dizer, mais «obstruídas» do que projec-
tadas, mais deduzidas do que impostas.

Este último traço é não somente voluntário, mas ainda teori-
zado pelo próprio Panzéra: isso fazia parte do seu ensino e isso
(esse polimento necessário de certas consoantes) servia-lhe, segundo um projecto de *avaliação* (mais uma vez), para opor a
articulação e a *pronúncia*: a articulação, dizia ele, é o simulacro
e o inimigo da pronúncia; é preciso *pronunciar*, de modo nenhum
articular (contrariamente à palavra de ordem estúpida de tantas
artes do canto); pois a articulação é a negação do *legato*; ela
quer dar a cada consoante a mesma intensidade sonora, enquanto num texto musical, uma consoante nunca é a mesma: é preciso que cada sílaba, longe de ser oriunda de um código olímpi-
co dos fonemas, dado em si e uma vez por todas, seja engastada
no sentido geral da frase.

E é aqui, neste ponto completamente técnico, que aparece
imediatamente a amplidão das opções estéticas (e eu acrescenta-
ria: ideológicas) de Panzéra. Com efeito, a articulação opera
nocivamente como *um logro do sentido*: julgando servir o sentido, ela é, essencialmente, o desconhecimento dele; dos dois excessos contrários que matam o sentido, o vago e a ênfase, o mais
grave, o mais consequente é o último: *articular* é atravancar o
sentido de uma clareza parasita, inútil sem que seja por isso
luxuosa. E esta clareza não é inocente; ela arrasta o cantor para
uma arte, perfeitamente ideológica, da expressividade – ou para

Roland Barthes

ser ainda mais preciso, da *dramatização*: a linha melódica quebra-se em estilhaços de sentido, em suspiros semânticos, em efeitos de histeria. Pelo contrário, a pronúncia mantém a coalescência perfeita da linha do sentido (a frase) e da linha da música (o fraseado); nas artes da articulação, a língua, mal compreendida como um teatro, uma encenação do sentido um pouco *kitsch*, irrompe na música e incomoda-a, de um modo inoportuno, intempestivo: a língua põe-se à frente, ela é o deplorável, o quebra-pés da música; pelo contrário, na arte da pronúncia (a de Panzéra), é a música que vem para a língua e encontra o que há nela de musical, de amoroso.

*

Para que este fenómeno raro se produza, para que a música faça irrupção na língua, é preciso, evidentemente, uma certa *física* da voz (entendo por *física* a maneira como a voz se segura no corpo — ou como o corpo se segura na voz). O que sempre me impressionou na voz de Panzéra é que através de um domínio perfeito de todos os matizes impostos por uma boa leitura do texto musical — matizes que exigem que se saiba produzir *pianissimo* e destimbragens extremamente delicadas — essa voz estava sempre *tensa*, animada por uma força quase metálica de desejo: é uma voz erguida — *aufgeregt* (termo schumanniano) — ou, melhor ainda: uma voz retesada — uma voz que se retesa. Excepto nos *pianissimi* mais conseguidos, Panzéra canta sempre com todo o corpo, *a plenos pulmões*: como um colegial que vai ao campo, e canta para si *com toda a força*: para matar tudo o que tem de mau, de deprimente, de angústia, na cabeça. De uma certa maneira, Panzéra cantava sempre *com uma voz nua*. E é aqui que nós podemos compreender como Panzéra, ao honrar com um último esplendor a arte burguesa da melodia francesa, subverteu esta arte; porque cantar *com uma voz nua* é o próprio modo da canção popular tradicional (hoje muitas vezes edulcorada por acompanhamentos indevidos): Panzéra, em segredo, canta a melodia culta como uma canção popular (os exercícios de canto que ele dava eram sempre tirados de antigas canções

A *música, a voz, a língua*

francesas). E é também aqui que encontramos a estética do sentido que adoro em Panzéra. Porque se a canção popular se cantava tradicionalmente *com uma voz nua*, é porque era importante que *se ouvisse bem a história*: algo é contado, que é preciso que eu receba *a nu*: eis o que quer – quaisquer que sejam os desvios impostos pela cultura – Panzéra.

O que é, pois, a música? A arte de Panzéra responde-nos: é uma *qualidade de linguagem*. Mas esta qualidade de linguagem não depende em nada das ciências da linguagem (poética, retórica, semiologia), pois ao tornar-se qualidade, o que é promovido na linguagem, é o que ela não diz, o que não articula. No não dito, vêm habitar a fruição, a ternura, a delicadeza, a satisfação plena, todos os valores do Imaginário mais delicado. A música é ao mesmo tempo o expresso e o implícito do texto: o que é pronunciado (submetido a inflexões) mas não é articulado: o que está ao mesmo tempo fora do sentido e do não-sentido, o que está em cheio nesta *significância*, aquilo que a teoria do texto tenta hoje postular e situar. A música – como a significância, não depende de nenhuma metalinguagem, mas apenas de um discurso do valor, do elogio: de um discurso amoroso: toda a relação «conseguida» – conseguida na medida em que consegue dizer o implícito sem o articular, passar para além da articulação sem cair na censura do desejo ou na sublimação do indizível, uma tal relação pode ser dita justamente *musical*. Talvez uma coisa não valha senão pela sua força metafórica; talvez seja este o valor da música: o de ser uma boa metáfora.

Roma, 20 de Maio de 1977.

O CANTO ROMÂNTICO

Escuto de novo, esta noite, a frase que abre o andante do *Primeiro Trio* de Schubert – frase perfeita, simultaneamente unitária e dividida, frase o mais amorosa possível, e constato uma vez mais quão difícil é falar daquilo que amamos. Que dizer do que amamos senão: *amo-o*, e repeti-lo vezes sem fim? Esta dificuldade é aqui tanto maior quanto o canto romântico não é actualmente objecto de nenhum grande debate: não é uma arte de vanguarda, não tem de se lutar por ele: e também não é uma arte longínqua ou estranha, uma arte desconhecida, pela ressurreição da qual devamos militar; nem está na moda, nem está francamente fora de moda: di-lo-emos simplesmente *desactual*. Mas é aí, precisamente, talvez, que reside a sua mais subtil provocação; e é desta desactualidade que eu queria fazer uma outra actualidade.

Todo o discurso sobre a música só pode começar pela evidência, parece. Da frase schubertiana de que falei, só posso dizer isto: *aquilo canta*, aquilo canta simplesmente, terrivelmente, no limite do possível. Mas não é surpreendente que esta assunção do canto para a sua essência, este acto musical pelo qual o canto parece manifestar-se aqui na sua glória, advenha precisamente sem o concurso do órgão que faz o canto, a saber, a voz?

Roland Barthes

Dir-se-ia que a voz humana está aqui tanto mais presente quanto ela se delegou noutros instrumentos, as cordas: o substituto torna-se mais verdadeiro do que o original, o violino e o violoncelo «cantam» melhor – ou para ser mais exacto, cantam *mais* do que o soprano ou do que o barítono, porque, se há uma significação dos fenómenos sensíveis, é sempre a deslocação, na substituição, em resumo, *na ausência*, que ela se manifesta com mais brilho.

O canto romântico não abole a voz: Schubert escreveu seiscentos e cinquenta *lieder*, Schumann escreveu duzentos e cinquenta: mas ele abole as vozes, e é talvez essa a sua revolução. É preciso lembrar aqui que a classificação das vozes humanas – como toda a classificação elaborada por uma sociedade – nunca é inocente. Nos coros camponeses das antigas sociedades rurais, as vozes de homens respondiam às vozes de mulheres: por esta divisão simples dos sexos o grupo mimava os preliminares da troca, do mercado matrimonial. Na nossa sociedade ocidental, através dos quatro registos vocais da ópera, é o Édipo que triunfa: toda a família lá está, pai, mãe, filha e filho, simbolicamente projectados, quaisquer que sejam os meandros do episódio e as substituições de papéis, no baixo, no contralto, no soprano e no tenor. São precisamente estas quatro vozes familiares que o *lied* romântico de certa maneira *esquece*: ele não leva em conta as marcas sexuais da voz, porque o mesmo *lied* pode ser indiferentemente cantado por um homem ou por uma mulher; não há «família» vocal, apenas um sujeito humano, poder-se-ia dizer *unissexo*, na própria medida em que está apaixonado: porque o amor – o amor-paixão, o amor-romântico – não faz acepção nem de sexos nem de papéis sociais. Há um facto histórico que talvez não seja insignificante: é precisamente quando os castrados desaparecem da Europa musical que o *lied* romântico aparece e lança imediatamente o seu maior brilho: à criatura publicamente castrada sucede um sujeito humano complexo cuja castração imaginária vai interiorizar-se.

Talvez, contudo, o canto romântico tenha tido a tentação duma divisão das vozes. Mas esta divisão que por vezes o obceca já não é a dos sexos ou dos papéis sociais. É uma outra di-

O canto romântico

visão: ela opõe a voz negra da sobrenatureza, ou da natureza demoníaca, e a voz pura da alma, não no que ela tem de religioso, mas simplesmente humana, demasiado humana, A evocação diabólica e a oração da jovem pertencem aqui à ordem do sagrado, não do religioso: o que é esboçado, o que é posto em cena vocalmente, é a angústia de qualquer coisa que ameaça dividir, separar, dissociar, desmembrar o corpo. A voz negra, voz do Mal ou da Morte, é uma voz sem lugar, uma voz inoriginada: ela ressoa de todos os cantos (na garganta dos Lobos do *Freischütz*) ou faz-se imóvel, suspensa (na *Rapariga e a Morte*, de Schubert): de todas as formas, já não remete para o corpo, que está afastado numa espécie de não-lugar.

Esta voz negra é a excepção, bem entendido. Na sua massa o *lied* romântico origina-se no centro de um lugar acabado, reunido, centrado, íntimo, familiar, que é o corpo do cantor – e portanto do auditor. Na ópera, é o timbre sexual da voz (baixo tenor, soprano contralto), que é importante. No *lied*, pelo contrário, é a tessitura (conjunto de sons que convêm *mais* a uma dada voz): aqui, nada de notas excessivas, nada de dó maior, nada de exageros no agudo ou no grave, nada de gritos, nada de proezas fisiológicas. A tessitura é o espaço modesto dos sons que cada um de nós pode produzir, e nos limites do qual pode fantasmar a unidade reconfortante do seu corpo. Toda a música romântica, seja vocal ou instrumental, diz este canto do corpo natural: é uma música que só tem sentido se eu a puder cantar sempre em mim mesmo com o meu corpo: condição vital que vem devirtuar tantas interpretações modernas, demasiado rápidas ou demasiado pessoais, através das quais, a coberto de *rubato*, o corpo do intérprete vem substituir-se abusivamente ao meu e roubar-lhe (rubare) a sua respiração, a sua emoção. Porque *cantar*, no sentido romântico, é isso: fruir fantasmaticamente o meu corpo unificado.

*

Qual é pois este corpo que canta o *lied*? O que é que, no meu corpo, em mim que escuto, canta o *lied*?

Roland Barthes

É tudo o que ressoa em mim, me faz medo, ou me desperta desejo. Pouco importa donde vem esta ferida ou esta alegria: para o apaixonado, como para a criança, é sempre o afecto do sujeito perdido, abandonado, que o canto romântico canta. Schubert perde a mãe aos quinze anos; dois anos mais tarde, o seu primeiro grande *lied*, Margarida fiando, fala do tumulto da ausência, da alucinação do regresso. O «coração» romântico, expressão na qual não descortinamos, com desdém, mais do que uma metáfora adocicada, é um órgão forte, ponto extremo do corpo interior onde, ao mesmo tempo e como que contraditoriamente, o desejo e a ternura, a procura de amor e a chamada de satisfação, se misturam violentamente: algo eleva o meu corpo, o enche, o retesa, conduz-lo à beira da explosão e de repente, misteriosamente, deprime-o e amolece-o. Este movimento é debaixo da linha melódica que é preciso escutá-lo; esta linha é pura e mesmo no auge da tristeza fala sempre da felicidade do corpo unificado; mas ela é envolvida num volume sonoro que muitas vezes a complica e a contradiz: uma pulsão abafada, marcada pelas respirações, pelas modulações tonais ou modais, pelas batidelas rítmicas, um inchamento móvel da substância musical, vem do corpo separado da criança, do apaixonado, do sujeito perdido. Por vezes este movimento subterrâneo existe no estado puro: creio, pela minha parte, ouvi-lo a nu num curto *Prelúdio* de Chopin (o primeiro): algo se enche, não canta ainda, procura exprimir-se e depois desaparece.

*

Sei muito bem que historicamente o *lied* romântico ocupa todo o século XIX, e que vai desde a *Longínqua Bem-amada* de Beethoven até à *Gurrelieder* de Schönberg, através de Schubert, Schumann, Brahms, Walf, Mahler, Wagner e Strauss (sem esquecer certas *Noites de Verão* de Berlioz). Mas o objectivo que é discutido aqui não é musicológico: o canto de que eu falo é o *lied* de Schubert e de Schumann, porque ele é para mim o nó incandescente do canto romântico.

Quem é que escuta este *lied*? – Não é o salão burguês, local social onde a romança, expressão codificada do amor, bem dis-

O *canto romântico*

tinta do *lied,* vai afinar-se pouco a pouco e engendrar a melodia francesa. O espaço do *lied* é afectivo, mal é socializado: por vezes, talvez, alguns amigos, os das Schubertíadas, mas o seu verdadeiro espaço de audição, se assim se pode dizer, é o interior da cabeça, da minha cabeça: ao escutá-lo, canto o *lied* comigo mesmo, para mim mesmo. Dirijo-me em mim mesmo a uma Imagem: imagem do ser amado, na qual me perco, e donde me regressa a minha própria imagem, abandonada. O *lied* supõe uma interlocução rigorosa, mas esta interlocução é imaginária, fechada na minha mais profunda intimidade. A ópera põe em vozes separadas, se assim se pode dizer, os conflitos exteriores, históricos, sociais, familiares: no *lied,* a única força reactiva é a ausência irremediável do ser amado: luto com uma imagem que é ao mesmo tempo a imagem do outro, desejada, perdida, e a minha própria imagem, desejosa, abandonada. Todo o *lied* é secretamente um objecto de dedicatória: dedico aquilo que canto, aquilo que escuto; há uma *dicção* do canto romântico, uma direcção articulada, uma espécie de declaração surda, que se ouve muito bem em algumas das *Kreisleriana* de Schumann, porque aí nenhum poema vem investi-la, preenchê-la. Em suma, o interlocutor do *lied* é o Duplo, o meu Duplo, é Narciso: duplo alterado, apanhado na horrível cena do espelho partido, tal como a conta o inesquecível *Sósia* de Schubert.

*

O mundo do canto romântico é o mundo amoroso, o mundo que o sujeito amoroso tem na cabeça: um único ser amado, mas todo um povo de figuras. Estas figuras não são pessoas, mas pequenos quadros, de que cada um é feito, por sua vez, de uma recordação, de uma paisagem, de uma marcha, de um humor, do que quer que seja origem de uma ferida, de uma nostalgia, de uma felicidade. Peguem na *Viagem do Inverno: Boa noite* diz o dom que o amoroso faz da sua própria partida, dom tão furtivo que o ser amado nem será por ele incomodado e retiro-me a mim também, os meus passos seguindo os dele. As *Lágrimas Geladas* falam do direito de chorar; *Gelo,* o frio tão especial do abandono; a Tília, a bela árvore romântica, a árvore do perfume e do adormecimento, fala da paz perdida; *Sobre o rio*, a pulsão de inscrever – de escrever – o amor perfeito; o *Jogador de Viela* lembra, para terminar, a grande repetição das figuras do discurso que o apaixonado sustenta consigo mesmo. Esta faculdade – esta decisão – de elaborar livremente uma palavra sempre nova com breves fragmentos de que cada um é simultaneamente intenso e móvel, de lugar incerto, é o que, na música romântica, se chama a *Fantasia*, schubertiana ou schumaniana, *Fantasieren*: ao mesmo tempo imaginar e improvisar: em resumo, criar fantasias, quer dizer, produzir romanesco sem construir um romance. Mesmo os ciclos de *lieder* não contam uma história de amor, mas unicamente uma viagem: cada momento desta viagem é como que virado sobre si mesmo, cego, fechado a todo o sentido geral, a toda a ideia de destino, a toda a transcendência espiritual: em suma, uma errância pura, um futuro sem finalidade: o todo, naquilo em que ele pode, duma só vez e até ao infinito, recomeçar.

*

É possível situar a arte do canto romântico na história da música: dizer como nasceu, como acabou, através de que quadro tonal é que passou. Mas para o avaliar como momento de civilização, é mais difícil. Porquê o *lied*? Porquê, segundo que determinação histórica e social se constituiu, no século passado, uma forma poética e musical tão típica como fecunda? O embaraço da resposta vem talvez deste paradoxo: que a História produziu no *lied* um objecto que é sempre anacrónico. Esta desactualidade herdou-a o *lied* do sentimento amoroso de que é a mais pura expressão. O Amor – o Amor-paixão – é historicamente inapreensível, porque é sempre, se assim se pode dizer, meio histórico: aparecendo em certas épocas, desaparecendo noutras: ora curvando-se às determinações da História, ora resistindo-lhes, como se durasse desde sempre e devesse durar para sempre. A paixão amorosa, esse fenómeno intermediário (como lhe chamava Platão), teria talvez herdado a sua opacidade

O *canto romântico*

histórica do facto de não ter aparecido, em suma, ao longo dos séculos senão em sujeitos ou grupos marginais, desapossados da História, estranhos à sociedade gregária, forte, que os cerca, os pressiona, e os exclui, afastados de todo o poder: entre os Udritas do mundo árabe, os Trovadores do amor cortês, os Preciosos do grande século clássico e os músicos-poetas da Alemanha romântica. Daí também a ubiquidade social do sentimento amoroso, que pode ser cantado por todas as classes, do povo à aristocracia: reencontramos este carácter transsocial no próprio estilo do *lied* schubertiano, que pôde ser, simultaneamente ou à vez, elitista e popular. O estatuto do canto romântico é incerto por natureza: desactual, sem ser reprimido, marginal sem ser excêntrico. É por isso que, a despeito das aparências intimistas e calmas desta música, sem insolência, podemos colocá-la na linha das artes extremas: aquele que se exprime nela é um sujeito singular, intempestivo, desviado, louco, poderíamos dizer, se, numa última elegância, ele não recusasse a máscara gloriosa da loucura[35].

1977, *Gramma.*

---

[35] Texto lido numa emissão de *France-Culture em* 12 de Março de 1976.

AMAR SCHUMANN

Há uma espécie de preconceito francês, diz Marcel Beaufils, contra Schumann: vê-se facilmente nele uma espécie de «Fauré um pouco espesso». Não creio que se deva atribuir esta tepidez a qualquer espécie de oposição entre a «clareza francesa» e a «sentimentalidade alemã»; a julgar pela discografia e pelos programas de rádio, os Franceses hoje em dia são loucos pelos músicos patéticos do romantismo pesado, Mahler e Bruckner. Não, a razão deste desinteresse (ou deste interesse menor) é histórica (e não psicológica).

Schumann é em grande parte um músico de piano. Ora, o piano, como instrumento social (e todo o instrumento musical, do alaúde ao cravo, ao saxofone, implica uma ideologia) sofreu desde há um século uma evolução histórica de que Schumann é a vítima. O sujeito humano mudou: a interioridade, a intimidade, a solidão, perderam o seu valor, o indivíduo tornou-se cada vez mais gregário, quer músicas colectivas, maciças, muitas vezes paroxísticas, expressão do *nós,* mais do que do *eu;* ora Schumann é verdadeiramente o músico da intimidade solitária, da alma amorosa e fechada, que *fala* a si mesma (daí a abundância dos *parlando* na sua obra, como aquele, admirável, da *Sexta Kreisleriana),* em resumo, da criança que não tem outro laço senão com a Mãe.

Roland Barthes

A audição do piano também mudou. Não foi só o ter-se passado de uma audição privada, mais ou menos familiar, para uma audição pública – cada disco, mesmo escutado em casa, apresenta-se como um acontecimento de concerto e o piano como um campo de exibições foi também o próprio virtuosismo, que evidentemente existia no tempo de Schumann, já que ele quis tornar-se um virtuoso à semelhança de Paganini, sofreu uma mutilação; já não tem de se adaptar à histeria mundana dos concertos e dos salões, já não é lisztiana; agora, por causa do disco, é um virtuosismo um pouco gelado, uma execução perfeita (sem falha, sem azar), à qual não há nada a dizer, mas que não exalta, não empolga: de alguma maneira, longe do corpo. Por isso, para o pianista de hoje, há uma enorme estima, mas nenhuma loucura, e direi mesmo, referindo-me à etimologia da palavra, nenhuma simpatia. Ora o piano de Schumann, que é difícil, não suscita a imagem do virtuosismo (o virtuosismo é, com efeito, uma imagem e não uma técnica); não se pode tocá-lo nem segundo o antigo delírio nem segundo o novo estilo (que eu de boa vontade compararia com a *nouvelle cuisine*, pouco cozida). É um piano íntimo (o que não quer dizer *doce*), ou ainda: um piano *privado*, individual mesmo, reticente à aproximação profissional, porque tocar Schumann implica uma *inocência* da técnica, que bem poucos artistas sabem atingir.

Enfim, o que mudou, fundamentalmente, é o emprego do piano. Ao longo do século XIX o piano foi uma actividade de classe, certamente, mas suficientemente geral para coincidir, de um modo lato, com a audição da música. Eu próprio não comecei a escutar as sinfonias de Beethoven senão ao executá-las a quatro mãos com um amigo querido tão apaixonado quanto eu. Mas agora a audição da música dissociou-se da prática: muitos virtuosos, auditores em massa – mas praticantes, amadores, muito poucos. Ora (ainda aqui) Schumann não deixa ouvir plenamente a sua música senão àquele que a toca, mesmo mal. Sempre fui tocado por este paradoxo: que certa peça de Schumann me entusiasmasse quando eu a tocava (aproximativamente), e me decepcionasse um pouco quando a ouvia em disco: nessa altura parecia-me misteriosamente empobrecida, incompleta. Creio que

Amar Schumann

não era enfatuação da minha parte. É que a música de Schumann vai mais longe do que os ouvidos; ela corre no corpo, nos músculos, pelo bater do ritmo, e nas vísceras, pela voluptuosidade do *melos*: dir-se-ia que de cada vez a peça só foi escrita para uma pessoa, aquela que a toca: o verdadeiro pianista schumanniano, sou eu.

Será pois que se trata de uma música egoísta? A intimidade é-o sempre um pouco; é o preço a pagar se quisermos renunciar às arrogâncias do universal. Mas a música de Schumann comporta algo de radical que faz dela experiência existencial mais do que social ou moral. Esta radicalidade não deixa de ter relação com a loucura, mesmo se a música de Schumann é continuamente «sensata», na medida em que se submete docilmente ao código da tonalidade e à regularidade formal dos melismas. A loucura está aqui em germe muito cedo, na visão, na economia do mundo com o qual o sujeito Schumann mantém uma relação que o destrói pouco a pouco, enquanto que a música, essa, tenta construir-se, Marcel Beaufils diz muito bem isto: ele destaca e nomeia esses pontos em que a vida e a música se trocam, uma destruindo-se, a outra construindo-se.

O primeiro é este: o mundo, para Schumann, não é irreal, a realidade não é nula. A sua música, pelos seus títulos, por vezes por esboços discretos de descrição, remete sem cessar para as coisas mais concretas: estações, momentos do dia, paisagens, festas, profissões. Mas esta realidade é ameaçada de desarticulação, de dissociação, de movimentos não sacudidos (nada muito severo), mas breves e, se assim se pode dizer, incessantemente «mutantes»: nada aguenta muito tempo, um movimento interrompendo o outro: é o reino do *intermezzo*, noção bastante vertiginosa quando se estende a toda a música e que o molde não é vivido senão como uma série esgotante (apesar de graciosa) de interstícios. Marcel Beaufils teve razão em colocar na origem do piano schumanniano o tema literário do Carnaval; porque o Carnaval é verdadeiramente o teatro deste descentramento, do sujeito (tentação muito moderna) que Schumann diz à sua maneira pelo carrossel das formas breves (deste ponto de vista o *Álbum para a Juventude*, se o

Roland Barthes

executarmos continuadamente, como um ciclo, não é tão calmo como parece).

Neste mundo quebrado, tirado de aparências rodopiantes (o mundo inteiro é um Carnaval), por vezes um elemento puro e como que terrivelmente imóvel faz a sua aparição: a dor. «Se me perguntásseis o nome da minha dor, não poderia dizer-vo-lo. Creio que é a própria dor, e não saberia designá-la mais justamente.» Esta dor pura, sem objecto, esta essência de dor é certamente a dor do louco; nunca se pensa que os loucos (na medida em que podemos nomear a loucura e demarcar-nos dela) simplesmente *sofrem*. A dor absoluta do louco, viveu-a Schumann premonitoriamente na noite de 17 de Outubro de 1833 em que foi prisioneiro do maior dos medos: precisamente o medo de perder a razão. Uma tal dor não pode contar-se musicalmente; a música só pode dizer o patético da dor (a sua imagem social) e não o seu ser; mas pode fugidiamente fazer ouvir, senão a dor, pelo menos a pureza, o inaudito da pureza; dar a escutar um som puro, é um acto musical inteiro, de que a música moderna tira muitas vezes proveito (de Wagner a Cage). Schumann, com certeza, não realizou tais experiências; e contudo, Marcel Beaufils assinala muito justamente o enigmático *si natural* que abre o *lied* Mondnacht e que vibra em nós com uma força sobrenatural. E parece-me, nesta perspectiva, que seria preciso escutar, na música de Schumann, as posições de tonalidade. A tonalidade schumanniana é simples, robusta; não tem a maravilhosa sofisticação com que Chopin adorna (nomeadamente nas *Mazurkas*). Mas precisamente: a sua simplicidade é uma insistência: para muitos excertos schumannianos a ostentação tonal tem o valor de um só som que vibra infinitamente até nos endoidecer; a tónica não é dotada aqui, de um «alargamento cósmico» (como o do primeiro *mi bemol* do *Ouro do Reno*), mas antes de uma massa que pesa, insiste, impõe a sua solidão até à obsessão.

O terceiro ponto em que a música de Schumann encontra a sua loucura é o ritmo, Marcel Beaufils analisa-o muito bem: mostra a sua importância, a sua originalidade, e para acabar o desregramento (por exemplo através da generalização das síncopes). O ritmo, em Schumann, é uma violência (Beaufils diz como

Amar Schumann

ele violenta o tema, torna-o «bárbaro», facto de que Chopin não gostava); mas (como para a dor) esta violência é pura, não é «táctica». O ritmo schumanniano (ouçam bem os baixos) impõe-se como uma textura de golpes mais do que batidelas; esta textura pode ser fina (Beaufils mostra bem que os *Intermezzi*, tão belos e contudo desconhecidos, são estudos diferenciados e avançados de ritmo puro), que não deixa de ter menos por isso alguma coisa de atípico (para provar que nunca se considera Schumann como um músico do ritmo: encerram-no na melodia). Pode-se dizer de outra maneira: o ritmo, em Schumann, coisa singular, não está ao serviço de uma organização dual, oposicional, do mundo.

Atingimos aí, creio, a singularidade de Schumann: esse ponto de fusão onde se juntam o seu destino (a loucura), o seu pensamento e a sua música. Este ponto, Beaufils viu-o: «o seu universo é sem luta», diz ele. Esse é, à primeira vista, um diagnóstico bem paradoxal para um músico que sofreu tantas vezes e tão cruelmente a contrariedade dos seus projectos (casamento, vocação) e cuja música freme sempre com os saltos do desejo (acabrunhamentos, esperanças, desolações, embriaguês). E contudo a «loucura» de Schumann (isto não é sem dúvida um diagnóstico psiquiátrico, coisa que me faria horror em muitos aspectos) deriva (pelo menos pode-se, dizer assim) do facto de ter «falhado» a estrutura conflitual (eu diria na minha linguagem: *paradigmática*) do mundo: a sua música não se baseia em nenhum afrontamento simples e, se assim posso dizer, «natural» (naturalizado pela cultura anónima). Nada do maniqueísmo beethoviano, ou mesmo de fragilidade schubertiana (terna tristeza de um sujeito que vê diante de si a morte). É uma música simultaneamente dispersa e unária, continuamente refugiada na sombra luminosa da Mãe (o *lied*, abundante em Schumann é, creio eu, a expressão dessa unidade maternal). Em suma, Schumann falha o conflito (necessário, diz-se, à boa economia do sujeito «normal»), na mesma medida em que, paradoxalmente, multiplica os «humores» (outra noção importante da estética schumanniana: «humorescas», «mit Humor»): da mesma forma, ele destrói a pulsão (joguemos com as palavras; digamos também: a pulsação) da dor ao vivê-la

Roland Barthes

num modo puro, da mesma forma que extenua o ritmo generalizando a síncope. Para ele só o mundo exterior é diferenciado, mas de acordo com as pancadas superficiais do Carnaval. Schumann «ataca» sem cessar, mas é sempre no vazio.

Será por isso que a nossa época lhe dá um lugar sem dúvida «honroso» (certamente, é um «grande músico»), mas, de forma alguma, um lugar amado (há muitos wagnerianos, mahlerianos, mas schumannianos só conheço Gilles Deleuze, Marcel Beaufils e eu próprio)? A nossa época, sobretudo depois do aparecimento, por meio do disco, da música de massa, quer belas imagens dos grandes conflitos (Beethoven, Mahler, Tchaikovski). Amar Schumann, como o fazem e o testemunham aqui Beaufils e o seu editor, é de certa maneira assumir uma filosofia da Nostalgia, ou, para retomar uma expressão nietzscheana, da desactualidade, ou ainda, para arriscar desta vez a palavra mais schumanniana que existe: da Noite. O amor a Schumann, fazendo-se hoje em dia de certa maneira *contra* a época (esbocei os motivos desta solidão) só pode ser um amor responsável: ele conduz fatalmente o sujeito que o experimenta e o declara a colocar-se no seu tempo segundo as injunções do seu desejo e não segundo as da sua socialidade. Mas isto é uma outra história, cuja narrativa excederia os limites da música.

Prefácio para *a Musique pour piano,* de Marcel Beaufils.
© 1979, Ed. Phébus, Paris

RASCH

... não há nada mais evidente do que o seguinte passo que li algures:
Musices seminarium accentus, *o acento é o viveiro da melodia.*

DIDEROT.

Nas *Kreisleriana* de Schumann([36]), não ouço verdadeiramente nenhuma nota, nenhum desenho, nenhuma gramática, nenhum sentido, nada do que permitiria reconstituir alguma estrutura inteligível da obra. Não, aquilo que oiço são pancadas: oiço aquilo que bate dentro do corpo, aquilo que bate no corpo, ou melhor: aquele corpo que bate.

Aqui está como oiço o corpo de Schumann (esse, de certeza absoluta, tinha um corpo, e que corpo! O seu corpo, era o *que ele tinha a mais*):

na primeira das *Kreisleriana,* é isso que se enovela, e depois tece,

na segunda, espreguiça-se; depois acorda; pica, bate, rutila sombriamente,

na terceira, retesa-se, estende-se: *aufgeregt,*

na quarta, fala, declara, alguém se declara,

na quinta, lava, desloca, treme, sobe a correr, a cantar a bater,

na sexta, diz, soletra, o dizer entusiasma-se até cantar,

na sétima, bate, ressoa,

([36]) Op. 16 (1838).

Roland Barthes

na oitava, dança, mas também recomeça a ribombar, a dar pancadas.

Ouço dizer: Schumann escreveu peças breves *porque não sabia desenvolver*. Crítica repressiva: aquilo que vos *recusais* a fazer, é aquilo que não *sabeis* fazer.

A verdade é antes esta: o corpo schumanniano não se aguenta (grande defeito retórico). Não é um corpo meditativo. Da meditação, por vezes, ela toma o gesto, não a atitude, a persistência infinita, o amontoado ligeiro. É um corpo pulsional, que se empurra e volta a empurrar, passa para outra coisa, – pensa noutra coisa; é um corpo estonteado (embriagado, distraído e ardente ao mesmo tempo). Daí a apetência (conservemos para esta palavra o seu sentido fisiológico) do *intermezzo*.

O *intermezzo*, consubstancial a toda a obra schumanniana, mesmo quando o episódio não tem o seu nome, não tem por função distrair, mas mudar de sítio: tal como um molheiro vigilante, ele impede o discurso de se agarrar, de engrossar, de se espalhar, de reentrar calmamente na cultura do desenvolvimento; ele é o acto renovado (como o é toda a enunciação) pelo qual o corpo se agita e incomoda a palavra artística. No máximo, não há senão *intermezzi*: aquilo que interrompe é por sua vez interrompido, e recomeça.

Pode-se dizer que o *intermezzo* é épico (no sentido que Brecht dava a esta palavra): pelas suas interrupções, pelos seus movimentos de cabeça, o corpo põe-se a criticar (a pôr em crise) o discurso que, a coberto da arte, tentam conduzir por cima dele, sem ele.

*

A segunda K. começa por uma cena de espreguiçamento (a); depois qualquer coisa (*intermezzo* 1) vem bruscamente descer a escala dos tons (b). Trata-se de um contraste? Seria bem cómodo dizê-lo; poder-se-ia então tirar a cobertura da estrutura paradigmática, reencontrar a semiologia musical, a que faz surgir o sentido das oposições de unidades. Mas o corpo conhecerá con-

Rasch

(a)

(b)

trários? O contraste é um estado retórico simples; plural, perdido, enlouquecido, o corpo schumanniano, esse, não conhece (pelo menos aqui) senão bifurcações; não se constrói, ele diverge, perpetuamente, segundo a vontade de uma acumulação de intermédios; ele não tem do sentido senão esta ideia *vaga* (o vago pode ser um facto de estrutura) a que chamamos a significância. A sequência dos *intermezzi* não tem por função fazer falar os contrastes, antes realizar uma escrita deslumbrante, que se encontra então bem mais próxima do espaço pintado do que da cadeia falada. A música, em suma, a este nível, é uma imagem, não uma linguagem, pelo facto de que toda a imagem brilha, desde as incisões ritmadas da pré-história até aos cartões da banda desenhada. O texto musical *não continua* (por contraste ou amplificação), ele explode: é um *bing-bang* contínuo.

Não se trata de dar murros contra a porta, à suposta maneira do destino. O que preciso é que *isso bata* no interior do corpo, contra a têmpora, no sexo, no ventre, contra a pele interior, como também nesse emotivo sensual a que chamamos, ao mesmo tempo por metonímia e por antífrase, o «coração». «Bater» é o próprio acto do coração (só há «batidela» do coração),

(c)

aquilo que se verifica nesse lugar paradoxal do corpo: central e descentrado, líquido e contráctil, pulsional e moral; mas é também a palavra emblemática de duas linguagens: a linguística (no exemplo de gramática «O *Pedro bate no Paulo*») e a psicanalítica («Uma criança foi batida»).

A batidela schumanniana é louca, mas é também codificada (pelo ritmo e pela tonalidade); e é porque a loucura dos movimentos se mantém aparentemente nos limites de uma língua calma que passa normalmente despercebida (a julgar pelas interpretações de Schumann). Ou antes: nada pode decidir se estas pancadas são censuradas pela maioria, que não quer ouvi-las, ou alucinadas por um único que só as ouve a elas. Reconhece-se aqui a própria estrutura do paragrama: um segundo texto é ouvido, mas, no máximo, tal como Saussure à escuta dos versos anagramáticos, *eu sou o único a ouvi-lo*. Parece assim que só Yves Nat e eu (se ouso dizê-lo) ouvíamos as fantásticas pancadas da 7.ª K. (c). Esta incerteza (de leitura, de escuta) é o próprio estatuto do texto schumanniano, reunido contraditoriamente num excesso (o da evidência alucinada) e numa fuga (o mesmo texto pode ser executado monotonamente). Em termos metodológicos dir-se-á (ou repetir-se-á): nada de modelo para o texto: não porque ele é «livre», mas porque ele é «diferente».

O movimento – corporal e musical – nunca deve ser *o signo de um signo*; o acento não é expressivo.

Então a interpretação não é senão o poder de ler os anagramas do texto schumanniano, de fazer surgir sob a retórica tonal, rítmica, melódica, a rede dos acentos. O acento é a verdade da música, em relação ao qual toda a interpretação se declara. Em

Rasch

Schumann (para o meu gosto), os movimentos são executados com demasiada timidez; o corpo que toma posse deles é quase sempre um corpo medíocre, treinado, engomado por anos de Conservatório ou de carreira, ou mais simplesmente pela insignificância, pela indiferença do intérprete: ele executa o acento (o movimento) como uma simples marca retórica; o que o virtuoso mostra, então, é a mediocridade do seu próprio corpo, incapaz de «bater» (tal como Rubinstein). Não é uma questão de força, mas de raiva: o corpo deve bater – e não o pianista (isto foi visto, aqui e ali por Nat e Horowicz).

No plano das pancadas (da rede anagramática), todo o auditor *executa* aquilo que ouve. Há pois um lugar do texto musical em que se abole toda a distinção entre o compositor, o intérprete e o auditor.

O regresso fruidor do movimento teria sido a origem da lengalenga.

O movimento pode assumir esta ou aquela figura que não é forçosamente a de um acento violento, raivoso. Contudo, seja ele qual for, já que é da ordem da fruição, nenhuma figura pode ser adjectivada *romanticamente* (mesmo e sobretudo se ela é proposta por um músico romântico); não se pode dizer que esta é alegre ou triste, sombria ou radiante, etc.; a precisão, a distinção da figura está ligada, não aos estados de alma, mas aos movimentos subtis do corpo, a toda essa cinestesia diferencial, a esse ondeado histológico de que é feito o corpo que se vive. A 3.ª K., por exemplo, não é «animada» (*molto animato*): ela é «elevada» (*aufgeregt*), erguida, tensa, erecta; poder-se-á dizer também – mas será a mesma coisa – que ela progride através de uma série de minúsculas revulsões, como se, a cada mordidela, qualquer coisa se baixasse, se revolvesse, se cortasse, como se toda a música se concentrasse na onda breve da faringe que engole (d).

É pois preciso chamar *movimento* a seja o que for que faça curvar brevemente tal ou tal lugar do corpo, mesmo se essa curvadela parece assumir as formas românticas de um apazigua-

(d)

mento. O apaziguamento – pelo menos nas K. – é sempre um *espreguiçamento*: o corpo espreguiça-se, distende-se, estende-se até à sua forma extrema (espreguiçar-se é atingir o limite de uma dimensão, é o próprio gesto do corpo inegável, que se reconquista). Haverá um espreguiçamento mais bem sonhado (como vimos), do que o da 2.ª K. (e)? Tudo concorre para isso: a forma melódica, a harmonia, agora suspensiva (pela paragem da sétima dominante), e mais além pela extensão das linhas e das dissonâncias (f). Por vezes mesmo o corpo se enrola para melhor se espreguiçar em seguida: na 2.ª K. (g) ou no intermezzo disfarçado da 3.ª, cujo longo espreguiçamento vem variar – estender ou repousar? – o corpo picado, engolido, revolvido, do início (h). O que é que *faz* o corpo, quando enuncia (musicalmente)? E Schumann responde: o meu corpo bate, o meu corpo junta-se, explode, corta-se, pica, ou ao contrário, e sem prevenir (é o sentido do *intermezzo*, que chega sempre *como um ladrão*), espreguiça-se, tece ligeiramente (tal como o intermédio aracnídeo da 1.ª K. (i). E por vezes mesmo – e porque não? – fala, declama, desdobra a sua voz: *fala mas não diz nada*: porque desde o momento em que é musical, a palavra – ou o seu substituto instrumental já não é linguística, mas corporal; nunca diz senão isto, e nada mais: *o meu corpo coloca-se em estado de palavra: quasi parlando* (j e k).

Quasi parlando (tiro a indicação de uma Bagatela de Beethoven): é o movimento do corpo *que vai falar*. Este *quasi parlando* regula uma parte enorme da obra schumanniana; ul-

(e)

(f)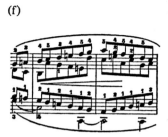

(g)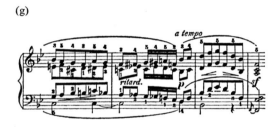

(h)

(i)

(j)

(k)

trapassa largamente a obra cantada (que pode muito bem, paradoxalmente, não participar nisso para nada): o instrumento (o piano) fala sem dizer nada, à maneira de um mudo que mostra no seu rosto todo o poder inarticulado da palavra. Todos esses *quasi parlando* que marcam tantas obras pianísticas vêm da cultura poética; por isso, aquilo que os seus poetas deram a Schumann, mais ainda do que os seus poemas, é o gesto de uma voz; essa voz fala para não dizer mais do que a medida (o metro) que lhe permite existir – sair – como significante.

Tais são as *figuras do corpo* (os «somatemas»), cujo tecido forma a significância musical (e desde então nada de gramática, acabada a semiologia musical: oriunda da análise profissional – ponto de referência e arranjo dos «temas», «células», «frases», – ela arriscar-se-ia a passar ao lado do corpo; os tratados de composição são objectos ideológicos cujo sentido é anular o corpo).

Estas figuras do corpo, que são figuras musicais, nem sempre consigo nomeá-las. Porque para essa operação é preciso um poder metafórico (como poderia dizer o meu corpo sem ser por imagens?) e esse poder pode faltar-me aqui e ali: isso agita-se dentro de mim, mas não encontro a boa metáfora. É o que me acontece na 5.ª K., de que um episódio (ou antes, um acontecimento) me obceca, mas de que não chego a atravessar o segredo corporal: ele inscreve-se em mim, mas não sei onde: de que lado, em que região do corpo e da linguagem (l)? Enquanto corpo (enquanto meu corpo), o texto musical está esburacado com perdas: luto para alcançar uma linguagem, uma denominação: *o meu reino por uma palavra! ah, se eu soubesse escrever.* A música, seria aquilo que luta com a escrita.

Entra pauta, p. 273 do original

Quando a escrita triunfa, ela substitui a ciência, impotente para restituir o corpo: só a metáfora é exacta; e bastaria que fôssemos *escritores* para que pudéssemos falar destes seres musicais, destas quimeras corporais, duma forma perfeitamente *científica*.

«Alma», «sentimento», «coração» são os nomes românticos do corpo. Tudo é mais claro, no texto romântico, se traduzirmos o termo efusivo, moral, por uma palavra corporal, pulsional – e não há nenhum prejuízo nisso: a música romântica está salva desde que o corpo volta para ela – desde que por ela precisamente o corpo regressa à música. Recolocando o corpo no texto romântico, nós endireitamos a leitura ideológica deste texto, porque esta leitura, que é a da nossa opinião corrente, nunca faz mais do que *virar* (é o gesto de toda a ideologia) as moções do corpo em movimentos da alma.

A semiologia clássica não se interessou pelo referente; era possível (e sem dúvida necessário) já que no texto articulado há sempre a tela do significado. Mas na música, campo de signifi-

(l)

(m)

(n)

cância e não sistema de signos, o referente é inesquecível, porque o referente aqui é o corpo. O corpo passa para a música sem outra muda além do significante. Esta passagem – esta transgressão – faz da música uma loucura: não só da música de Schumann, mas de toda a música. Em relação ao escritor, o músico é sempre louco (e o escritor, esse, não pode nunca sê-lo, porque está condenado ao sentido).

E o sistema tonal, em que é que se transforma nesta semântica do corpo musical, nesta «arte dos movimentos» que seria no fundo a música? Imaginemos para a tonalidade dois estatutos contraditórios (e contudo concomitantes). Por um lado, todo o aparelho tonal é um ecrã pudico, uma ilusão, um véu *maya,* em suma, uma *língua,* destinada a articular o corpo, não segundo os seus próprios golpes (os seus próprios cortes), mas segundo uma organização conhecida que tira ao sujeito toda a possibilidade de delirar. Por outro lado, contraditoriamente – ou dialecticamente, – a tonalidade torna-se a serva hábil das pancadas que a outro nível pretende domesticar.

Aqui estão alguns dos «serviços» que a tonalidade presta ao corpo: pela dissonância, ela permite ao movimento, aqui e ali, «tilintar», «fiar»; pela modulação (e o regresso tonal), pode completar a figura do movimento, dar-lhe a sua forma específica: *isto enovela*-se, diz a 1.ª K.; mas isto enovela-se tanto melhor

Rasch

quanto se regressa à origem depois de se ter saído (m); enfim (para ficarmos pelo texto schumanniano), a tonalidade fornece ao corpo a mais forte, a mais constante das figuras oníricas: a subida (ou a descida) da escadaria: há, como se sabe, uma escala de tons, e percorrendo essa escala (segundo humores muito diversos), o corpo vive no esfalfamento, na pressa, no desejo, na angústia, na luz, na subida do orgasmo, etc. (n).

Em suma, a tonalidade pode ter uma função *acentual* (ela participa na estrutura paragramática do texto musical). Quando o sistema tonal desaparece (hoje em dia), essa função passa para outro sistema, o dos timbres. A «timbralidade» (a rede das cores do timbre) assegura ao corpo toda a riqueza dos seus «movimentos» (tilintamentos, deslizes, pancadas, rutilâncias, vazios, dispersões, etc.). São pois os «movimentos» – únicos elementos estruturais do texto musical – que fazem a continuidade trans-histórica da música, qualquer que seja o sistema (esse perfeitamente histórico) com que o corpo que bate se auxilia para se enunciar.

As indicações de movimentos, de atmosferas, são em geral dadas segundo o código italiano (presto, animato, etc.) que é aqui um código puramente técnico. Entregues a outra língua (original ou desconhecida), as palavras da música abrem a cena do corpo. Não sei se Schumann foi o primeiro músico a conotar os seus textos em língua vulgar (este género de informações falta geralmente nas histórias da música); mas creio que a erupção da língua materna no texto musical é um facto importante. Para nos cingirmos a Schumann (o homem das duas mulheres das duas mães? – cuja primeira cantava e a segunda, Clara, lhe deu visivelmente um verbo abundante: 100 *lieder* em 1840, o ano do seu casamento), a irrupção da *Muttersprache* na escrita musical é verdadeiramente a restituição declarada do corpo, como se, no limiar da melodia, o corpo se descobrisse, se assumisse na dupla profundidade do golpe e da linguagem, como se, em face da música, a língua materna ocupasse o lugar da *chora* (noção retomada de Platão por Julia Kristeva): a palavra indicadora é o receptáculo da significância.

Leiam, escutem algumas dessas palavras schumannianas e vejam tudo o que elas dizem do corpo (nada a ver com um qualquer movimento metronómico):

Bewegt: algo se põe em movimento (não muito depressa), algo se remexe sem direcção, como ramos que abanam, como uma emoção murmurante do corpo.

Aufgeregt: algo acorda, levanta-se, empina-se (como um mastro, um braço, uma cabeça), algo suscita, enerva (e muito evidentemente: algo retesa).

Innig: cada um se transporta ao fundo do interior, junta-se no limite desse fundo, o corpo interioriza-se, perde-se dentro, na direcção da sua própria terra.

Ausserst innig: cada um se concebe em estado de limite; à força de interioridade, o dentro revira-se, como se houvesse no extremo um *fora* do dentro, que, contudo, não seria o exterior,

Ausserst Bewegt: algo remexe, agita-se tão fortemente que bem poderia estilhaçar-se – mas não se estilhaça,

Rasch: velocidade dirigida, exactidão, ritmo justo (contrário à pressa), turbilhão rápido, surpresa, movimento da serpente que vai por entre as folhas.

Rasch: isso, dizem os editores, só significa: *vivo, rápido (presto).* Mas eu que não sou alemão e que diante desta língua estrangeira só tenho à minha disposição uma audição estupidificada, acrescento-lhe a verdade do significante: como se tivesse um membro tirado, *arrancado* pelo vento, pelo chicote, para um lugar de dispersão preciso mas desconhecido.

Num texto célebre[37], Benveniste opõe dois regimes de significação: o semiótico, ordem dos signos articulados de que cada um tem um sentido (tal como a linguagem natural) e o *semântico*, ordem de um discurso de que nenhuma unidade é em si significante, embora o conjunto seja dotado de significância. A música, diz Benveniste, pertence ao semântico (e não ao semiótico), já que os sons não são signos (nenhum som em si tem sentido); portanto, diz ainda Benveniste, a música é uma língua que tem uma sintaxe, mas não uma semiótica.

O que Benveniste não diz, mas que talvez não contradissesse, é que a significância musical, duma maneira muito mais clara do

---

[37] E. Benveniste, *Problèmes de linguistique générale,* t. II, Gallimard, 1974, p. 43-66.

Rasch

que a significação linguística, está penetrada de desejo. Mudamos portanto de lógica. No caso de Schumann, por exemplo, a ordem dos movimentos é rapsódica (há tecido, remendos de *intermezzi*): a sintaxe das *Kreisleriana* é a do *patchwork*: o corpo, se assim se pode dizer, acumula o seu desgaste, a significância empolga-se, mas também a soberania de uma economia que se vai destruindo; deriva pois de uma semanálise, ou, se preferirem, de uma semiologia segunda, a do corpo em estado de música; que a semiologia primeira se desembarace, se puder, com o sistema das notas, das gamas, dos tons, dos acordes e dos ritmos; o que quereríamos aperceber e seguir, é o formigamento das pancadas.

Pela música, compreendemos melhor o Texto como significância.

Extraído de *Langue, discours, société.*
Pour Emile Benveniste, Ed. du Seuil, 1975.

Apêndice à primeira parte([38])

DE OLHOS NOS OLHOS

Um signo é o que se repete. Sem repetição não há signo, porque não se poderia reconhecê-lo e o *reconhecimento* é o que fundamenta o signo. Ora, como salienta Stendhal, o olhar pode dizer tudo mas não pode repetir-se textualmente. Portanto, o olhar não é um signo, apesar de ter um significado. Que mistério é este? Acontece que o olhar pertence a este domínio do significado cuja unidade não é o signo (descontínuo) mas sim a significância de que Benveniste esboçou a teoria. Em oposição à língua, a ordem dos signos, as artes em geral têm que ver com a significância. Nada de surpreendente, é claro, o facto de haver uma espécie de afinidade entre o olhar e a música ou o facto de a pintura clássica reproduzir com amor tantos olhares, chorosos, imperiosos, coléricos, pensativos, etc. Na significância, existe sem dúvida algum núcleo semântico definido, à falta do qual o olhar não poderia querer dizer algo: à letra, um olhar não poderá ser *neutro*, a não ser para significar a neutralidade, e se for «vago», o vago está evidentemente cheio de duplicidade. Mas esse núcleo

---

([38]) Colocámos em apêndice este texto, talvez não definitivo. Agradecemos ao Centro Georges-Pompidou ter-nos autorizado a sua publicação.

Roland Barthes

fica cercado por um halo, campo de expansão infinita em que o sentido extravasa, se dispersa, sem perder a sua *impressão* (a acção de se imprimir em algo): e é mesmo isso que se passa quando escutamos uma música ou contemplamos um quadro. O «mistério» do olhar, a perturbação de que ele *é* feito, situa-se evidentemente em tal zona de extravasamento. Ora aqui está um objecto (ou uma entidade) cujo ser está dependente do seu *excesso*. Observemos um pouco estes extravasamentos.

*

A ciência interpreta o olhar de três maneiras (combináveis): em termos de informação (o olhar informa), em termos de relação (os olhares trocam-se), em termos de posse (por meio do olhar, eu tacteio, toco, atinjo, agarro, sou agarrado). São três funções: óptica, linguística, háptica. Mas o olhar *procura* sempre: alguma coisa, alguém. É um signo *inquieto*. Singular dinâmica para um signo: a sua força extravasa-o.

*

Diante de minha casa, do outro lado da rua, à altura das minhas janelas, há um apartamento aparentemente desocupado. No entanto, de tempos a tempos, tal como nos melhores folhetins policiais, ou mesmo fantásticos, há uma presença, uma luz-acesa já alta noite, um braço que abre e fecha uma porta de janela. Do facto de eu não ver ninguém apesar de eu olhar (perscrutar) induzo que não sou olhado – deixando as cortinas abertas. Mas passa-se talvez o contrário; sou talvez, incessante e intensamente olhado por quem está *escondido*. A lição deste apólogo servia: à força de olhar, a pessoa esquece-se de que ela própria pode ser olhada. Ou ainda: no verbo «olhar», as fronteiras do activo e do passivo são incertas.

*

De olhos nos olhos

A neuropsicologia determinou de modo claro como nasce o olhar. Nos primeiros dias de vida, há uma reacção ocular na direcção da luz suave. Ao fim de uma semana, o bebé tenta ver, orienta os olhos, mas de maneira ainda vaga, hesitante. Duas semanas mais tarde, consegue fixar um objecto próximo. Com seis semanas, a visão é firme e selectiva: o olhar está formado. Não se poderá dizer que é nessas seis semanas que nasce a «alma» humana?

*

Como lugar de significância, o olhar provoca uma sinestesia, uma indivisão dos sentidos (fisiológicos), que misturam entre si as suas impressões, de tal modo que se pode atribuir a um poeticamente, o que se passa com outro («Há perfumes frescos como a carne de criança»). Todos os sentidos podem, portanto, «olhar» e, inversamente, o olhar pode sentir, escutar, tactear, etc. Goethe: «As mãos querem ver, os olhos querem acariciar».

*

Diz-se com desprezo: «O seu olhar era fugidio...» como se competisse incontestavelmente ao olhar ser directo, imperioso. Todavia, a economia psicanalítica diz outra coisa: «Na nossa relação com as coisas, tal como ela se constitui através da visão e ordena nas figuras da representação, há algo que se resvala, passa, se transmite de estádio para estádio, para aí ser sempre elidido num grau qualquer – é a isso que se chama o olhar». E também: «de um modo geral, a relação do olhar com aquilo que se quer ver é uma relação de logro. O sujeito apresenta-se como um outro que ele não é e aquilo que lhe é dado ver não é aquilo que ele quer ver. É assim que o olho pode funcionar como objecto, isto é, ao nível da falta» (Lacan, *Séminaire XI,* pp. 70 e 96.)

*

Roland Barthes

Voltar, todavia, ao olhar directo, imperioso – que não foge, que se detém, se imobiliza, se firma. A análise previu também este caso: esse olhar pode ser o fascinium, o malefício, o mau--olhado, que tem por efeito «interromper o movimento e matar a vida» *(Séminaire XI, pp. 107).*

*

Segundo uma experiência antiga, quando se projectava pela primeira vez um filme perante indígenas do mato africano, eles não olhavam de modo nenhum para a cena representada (a praça principal da sua aldeia) mas sim para a galinha que atravessava a mesma praça, num canto do ecrã. Pode-se dizer: era a galinha que olhava para eles.

*

Massacre no Camboja: os mortos pendem da escada de uma casa semidestruída. Ao alto, sentado num degrau, um rapaz olha para o fotógrafo. Os mortos delegaram no vivo a tarefa de olharem para mim. E é no olhar do rapaz que os vejo mortos.

*

No Rijksmuseum de Amesterdão, há uma sequência de quadros pintados por um anónimo chamado «Mestre de Alkmaar». São cenas da vida quotidiana, gente que se reúne por esta ou aquela razão, que muda de quadro para quadro. Em cada grupo, há um personagem, sempre o mesmo – perdido na multidão – ao passo que os outros são representados como se de nada soubessem; só ele, de cada vez, olha para o pintor (e portanto para mim), de olhos nos olhos. Este personagem é Cristo.

*

A arte incomparável de Richard Avedon tem a ver (entre outras coisas) com isto: todos os sujeitos que ele fotografa, pos-

De olhos nos olhos

tados na minha frente, olham-me cara a cara, de olhos nos olhos. Mas isso produz um efeito de «franqueza»? Não, a pose é artificial (tão explícito se torna tratar-se de uma pose), a situação não é psicológica. O efeito produzido é o da «verdade»: o personagem é «verdadeiro» – de uma verdade frequentemente insuportável. Porquê esta verdade? De facto, o retrato não diz respeito a ninguém e eu sei-o. Apenas diz respeito ao objectivo, isto é, outros olhos, enigmáticos: os olhos da verdade (como havia, em Veneza, para lá depositar as denúncias anónimas, as Bocas da Verdade). O olhar, aqui restituído pelo fotógrafo de uma maneira enfática (antigamente, podia sê-lo pelo pintor), age como o próprio órgão da verdade: implica, pelo menos, que este além, exista, que o que é «trespassado» (olhado) seja mais verdadeiro que o que simplesmente se apresenta à vista.

*

Num dado momento, a psicanálise (Lacan, *Séminaire I*, pp. 243) define a intersubjectividade imaginária como uma estrutura de três termos: 1. eu vejo o outro; 2. vejo-o ver-me; 3. ele sabe que o vejo. Ora, na relação amorosa, o olhar, se é que se pode falar assim, não é tão artificioso; falta-lhe um termo. Sem dúvida, nesta relação, por um lado, vejo o outro, com intensidade; só o vejo a ele, perscruto-o, quero penetrar no segredo deste corpo que desejo; e, por outro lado, vejo-o ver-me: fico intimidado, siderado, reduzido à passividade pelo seu olhar todo-poderoso. E este enlouquecimento é tão grande que não posso (ou não quero) reconhecer que ele sabe que o vejo coisa que me desalienaria vejo-me *cego* perante ele.

*

«Olho para como quem olha para o impossível».

*

Roland Barthes

A carraça pode permanecer inerte, durante meses, em cima de uma árvore, à espera que passe debaixo do ramo um animal de sangue quente (carneiro, cão); deixa-se cair então, cola-se à pele, suga o sangue: a sua percepção é selectiva – do mundo apenas conhece o sangue quente. Do mesmo modo, outrora, o escravo apenas era reconhecido enquanto espécie de utensílio e não como figura humana. Quantos olhares não são assim meros instrumentos de uma única finalidade: olho para o que procuro e, para acabar, se é que se pode desenvolver este paradoxo, só vejo aquilo para que olho. Todavia, em casos excepcionais, e tão deliciosos, o olhar é solicitado a passar inopinadamente de uma finalidade a outra; são dois códigos que se encadeiam, sem prevenção, no campo fechado do olhar, produzindo-se uma perturbação de leitura. Assim, ao passear por um *souk* marroquino e ao olhar para um vendedor, este apenas lê nos meus olhos o olhar de um comprador eventual, porque, como a carraça, ele só vê os passeantes sob uma espécie, a dos parceiros no comércio. Mas se o meu olhar insiste (quantos segundos suplementares? – isso seria um bom problema de semântica), a sua leitura vacila subitamente: seria nele e não na sua mercadoria que eu estava interessado? Sairia eu do primeiro código (o da negociação) para entrar no segundo (o da cumplicidade)? Ora esta fricção dos dois códigos, por minha vez, leio-a no seu olhar. E para um semântico, mesmo tratando-se de um passeio pelo *souk*, nada é mais empolgante do que ver num olhar a eclosão muda de um sentido.

*

Como já se viu a propósito de Avedon, não é de excluir que um sujeito fotografado vos olhe – isto é, olhe para a objectiva: a direcção do olhar (poder-se-ia dizer: a sua morada) não é pertinente em fotografia. É-o no cinema, em que é proibido no sector olhar para a máquina de filmar, isto é, para o espectador. Não estou longe de considerar esta proibição como o carácter distintivo do cinema. Esta arte corta o olhar em dois: um de nós dois olha para o outro, apenas faz isso. Tem o direito e o dever

De olhos nos olhos

de olhar; o outro nunca olha. Olha para tudo, excepto para mim. Um só olhar vindo do *écran* e pousado em mim, todo o filme ficaria perdido. Mas isto é apenas a letra, pois pode acontecer que, a um outro nível, invisível, como a galinha africana, o écran não pare de me olhar.

Inéditos, Escrito em 1977, para uma obra colectiva em preparação – *Le Regard, La Recherche Audiovisuelle du Centre Georges-Pompidou.*

Índice das Ilustrações

S. M. Eisenstein
Fotogramas, col. Vincent Pinel: 47 (II e IV) – 49 (VII), 51, 52.
Cahiers du Cinéma, n.° 222, Julho de 1970: 47 (III), 48, 49
(VIII, IX, X), 53.

Erté
E, F, M, O, R, Z, in *Alphabet,* extraído de Erté, Franco Maria
Ricci, Parma, 1972: 97, 98, 106, 107. 108, 110 (© Spadem).

Arcimboldo
Extraído de *Arcimboldo,* Franco Maria.
O H*omem Horta,* óleo sobre madeira, Museu Cívico,
Cremona: 115; O *Outono,* óleo sobre tela, museu do Louvre,
Paris: 123; O *Verão,* óleo sobre tela, colecção privada,
Bérgamo: 123.

Cy Twombly
Extraído de *Cy Twombley, catalogue raisonné des oeuvres sur
papier,* por Yvon Lambert, vol. VI, 1973-1976.
Virgil. 1973, óleo, giz, lápis sobre papel, colecção privada,
Berlim; 139; *24 short pieces,* lápis sobre papel, colecção
privada, Berlim: 151; – *Mars et l' Artiste, colagem, óleo,
carvão e lápis sobre papel, colecção Alessandro Twombly..
145.*

Réquichot
Nokto kéda taktafoni, «Relicário», 1960, aglomerado de
pinturas a óleo, ossos e materiais diversos, colecção privada:
179, foto de Jean-Pierre Sudre. «Spirale», 1960, tinta de pena
sobre cartão, colecção privada: 186, foto de Robert David.

ÍNDICE

Nota do editor francês 7

1. A ESCRITA DO VISÍVEL

A imagem

A mensagem fotográfica 11

Retórica da imagem 27

O terceiro sentido 47

A representação

O teatro grego 67

Diderot, Brecht, Eisenstein 91

Leituras: o Signo

O espírito da letra 101

Erté 107

Arcimboldo ou Retórico e Mágico 131

Leituras: o texto

Será a pintura uma linguagem 151

Semiografia de André Masson 155

Leituras: o gesto

Cy Twombly *ou Nom multa sed multon* 159

Roland Barthes

Leituras: a arte

Sabedoria da arte 177

Wilhelm von Gloeden 194

Esta velha coisa; a arte 169

O corpo

Réquichot e o seu corpo 205

2. O CORPO DA MÚSICA

Escuta 235

Música Prática 249

O grão da voz 255

A música, a voz, a língua 265

O canto romântico 273

Amar Schumann 281

Rasch 287

Apêndice à primeira parte

De olhos nos olhos 301

Índice das ilustrações 309